Ingrid Noll
Hab und Gier
Roman

Diogenes

Umschlagillustration:
Bernardino Licinio, ›Portrait of a Lady‹,
1522 (Ausschnitt)
Öl auf Leinwand, 83,5 x 71,5 cm.
Inv.N. 51.802
Copyright © 2013 The Museum of Fine Arts,
Budapest / Scala, Florenz

Alle Rechte vorbehalten
Copyright © 2014
Diogenes Verlag AG Zürich
www.diogenes.ch
500/14/44/1
ISBN 978 3 257 06885 6

Inhalt

Das Gabelfrühstück 7
Sensationslüstern 18
In der Höhle des Wolfs 32
Schmutzige Wäsche 42
Das dritte Testament 52
Der Hexenschuss 62
Die Bernsteinkette 72
Der Heiratsantrag 82
Unter dem Dach 93
Der Fleischwolf 103
Nachtgespenster 113
Die Fälscherwerkstatt 125
Das neue Testament 135
Die Qualle 144
Die Grablegung 154
Mimikry 165
Sherlock Holmes 175
Der Mörder ist immer der Gärtner 184
Fremde Kinder 193
Der Erbschein 202
Judas 213
Der Feuerlöscher 222
Hab den Sandmann umgebracht 232
Happy End 243

I

Das Gabelfrühstück

Vor etwa zwanzig Jahren erhielt ich gelegentlich eine Einladung zum Sonntagsbrunch, doch dann kamen Mittagstermine aus der Mode. Die Gastgeber wurden es leid, weil einige der Besucher bis zum Abend blieben und man mehr als eine Mahlzeit auftischen musste. Daher war ich völlig überrascht, als ich kürzlich die handgeschriebene Karte eines ehemaligen Kollegen im Briefkasten fand: Wolfram Kempner, von dem ich schon lange nichts mehr gehört hatte – und der nun offenbar auch aus der Bibliothek ausgeschieden war –, bat an einem bevorstehenden Feiertag zu einem Gabelfrühstück. Ganz der alte Bücherwurm!, dachte ich. Wer außer ihm kannte heute schon noch dieses altmodische, seltsame Wort für einen Imbiss!

Noch zwei Wochen hatte ich Zeit, um eventuell abzusagen, meine Gefühle schwankten zwischen Neugier und Unlust. Vorsichtshalber wollte ich mir vor einer Zusage eine gewisse Grabinschrift noch einmal anschauen. Gedankenverloren wanderte ich über den Weinheimer Friedhof. Ich war einige Monate nicht mehr dort gewesen, obwohl sich die Gräber meiner Verwandten hier befanden. Frühling lag in der Luft, es war ein milder Tag, Vögel zwitscherten munter, frisch aufgeworfene Erde glänzte in der Sonne, die Blumengebinde erfroren nicht mehr über Nacht, sondern hielten sich fast so gut wie in der Vase. Am Tag zuvor hatte es geregnet, auf den glitschigen Nebenwegen musste ich mich in Acht nehmen, um nicht auszurutschen. Erstaunt bemerkte ich, dass sich die kleinen Putten aus wetterfestem Steinguss wundersam vermehrt hatten. Manche Gräber wiesen bis zu acht Engel auf, einige eine Madonna. Die meisten Himmelsboten waren relativ neu und blendend weiß, die paar älteren aus Keramik wiesen Sprünge auf, setzten Moos an, ergrauten, passten sich dem Erdreich an und wurden irgendwann zu Staub. Immer wieder wunderte ich mich, dass die Verstorbenen persönlich angesprochen wurden: *Ruhe sanft! Wir werden dich nie vergessen! Du fehlst mir!* Selbst die Schleife auf einem verwelkten Kranz war bedruckt: *Ewig Deine Sieglinde.* Ob man davon ausging, dass die Verstorbenen die Botschaften mit Genugtuung zur Kenntnis nahmen? Auch in Todesanzeigen hatte ich schon ähnliche Anreden gefunden und mir ausgemalt, wie man sich im Jenseits gegenseitig die Zeitung vorlas. Während ich mich noch bei dieser Vorstellung amüsierte, entdeckte ich sie wieder, diese eigenartige und nicht eben freundliche Inschrift auf einer grauen Granitplatte: *Bleib, wo du bist!*

War es ein Versehen, sollte es eigentlich heißen: *Bleib, wie du bist!*, und der Spruch sollte der Toten die allmähliche Verwesung untersagen? Ich studierte erneut Vor- und Nachnamen – kein Zweifel: Hier ruhte wirklich die Ehefrau jenes Kollegen, der mir vor wenigen Tagen die bewusste Karte geschickt hatte. Bernadette Kempner war vor einem halben Jahr gestorben, so dass die Einladung zum Gabelfrühstück nicht in unmittelbarem Zusammenhang mit ihrer Bestattung stehen konnte. Man konnte nicht von einem allzu frühen Ableben sprechen, denn sie war, wie ich mich auf dem Grabstein vergewisserte, mit 73 gestorben, war also etwa sechs Jahre älter als ihr Mann. Nur sehr selten hatte Wolfram seine Frau erwähnt, überhaupt war er ein stiller, zurückhaltender Mitarbeiter unserer Stadtbücherei gewesen, der lieber im Hintergrund Büroarbeiten erledigte, als sich im Publikumsverkehr zu engagieren. Zwar war er der einzige Mann unseres Teams gewesen, sozusagen der Hahn im Korb, hatte aber nie den Gockel gespielt, galt eher als Neutrum oder – um im Bild zu bleiben – als Kapaun. Ich hatte ihn auch deshalb etwas aus den Augen verloren, weil ich vorzeitig die Rente beantragt hatte und vor drei Jahren mit sechzig aus der Bibliothek ausgeschieden war. Den Kampf mit unbekannten audiovisuellen Medien und immer neuer Software hatte ich längst aufgegeben. Ein einziges Mal schüttete ich ihm mein Herz aus, wie viel angenehmer und menschlicher es doch früher zugegangen war, als es noch in erster Linie um die Ausleihe und Verwaltung von *Büchern* ging. Er nickte zwar teilnahmsvoll, schien sich aber im Gegensatz zu mir mit der modernen Technik überhaupt nicht schwerzutun, denn er war ein ebenso leidenschaftlicher Bastler wie Bücherwurm. Immerhin meinte er, dass er meinen mutigen Entschluss bewundere. Er müsse leider noch bis zu seinem 65. Lebensjahr durchhalten, wenn nichts Unerwartetes geschehe.

Waren es finanzielle Gründe? Oder fiel ihm zu Hause die Decke auf den Kopf? Da er den Umgang mit Mitarbeiterinnen und Besuchern eher vermieden hatte, war mangelnder Kontakt als Grund eher unwahrscheinlich. Es mussten private Umstände sein, die ihn zum Ausharren zwangen.

Vielleicht würde ja seine Rente allzu knapp ausfallen, oder sein Häuschen war noch nicht abbezahlt.

Konnte es sein, dass die verblichene Bernadette es nicht gern gesehen hätte, dass Besuch ins Haus kam, und Wolfram jetzt etwas nachholen wollte? Soweit ich informiert war, hatte noch keine aus unserem ehemaligen Team sein Haus betreten. Kaum wieder daheim, rief ich Judith an, eine viel jüngere Kollegin, mit der ich mich nach wie vor gern im Rhein-Neckar-Zentrum zum Shoppen traf.

»Warst du in letzter Zeit auf dem Friedhof?«, begann ich und erzählte von meiner Entdeckung. Judith wusste aus der Zeitung, dass Wolframs Frau unlängst verstorben war, meinte aber, sie kenne fröhlichere Spazierwege als zwischen Gräberreihen. Über die seltsame Inschrift musste sie kichern, dann geriet sie allerdings ins Grübeln. Zum Gabelfrühstück war sie nicht eingeladen und fand im Übrigen diese Ausdrucksweise reichlich schräg.

»Hast du seine Frau mal kennengelernt? Hat er irgendwann eine Andeutung über seine Ehe gemacht?«, forschte ich weiter, aber der verschlossene und scheue Wolfram war mit ihr nie ins Gespräch gekommen.

»Ich hab mal so einen Spruch in einem alten Kinderbuch gelesen: *Bleib, wo du bist, und rühr dich nicht! Dein Feind ist nah und sieht dich nicht!*«, sagte Judith. »Könnte es sein, dass der seltsame Grabspruch etwas mit Erinnerungen zu tun hat?«

Wir überlegten hin und her und kamen zu keinem Schluss.

»Warum nur hat er ausgerechnet mich eingeladen?«, beharrte ich.

Ich hörte Judith leise lachen. »Wahrscheinlich sucht er eine neue Frau«, sagte sie.

Das war ja wohl nicht ihr Ernst. Ich bin geschieden und habe bekanntermaßen keine gute Meinung von den Männern. Außerdem bin ich weder der Typ Hausmütterchen noch besonders sexy, was in meinem Alter ja auch ohnedies kein Thema mehr ist. Für einen Witwer, der Wärme, Trost und Hilfe sucht, bin ich die falsche Adresse. Nach der lange zurückliegenden Trennung von meinem Mann hat sich keiner mehr für mich interessiert, wohl, weil ich selbst es nicht anders wollte. Am gleichen Abend schrieb ich eine Zusage für die freundliche Einladung, zum Anrufen war ich zu feige.

Natürlich wollte ich mich nicht sonderlich schick machen, ein Gabelfrühstück war keine Opernpremiere. Außerdem sollte sich Wolfram bloß nicht einbilden, ich messe seiner Einladung eine besondere Bedeutung bei. Sollte ich einen Blumenstrauß mitbringen? Ich entschied mich für ein Glas mit Ingwermarmelade, die ich nicht mochte und schon lange im Schrank stehen hatte. Eine Weile blätterte ich auch in einem Taschenbuch mit launigen Grabsprüchen, stellte es aber wieder ins Regal zurück – *Bleib, wo du bist!* gehörte nicht zu dieser Kategorie.

Eigentlich bin ich ein pünktlicher Mensch, aber zum Gabelfrühstück musste ich mit dem Bus fahren, da ich mir im Ruhestand kein Auto mehr leisten konnte. Ich erschien absichtlich zwanzig Minuten zu spät, der Gastgeber sollte nicht auf die Idee kommen, ich sei scharf auf ihn. Was mochte es wohl zu essen geben? Ein Kapaun war Wolfram insofern nicht, als er ein besonders mickriges Exemplar von Mann war, weder kräftig noch wohlgenährt. Ich hatte keine Ahnung, ob er mehr als ein weiches Ei kochen konnte. Doch wenn man wollte, konnte man auch mit Sekt und Kaviar, Austern und Krebsschwänzen Ehre einlegen – doch war das diesem unscheinbaren Männlein zuzutrauen?

Das Haus in der Biberstraße war riesengroß, ziemlich düster und lugte nur knapp hinter von Efeu umschlungenen Tannen hervor. Wolfram erwartete mich auf der Schwelle. Ich erschrak, als ich ihn sah. Er musste schwerkrank sein, so abgemagert und blass schaute er aus der Wäsche beziehungsweise dem dunklen Rollkragenpullover. Auf seinem Kopf wuchs kaum ein Haar mehr. Wir begrüßten uns vorsichtig, wussten wohl beide nicht genau, ob Distanz oder Herzlichkeit angebracht war. Dann setzten wir uns an den gedeckten Tisch, Tee und Kaffee standen auf einem Stövchen bereit. Zum Frühstück gab es ein Ei im Glas, außerdem Croissants, Rosinenbrötchen, Honig, fertig gekauften Fleischsalat und italienischen Schinken. Alles war tadellos, wenn auch nicht besonders originell. Wir stellten die üblichen Fragen nach dem gegenseitigen Befinden und früheren Kolleginnen, doch nach ein wenig Small Talk ging es ans Eingemachte.

»Es geht mir zusehends schlechter«, begann er. »Der Tumor ist inoperabel und sprach kaum auf die Chemo an. Überall habe ich Metastasen, inzwischen bin ich austherapiert. Deswegen ist es an der Zeit, noch ein paar wichtige Dinge zu regeln. Verehrte Karla, ich wende mich nicht ohne Hintergedanken an dich, denn du bist die einzige mir bekannte Frau, die nicht an ihren Vorurteilen festhält...«

Verblüfft über diese Formulierung blickte ich von meinem halbausgelöffelten Ei auf. Er erwähnte eine Diskussion in unserer Bibliothek, bei der es um einen Exhibitionisten ging. Unsere Chefin und alle Kolleginnen hätten sehr hart über den Mann geurteilt, während ich als Einzige über dessen beschädigte Psyche nachgedacht hätte.

»Deswegen wusste ich, dass du mich nicht gleich verdammen würdest«, sagte er.

Was mochte jetzt kommen? Ich bekam fast ein wenig Angst, aber im Notfall war ich die Stärkere.

»Ihr habt mich sicher schon immer für einen verkorksten Typen gehalten, was irgendwie auch stimmt«, begann er zögernd. »Ich bin das Gegenteil eines Machos, in jungen Jahren wollte ich mich gern führen lassen und flog auf starke, etwas ältere Frauen. Bernadette war eine sehr beherrschende Person. So kam es, dass ich mich in der ersten Zeit unserer Ehe überaus wohl fühlte.«

Welche Vorurteile mochte er wohl meinen? »War Bernadette etwa eine Domina, und du warst ihr Sklave?«

Er schüttelte den Kopf. »So kann man das nicht sagen, sie hatte eher etwas von einer allmächtigen Mutter, sie wünschte sich eine große Familie, aber es wollten sich keine Kinder einstellen. Nach vielen Kuren und Hormonbehandlungen ihrerseits nahm mich ein Urologe unter die Lupe. Das Ergebnis war niederschmetternd – es lag ausschließlich an mir. Von da an war es mit dem häuslichen Frieden vorbei. Wenn ich es hin und wieder versuchte, bis in ihr Schlafzimmer vorzudringen, brüllte sie in einer Lautstärke, dass man es drei Straßen weiter hören konnte: *Bleib, wo du bist, und rühr dich nicht!*«

»Ach so«, murmelte ich, denn nun ging mir eine Stalllaterne auf. »Doch warum habt ihr euch nicht scheiden lassen?«

»Wir haben immer wieder über eine Trennung gesprochen, auch über eine Adoption. Heute könnten uns die Reproduktionsmediziner bestimmt helfen, doch damals gab es kaum Möglichkeiten. Bernadette hielt sich schließlich für zu alt, um es noch einmal mit einem anderen Mann zu versuchen. Wahrscheinlich fand sie auch mehr und mehr Gefallen daran, mich zu quälen. Ich wiederum hatte ein schlechtes Gewissen, weil ich an ihrem Unglück schuld war, und nahm die Bestrafung hin. Wir wurden gewissermaßen zu einem Sadomaso-Paar, ganz ohne Peitschen oder Eisenketten ...« Er machte eine Atempause und fuhr fort: »... obwohl das vielleicht besser gewesen wäre.«

Leicht verlegen trank ich einen Schluck von meinem kalt gewordenen Kaffee. Was wollte Wolfram denn nun von mir? Sollte ich den kranken Mann ein bisschen foltern, um seine Sehnsucht nach Bestrafung zu stillen? Weil mir kein passender Kommentar einfiel, probierte ich den Fleischsalat, obwohl ich ihn eigentlich nicht leiden kann – auch um endlich mal die besagte Gabel zu gebrauchen. Mein Gegenüber hatte bisher nur Tee getrunken und nichts Essbares angerührt. Am liebsten hätte ich mich verabschiedet, aber er hatte ja offensichtlich noch ein Anliegen.

Vorerst jammerte er jedoch weiter: »Vor etwa dreizehn Jahren bot man mir eine Stelle als Ressortleiter der Bremer Stadtbibliothek an. Ich hatte mich hinter Bernadettes Rücken beworben und freute mich sehr über die Zusage. Es galt, das Medienangebot nach Schwerpunkten zu strukturieren, was mir mehr lag als die rein bürokratischen Arbeiten, die ich bisher erledigt hatte. Aber Bernadette befahl mir wieder einmal: *Bleib, wo du bist!* Und ich musste absagen.«

»Warum nur?«, fragte ich. »Ein Umzug in eine Großstadt ist doch für jede Frau eine erfreuliche Herausforderung – oder etwa nicht?«

»Bernadette war eine reiche Erbin, auch dieses Haus gehörte ihr. Sie ist darin aufgewachsen und wollte darin sterben, niemals hätte sie es vermietet oder gar verkauft. Schließlich wollte sie es ja mit einer Kinderschar bevölkern, aber das habe ich ihr vermasselt. Bernadette und ich haben uns gegenseitig das Leben versaut.«

Allmählich geriet ich in Zorn, nicht nur auf die egozentrische Bernadette, sondern fast noch mehr auf diesen laschen Mann, der sich nicht emanzipieren mochte. Sekundenlang spürte ich den Impuls, ihm wegen seiner unerträglich devoten Haltung das Honigglas an den Kopf zu werfen.

»Das lässt sich nun auch nicht mehr ändern«, sagte ich ärgerlich und stand auf. »Warum erzählst du mir das alles? Ich kann dir nicht helfen.«

Er bat mich, noch zu bleiben, denn er sei nicht fertig mit seiner Beichte. Dieses Wort ließ mich aufhorchen.

»Woran ist deine Frau eigentlich gestorben?«, fragte ich argwöhnisch.

»Es ist, als könntest du Gedanken lesen! Ihr Lebensende liegt mir schwer auf der Seele. Vor etwa zwei Jahren haben wir uns beide routinemäßig untersuchen lassen. Bei mir wurde ein bösartiger Primärtumor festgestellt, der bereits Metastasen gestreut hatte. Bernadette war bis auf einen zu hohen Blutdruck kerngesund.

Eines Abends hatten wir einen heftigen Streit, es ging wie so oft um Bernadettes Nichte. Dieses scheinheilige Geschöpf hat es immer wieder verstanden, meiner naiven Frau viel Geld abzuknöpfen. Am Morgen nach unserer Auseinandersetzung hörte ich ein schwaches Klopfen aus ihrem Schlafzimmer. Nun will sie wohl wieder mal die Kranke spielen und sich den Tee ans Bett bringen lassen, dachte ich verärgert, aber ich lasse mich nicht unentwegt herumkommandieren. Erst später begriff ich, dass sie einen Schlaganfall gehabt hatte, nicht um Hilfe rufen konnte und mit ihrem Rückenkratzer gegen die Kommode schlug.«

»Bei einem Schlaganfall kommt es auf jede Minute an«, sagte ich. »Waren die Retter nicht schnell genug zur Stelle?«

»Natürlich hätte ich sofort den Notruf wählen müssen, aber ich ahnte ja nicht, dass es um Tod und Leben ging. Da ich einen Termin in der Onkologie hatte, zog ich bloß den Regenmantel über und verließ das Haus. Erst Stunden später kam ich zurück, da war sie bereits kalt. Seitdem leide ich unter schwersten Gewissensbissen und weiß nicht, wie ich mit meiner Schuld umgehen soll.«

Ich reagierte ziemlich entsetzt. »Wurde der Arzt nicht misstrauisch?«, fragte ich.

Wolfram schüttelte den Kopf, denn wie sollte man ihm nachweisen, dass er bei ihrem Anfall noch zu Hause gewesen war?

Warum hatte er ausgerechnet mich zu seiner Beichtschwester erkoren? Und was nun? Erwartete er etwa, dass ich ihm eine Buße auferlegte?

»Die unterlassene Hilfeleistung musst du vor deinem eigenen Gewissen verantworten«, sagte ich. »Ich bin kein Pfarrer, Richter oder gar Henker und werde mich jetzt auf die Socken machen...«

Er hielt mich am Ärmel fest. »Bleib bitte noch ein paar

Minuten, Karla! Ich habe dich nicht eingeladen, damit du mir die Absolution erteilst«, sagte er. »Leider habe ich weder Freunde noch Verwandte, die ich um Hilfe bitten könnte. Meine Wahl fiel auf dich, weil ich mir sicher bin, dass du weder berechnend bist noch die Situation ausnutzt. Jede andere Frau würde einen nicht unvermögenden, aber sterbenskranken Witwer mit List und Tücke umgarnen, um ihn möglichst bald zu beerben. Ich habe in einem vorläufigen Testament verfügt, dass dieses große Haus versteigert wird und der Erlös an ein Heidelberger Hospiz geht. Ein Viertel des Geldes soll jedoch an dich ausgezahlt werden, wenn du mir eine kleine Gefälligkeit erweist. Ich verlange nur, dass du Kosten und Pflege für meine letzte Ruhestätte übernimmst und ich direkt neben meiner Frau begraben werde. Die Inschrift auf meinem Grab soll lauten: *Dein Feind ist nah.*«

»Wenn's weiter nichts ist«, sagte ich erleichtert. »Geht in Ordnung!«

Wir lächelten uns an, gaben uns die Hand, und der Pakt war geschlossen. Ich sah völlig ein, dass erst beide nebeneinanderliegenden Granitplatten das Motto dieser Ehe aufzeigten: *Bleib, wo du bist! – Dein Feind ist nah!*

Als ich endlich auf der Straße stand, hatte ich das Gefühl, von einer älteren Frau am Fenster des Nachbarhauses beobachtet zu werden.

2

Sensationslüstern

Erst im Alter wird mir so richtig bewusst, wie einsam ich die meiste Zeit meines Lebens war. Eine eigene Familie hatte ich nicht, meine Schulfreundinnen wohnten nicht am Ort, mein Bruder war nach Kanada ausgewandert. Ich hatte kaum Besuch und wurde wohl aus diesem Grund auch selten eingeladen. Nach Möglichkeit mied ich sogar Betriebsfeiern, obwohl ich mit meinen Kollegen leidlich auskam. Deshalb war es Glück im Unglück, dass sich durch ein gemeinsam erlebtes Abenteuer eine engere Beziehung zu einer viel jüngeren Bibliothekarin ergab.

Judith war damals neu in unserer Bibliothek, und sie hatte noch wenig Berufserfahrung. Als ich die Einladung zur Wiedereröffnung einer großen Buchhandlung erhielt, fragte ich Judith aus einer Laune heraus, ob sie nicht mitkommen wolle. An einem Samstagnachmittag fuhren wir also nach Mannheim und plauderten mit dem Juniorchef und dessen Vater, den ich noch aus meiner Studienzeit kannte. Bei einem Glas Wein erfuhren wir alles über sein neues, innovatives Konzept und ließen uns durch die verschiedenen Abteilungen führen. Kurz vor acht verabschiedete uns der stolze Inhaber und nahm natürlich an, dass wir uns spätestens bei Ladenschluss auf den Heimweg machten. Doch ich wollte erst noch in der Sachbuchabteilung nachschauen, was sie für Reisebücher hatten.

Schon immer fand ich es wunderbar, in Buchhandlungen herumzustöbern, den Klappentext neuer Klassikerausgaben und frischer Bestseller zu lesen. Hierdurch angeregt, träumte ich von luxuriösen, aber leider nicht erschwinglichen Anschaffungen für unsere Stadtbibliothek. Während Judith und ich es uns im obersten Stockwerk in den Knautschsesseln bequem machten, wurden die Besucher der Buchhandlung per Lautsprecher aufgefordert, das Haus zu verlassen. Es war bestimmt nur eine Vorwarnung, dachte ich und griff schon nach dem nächsten Band, ohne auf die Uhr zu schauen. Doch keine zehn Minuten später sprang Judith erschrocken auf und meinte, wir müssten jetzt schleunigst aufbrechen, sonst würden wir am Ende noch eingeschlossen. Um uns herum war weder Personal noch Kundschaft zu sehen, auch die Kasse war nicht mehr besetzt. Wir eilten zum gläsernen Lift, um zum Ausgang zu kommen, drückten auf E, fuhren los und bekamen einen heillosen Schreck, als auf einmal alle Lichter ausgingen. Im selben Moment blieben wir zwischen der zweiten und ersten Etage stecken.

»Hätten wir doch besser die Rolltreppe genommen!«, sagte ich mit einem mulmigen Gefühl und hatte ein schlechtes Gewissen. Schließlich war ich es, die wie ein pflichtvergessenes Schulkind getrödelt hatte. Judith machte mir keine Vorwürfe, ja gab keinen Pieps von sich. Plötzlich tat es einen Ruck, und der Aufzug sackte einige Zentimeter ab, um erneut stehen zu bleiben und sich nicht mehr von der Stelle zu bewegen. Die Tür blieb fest geschlossen. Zum Glück war es in der Kabine nicht völlig dunkel, durch die Glasscheiben drang immerhin noch ein blasser Lichtschimmer. Ich suchte und fand den Notfallknopf und hoffte, dass der Hausmeister noch in seinem Büro war und uns in Kürze befreien würde. Judith hatte ihr Handy im Auto gelassen, ich besaß damals noch kein Mobiltelefon. Immerhin hatte ich mal gelesen, wie schnell die Feuerwehr in solchen Fällen an Ort und Stelle war. Geduldig harrten wir aus, doch die Zeit verstrich, und es tat sich nichts.

Unser gemeinsames Verlies war etwa zwei Quadratmeter groß. Ich überlegte etwas besorgt, wie lange die Atemluft für uns beide ausreichen würde. Immer wieder drückte ich ohne den geringsten Erfolg auf den verdammten Knopf. Judith war am Boden zusammengesackt, zitterte am ganzen Leib und sagte kein Wort.

Meinen damaligen Zustand würde ich als diffuse Beklemmung bezeichnen, sie hingegen bekam eine hysterische Panikattacke und begann zu kreischen, dass es mir in den Ohren gellte. Ich setzte mich neben sie und begann beruhigend auf sie einzureden. Glücklicherweise wurde sie nach zehn Minuten heiser und schluchzte nur noch leise, doch dann zitterte sie plötzlich am ganzen Leib und rang nach Luft. Vergeblich versuchte ich, beruhigend auf sie einzuwirken. Mit dem Kopf in meinem Schoß lag sie da und schnappte nach Luft wie ein Fisch auf dem Trockenen.

»Hast du das schon mal gehabt?«, fragte ich. »Wie kann man dir helfen?«

Sie zuckte nur am ganzen Körper und japste weiter. »Erzähl mir eine Geschichte«, brachte sie schließlich hervor. »Ablenkung hilft. Aber vielleicht muss ich trotzdem sterben.«

»Quatsch«, sagte ich und fing sofort an zu reden – erzählte aber nicht wie Scheherezade ein Märchen nach dem anderen, sondern einfach meine eigene Geschichte. Ich sprach von meiner behüteten Kindheit an der badischen Bergstraße, vom unglücklichen Ende meiner kurzen Ehe, meinem jetzigen zurückgezogenen Leben und den kleinen Freuden des Alltags. Ja, ich sprudelte auf einmal alles heraus, was ich bisher keinem Menschen anvertraut hatte. Es war fast so, als läge ich auf der Couch eines Psychoanalytikers. Judith atmete allmählich ruhiger, aber sobald ich stockte, flüsterte sie: »Weiter!«

Nach etwa zwei Stunden ging es ihr tatsächlich besser. Stockend berichtete sie jetzt selbst von einem traumatischen Erlebnis in ihrer Kindheit, als sie im Keller der Grundschule versehentlich stundenlang eingeschlossen war. Sie gab zu, dass sie eigentlich dringend auf die Toilette müsse, und wir regelten das mit einer Plastiktüte, die ich zum Glück in meiner Handtasche fand. Danach entspannte sie sich etwas, und wir vertrieben uns die Zeit mit Klatsch und Tratsch und der ausführlichen Analyse unserer Kollegen, wobei wir uns besonders lange mit Wolfram Kempner aufhielten, dem einzigen Mann in unserem Team.

Wir mussten nicht bis Montagmorgen auf Rettung warten, alles in allem waren wir wohl nur fünf Stunden lang eingesperrt. Andere Menschen hatten weit Schrecklicheres in Fahrstühlen erlebt, aber natürlich empfanden wir die vergleichsweise kurze Zeit als eine halbe Ewigkeit. Von da an waren wir gute Freundinnen. Das Beste dabei war, dass mich Judith mit ihrem Elan immer wieder ansteckte und unser Altersunterschied kaum ins Gewicht fiel.

Judith war ein sensationslüsternes Weib, auch wenn sie es nicht zugab. Sie sei wissbegierig und an vielen Dingen interessiert, behauptete sie. Ich hatte es fast erwartet, dass sie schon wenige Stunden nach dem Gabelfrühstück bei mir anrief.

»Und, hat er dir einen Antrag gemacht?«, fragte sie.

»Du hattest den richtigen Riecher«, antwortete ich. »Und weil wir nicht mehr die Jüngsten sind, findet die Hochzeit schon in vier Wochen statt. Leider wirst du nicht den Brautstrauß auffangen, denn wir fliegen nach Las Vegas und lassen uns in der Graceland Wedding Chapel trauen!«

»Verarschen kann ich mich selbst«, meinte Judith. »Was wollte der Typ von dir?«

»Ich erzähle es dir nur unter der Bedingung, dass du die Klappe hältst. Kein Wort zu den Kolleginnen!«

Das sei doch Ehrensache, behauptete sie. Da ich es ohnedies nicht aushielt, schilderte ich ihr jedes Detail unseres Déjeuners à deux samt allem, was an Essbarem auf den Tisch kam. Meinen Deal mit dem kranken Gastgeber zögerte ich noch hinaus. Judith seufzte zwar *»Yummy!«*, als sie vom Ei im Glas hörte, ließ sich aber nicht von ihrer eigentlichen Frage ablenken. Allzu lange konnte ich sie nicht auf die Folter spannen, also berichtete ich von unserem denkwürdigen Vertrag.

»Ist es eine noble Immobilie?«, fragte Judith. »Springt ordentlich etwas heraus für die lebenslange Grabpflege?«

»Wird schon einiges wert sein. Das Haus liegt in der Biberstraße, ganz nah bei der Hauptschule, ein imposantes Gebäude aus der Gründerzeit. Ursprünglich wohl für zwei bis drei Parteien gedacht, Wolfram bewohnt es aber allein. Ich habe nur den Flur und das Wohnzimmer gesehen, ziemlich dunkel und scheußlich eingerichtet, doch immerhin jedes freie Fleckchen mit Büchern zugemauert.«

»Ein altes Haus ist doch ein Traum! Du warst wohl bloß vor Aufregung halb blind. Weißt du was, ich komme dich abholen, und wir fahren mal unauffällig an deiner Villa vorbei!«

»Untersteh dich! Hast du nichts Besseres zu tun? Erstens gehört mir das Haus nicht, und zweitens stehen jede Menge Bäume davor. Und herumschleichen will ich auf keinen Fall, stell dir vor, Wolfram steht am Fenster! Peinlicher geht's nicht! Also bleib, wo du bist, und rühr dich nicht!«

Judith war unbelehrbar und stand schon eine Viertelstunde später bei mir auf der Matte. Der Himmel sei bewölkt – wenn wir unter aufgespannten Regenschirmen an Wolframs Haus vorbeiflanierten, werde er uns nicht erkennen. Ich ließ mich beschwatzen, beharrte allerdings darauf, den Wagen außer Sichtweite zu parken. Schon eine halbe Stunde später schlenderten wir die Biberstraße entlang. Da ja Feiertag war, herrschte nur wenig Verkehr, man sah keine Schulkinder und kaum Fußgänger.

»Ich hoffe, du hast einen Fotoapparat mitgenommen«, sagte Judith. Doch ich besaß gar keinen.

»Es ist die Nummer neunzehn«, flüsterte ich. Ihr Forscherdrang hatte mich angesteckt. Durch verwildertes Gestrüpp, hohe Tannen und buschige Koniferen im Vorgarten schielten wir unauffällig auf Wolframs Haus, einen schmutzig gelben Klinkerbau mit schmalen, hohen Sprossenfenstern, grauem Schieferdach und Gauben im Dachgeschoss. Die fast blinden Fenster wurden von rötlichen Sandsteinen umrahmt. An der Frontseite lasen wir die eingelassene Jahreszahl 1897, über der Haustür stand SALVE. Der hölzerne Zaun auf einem niedrigen Mäuerchen wurde fast von wucherndem Efeu erdrückt.

»Ein Kleinod der Tristesse!«, meinte Judith. »Die Bäume müssen weg, und dann sollte man den Schuppen gründlich putzen. Im Parterre eine Arztpraxis, oben ein schöner Wohnbereich, die Mansarden ein piekfeines Studio. Was meinst du?«

»Oder drei großzügige Wohnungen«, sagte ich. »Bestimmt muss man viel Geld reinstecken. Hier ist jahrzehntelang nicht mehr renoviert worden. Keine Ahnung, ob solche Häuser unter Denkmalschutz stehen. Doch mir kann egal sein, was damit passiert – für mich ist nur der Verkaufspreis interessant. Je höher der Erlös, desto fetter mein Anteil.«

Stehen bleiben wollten wir nicht, also zockelten wir weiter, drehten am Ende der Straße um und liefen auf der gegenüberliegenden Seite wieder zurück. Plötzlich war mir, als ob sich die verblichenen Gardinen im oberen Stock leicht bewegten, und ich wäre am liebsten im Asphalt versunken. Etwas hastig liefen wir an unserem Zielobjekt vorbei und setzten uns schließlich wieder in Judiths Wagen.

»Und was machst du mit der ganzen Kohle?«, fragte Judith mit leuchtenden Augen.

Ich hatte keine Ahnung und zuckte mit den Schultern.

»Bis jetzt ist noch gar nicht sicher, ob alles stimmt, was Wolfram mir aufgetischt hat. Vielleicht lebt er länger als erwartet, und sein Testament habe ich auch nicht gesehen. Also sollten wir den Wolf erst mal erlegen, bevor wir ihm das Fell abziehen!«

Erst später fiel mir auf, dass ich Judith bereits verbal an Wolframs Fell beteiligt hatte. Warum auch nicht eine gemeinsame Weltreise machen oder ein Lesecafé eröffnen? Nach unserem Ausflug hatte ich sie gebeten, im Internet nach Maklerangeboten Ausschau zu halten. Sicherlich ließ sich ein vergleichbares Objekt finden, um den Wert exakter abzuschätzen. Ich selbst besaß keinen Rechner. Ich musste mich in meinen letzten Dienstjahren mit dieser teuflischen Erfindung so herumplagen, dass ich froh war, ihn als Rentnerin los zu sein.

Als ich wieder allein war, sang ich ununterbrochen: »Wenn ich einmal reich wär, o je widi widi widi widi widi widi bum...« Vergeblich wartete ich auf Judiths Anruf, bis ich schließlich spät am Abend selbst zum Hörer griff.

»Bist du im Internet fündig geworden?«, fragte ich, immer noch ziemlich aufgekratzt.

Judith gab ein gedehntes *pfff* von sich und reagierte etwas unwillig: Sie sei noch nicht dazu gekommen, sie habe Besuch.

»Wer?«, wollte ich wissen und erkannte im selben Moment, dass meine Frage unerwünscht war.

»Cord!«, gab sie nur kurz zurück.

Ihre Männergeschichten hatten mir noch nie behagt. Sicher, sie war eine hübsche junge Frau mit Verstand und Witz, und ich gönnte ihr alle Chancen der Welt, aber ihre zahllosen Affären mit windigen Männern gefielen mir nicht. Solide Bewerber erschienen ihr immer zu langweilig. Manchmal hatte sie offenbar mehrere Fische gleichzeitig an der Angel, dann wieder erschien ein völlig Neuer, um sie abzuholen. Mit einem halbkriminellen Typen namens Cord hatte sie vor Jahren eine etwas längere Beziehung, er war der Einzige, der sogar bei ihr gewohnt hatte. Aber diese Liaison hatte sie meines Wissens schon lange beendet.

Da mir die Villa keine Ruhe ließ, kramte ich die Zeitungen der vergangenen Woche aus dem Papierkorb und überflog die Immobilienanzeigen. Immerhin wurde ein Haus in der Hübschstraße – ganz in Wolframs Nähe – für sechshunderttausend Euro angeboten. Doch ohne Anhaltspunkte wie Grundstückgröße, Ausstattung und Gesamtzustand half mir das auch nicht weiter. Die Gegend wurde als Toplage angepriesen, aber natürlich stellten die Makler alles in ein günstiges Licht.

Mir fiel eine Fernsehsendung ein, in der man bis zu einer Million Euro gewinnen konnte. Der Moderator pflegte seine Kandidaten zu fragen, was sie mit dem erhofften Geld anfangen wollten. Da gab es einige, die sehr konkrete Wünsche hatten, einen Konzertflügel zum Beispiel oder eine Reise nach Australien. Andere gaben vor, den Großteil spenden oder verschenken zu wollen, oder mussten dringend ihr Bafög oder andere Schulden zurückzahlen. Nie hätte ich mich für dieses öffentliche Quiz beworben, obwohl ich viele Fragen mit Leichtigkeit beantworten könnte: Literatur, deutsches Liedgut, Märchen, klassische Musik, Geographie und Geschichte sind meine Spezialgebiete, aber ich würde mich unsterblich blamieren, wenn es um Hitlisten, Physik, die neuesten Filme, Popmusik, Promiklatsch und Königshochzeiten ginge. Deswegen habe ich mir bisher auch keine Gedanken gemacht, was ich mit einem unverhofften Geldsegen anfangen könnte. Lotto spiele ich nicht. Große Sprünge kann ich zwar nicht machen, aber ich komme mit meiner Rente so einigermaßen aus.

Nicht zu verachten wäre eine Eigentumswohnung mit Balkon oder Wintergarten und einer modernen Küche, Opernkarten für die allerfeinsten Häuser, eine Reise nach Indien oder ein Besuch bei meinem Bruder in Kanada. Mein uraltes Auto habe ich verkaufen müssen, ein kleiner Flitzer wäre toll. Stopp, sagte ich mir plötzlich, vielleicht ist der Holzwurm im Gebälk, und der olle Kasten bringt nur zweihunderttausend Euro. Ein Viertel der Gesamtsumme steht mir zwar zu, aber ich muss auch noch die Grabpflege und den Stein samt Inschrift bezahlen. Womöglich bleibt unterm Strich nur wenig übrig.

Bereits im Bett, grübelte ich immer noch über das Gabelfrühstück und Wolframs seltsame Ehe. Bis jetzt kam der Schmerzensmann allein in seinem großen Haus zurecht, über kurz oder lang würde er aber Hilfe brauchen. Hatte er wenigstens eine Putzfrau? Wer würde für ihn einkaufen, kochen, ihn zum Arzt begleiten, ihn schließlich sogar pflegen? Ob er dergleichen Samariterdienste von mir erwartete? Eigentlich hatten wir so nicht gewettet, aber ich konnte ihm trotzdem ein wenig Unterstützung anbieten, bis er schließlich im Krankenhaus oder Hospiz landete. Was hatte er kurioserweise zu mir gesagt? Ich sei die einzige Frau, die seine Situation niemals ausnützen würde! Woher wollte er das wissen? War ich wirklich so edel und unbestechlich, wie er sich einbildete? Erst gegen Morgen schlief ich ein und wachte wie gerädert auf. Seit diesem sonderbaren Gabelfrühstück war es um meinen Frieden als Rentnerin geschehen, und ich murmelte wie das Gretchen im *Faust*: »Meine Ruh' ist hin, mein Herz ist schwer, ich finde sie nimmer und nimmermehr.«

Gegen elf machte ich mir eine Tasse Kaffee und hätte mich am liebsten gleich wieder hingelegt. Ich zwang mich jedoch, ein paar Hausarbeiten zu erledigen und die Blumen zu gießen.

Judith rief in ihrer Mittagspause an. »Ich hab was gefunden«, sagte sie stolz. »Ein ähnliches Haus kostet neunhunderttausend, allerdings nicht in Weinheim, sondern in Bensheim! Was sagst du nun?«

»Nicht schlecht!«, sagte ich. »Ein Viertel davon wären fast zweihundertfünfzigtausend Euro, davon könnte ich mir bestimmt eine schicke Eigentumswohnung kaufen. Eine runde Million für mich allein wäre allerdings noch netter!«

»Ich muss aufhören«, sagte Judith. »Träum weiter!«

Das tat ich dann den Rest des Tages. Irgendwann wurde mir allerdings klar, dass ich noch einmal mit Wolfram sprechen musste. Sollte ich ihn anrufen? Es gab drei ehemalige Schulfreundinnen, mit denen ich manchmal stundenlang telefonierte. Bei Wolfram kam mir ein Telefonat unpassend vor. Ein ernsthaftes Gespräch hielt ich nur für möglich, wenn wir uns direkt gegenübersaßen und mit gedämpfter Stimme ungestört reden konnten: Schließlich ging es um seinen baldigen Tod. Sollte ich ihn meinerseits zu einem Imbiss einladen? Lieber nicht, denn ich wollte ja sein Haus näher in Augenschein nehmen. Vielleicht könnte ich das Bad aufsuchen, die Tassen in die Küche tragen und dadurch dem Grundriss auf die Spur kommen. Ich beschloss, ihn zu überrumpeln und in den nächsten Tagen einfach mal zu klingeln. Dann musste er sich auch nicht umständlich auf einen Besuch vorbereiten und würde am Ende wieder Fleischsalat kaufen.

Ziemlich erschöpft legte ich mich mit der Zeitung aufs

Sofa, mochte aber keine längeren Artikel lesen. Unentschlossen blätterte ich herum, fand keine interessanten Immobilienangebote und studierte schließlich die Todesanzeigen, Inserate von Bestattungsunternehmen und Friedhofsgärtnern. Ein Steinmetz bot günstige Grabsteine an, die Lasergravur für eine Inschrift kostete bloß 80 Euro. Ich riss mir die Seite heraus, rollte mich zur Wand und hielt zur falschen Zeit ein Schläfchen: ein untrügliches Zeichen, dass ich alt wurde. Ich hatte noch sehr gut die Klagen meiner Mutter im Kopf, weil mein Vater in seinen letzten Jahren oft am helllichten Tag mit der Brille auf der Nase und der Zeitung in Händen im Ohrensessel einnickte.

Die nächsten Tage verstrichen nur zäh; ich war unentschlossen, konnte mich nicht zu einem Überraschungsbesuch bei Wolfram durchringen, um mir einen Überblick über das gesamte Gebäude zu verschaffen. Auch hielt ich es nicht für klug, noch irgendjemanden einzuweihen und um Rat zu fragen. Manchmal fehlte mir jede Kraft, mich mit dem Thema Grabstein, Villa und Testament des kranken Kollegen noch länger zu beschäftigen. Am Donnerstag rief ich mit schlechtem Gewissen Judith an, denn ich wollte ihr mit meinen Problemen nicht auf die Nerven fallen, und sie wimmelte mich ab. Man hatte sie für Freitag zur langen Lesenacht verdonnert. Ebenso wie ich konnte sie mit fremden Kindern wenig anfangen und fand sie alles andere als süß.

Noch nie habe ich verstanden, warum man diese absurde Mode unbedingt mitmachen muss! Die Klassenlehrerin einer Grundschule stellt sich abends mit ihren Schülern in der Bücherei ein, Mütter schleppen Schlafsäcke an, Luftmatratzen, Kissen, Decken und Taschenlampen, Schlafanzüge, Waschlappen und Zahnbürsten. Die Kinderkarawane ist bepackt mit Rucksäcken voller Kuscheltiere, krümelndem Sandkuchen, Sprudelflaschen, Chips und allerlei klebrigen Süßigkeiten. Sie richten sich ein unbequemes Lager zwischen Buchregalen ein, und die betroffene Bibliothekarin muss eine Geschichte nach der anderen vorlesen. Danach darf bis in die Puppen geschmökert werden, und im Anschluss muss die bedauernswerte Lehrerin Nachtwächter spielen. Nach einem gemeinsamen Frühstück am Samstag werden die übermüdeten Kinder nach Hause geschickt, und ihre Eltern haben die Aufgabe, ihre misslaunige Brut wieder in einen geordneten Rhythmus zu zwingen. Bevor sie abziehen, sollen die lieben Gäste zwar noch aufräumen, aber der Löwenanteil bleibt an der Bibliothekarin hängen, die zwar anschließend freihat, aber ebenso erschossen wie die Kids ins Wochenende geht. In meinem zurückliegenden Berufsleben hatte ich nur einmal diese Tortur durchgemacht, später konnte ich mich als Älteste erfolgreich darum drücken. Wolfram, der den Umgang mit erwachsenen Kunden lieber vermied und sich am liebsten mit Katalogisierung, Mahnwesen und Fernleihe beschäftigte, meldete sich dagegen stets freiwillig, angeblich hatte er einen guten Draht zu Zehnjährigen. Ich erinnerte mich, dass er sich als Vampir verkleidete, um in einer Halloween-Nacht schaurige Geschichten vorzulesen. Damals hatte er uns regelrecht Eindruck gemacht, weil er als Dracula etwas geradezu Dämonisches hatte. In den folgenden Jahren überraschte er uns als Gespenst und sogar als Werwolf.

Damals dachten wir, dass ein Schauspieler an ihm verlorengegangen sei. Doch im Zusammenhang mit der rätselhaften Grabinschrift erschien er mir mittlerweile fast als Untoter. Als würde er nachts neben seiner Bernadette in der Grube ruhen, tagsüber hingegen noch ein wenig Schabernack treiben – während Dracula ja tagsüber artig im Sarg lag und nur nachts über seine Opfer herfiel.

3

In der Höhle des Wolfs

Es dauerte über eine Woche, bis ich mich aufraffte und Wolfram aufsuchte. Inzwischen hatte ich mir klargemacht, dass uns mehr als der ehemalige Beruf verband: Wir beide waren die Einzigen aus unserem ehemaligen Team, die in Weinheim wohnten, obwohl sich unser Arbeitsplatz in einer hessischen Nachbargemeinde befand. Trotzdem hatten wir uns nie gegenseitig abgeholt und mitgenommen. Jeder fuhr im eigenen Wagen zur Stadtbibliothek. Hin und wieder überholte ich Wolfram und hupte, während er vor sich hin tuckerte. Außerdem waren wir beide unfreiwillig kinderlos.

Als ich mit zweiundzwanzig Jahren heiratete, meinte mein Mann, wir sollten uns mit dem Nachwuchs noch etwas Zeit lassen. Wir waren beide jung und sparten für allerlei Anschaffungen, die wir damals für dringend notwendig hielten. Ich ließ mir die Pille verschreiben, was zu jener Zeit nicht selbstverständlich und mit unangenehmen Nebenwirkungen verbunden war. Hormonelle Verhütungsmittel wurden damals prinzipiell nicht an ledige Frauen abgegeben, denn der Staat wollte der Unmoral nicht Vorschub leisten. Doch im Hafen der Ehe war ich ja bereits gelandet. Aber auch unverheiratete Paare fanden Mittel und Umwege, sich Ärztemuster oder ein Rezept zu verschaffen. Der Kuppelparagraph wurde schon bald abgeschafft, und eine heimliche Revolution veränderte das Land: Es wurden weniger ungewollte Kinder geboren, und junge Paare konnten ungestört und ohne Angst zusammenleben.

Jedenfalls nahm ich als jungverheiratete Frau jeden Morgen nach dem Zähneputzen zähneknirschend meine Hormonpille und wurde auch ohne Babybauch zusehends rundlicher. Ein paar Jahre später hatte ich den leisen Verdacht, dass mein Mann fremdging, aber ich wollte ihn nicht mit unbegründeten Eifersuchtsattacken belästigen und schwieg. Erst als man mir zutrug, dass er seine Freundin geschwängert hatte, rastete ich aus und verlangte die sofortige Scheidung.

Zwar hatte ich mir Kinder gewünscht, aber am Ende war ich erleichtert, dass es nicht so gekommen war. Mein Mann betrog nämlich auch seine zweite Frau, lebte irgendwann von der dritten Gattin getrennt und musste für insgesamt vier Söhne aus drei Beziehungen Unterhalt zahlen.

Wenn ich mich auch schon lange mit meinem Singledasein abgefunden habe, so beneide ich doch meinen Bruder um seine große Familie. Er lebt zwar in Toronto, wohin ich noch niemals gekommen bin, aber er reist alle zwei Jahre nach Europa, vor allem, um mir die Fotos von sechs allerliebsten kleinen Blondschöpfen unter die Nase zu halten. Auch Wolfram konnte nicht mit Enkelkindern angeben, aber er hatte unter den jugendlichen Lesern ein paar Freunde, die ihn in seinem Büro aufsuchen und über ihre Lektüre fachsimpeln durften. Vielleicht kompensierte er dadurch die schmerzliche Lücke, während ich mich mit der viel jüngeren Kollegin gut verstand, nicht aber mit fremden Kindern.

Ich hatte all meinen Mut zusammengenommen, als ich an einem frühen Nachmittag schließlich vor Wolframs Tür stand, die auch jetzt wieder überraschend schnell geöffnet wurde.

»Hallo, Karla, ich habe dich fast erwartet«, sagte er. Allerdings trug er diesmal keinen Rollkragenpullover und Jeans, sondern einen fleckigen, schlotternden Jogginganzug, der einen säuerlichen Geruch ausdünstete. Doch ich ließ mich nicht aus dem Takt bringen. Innerlich zählte ich jeden Schritt durch die Diele bis zum Wohnzimmer. Dort stand schmutziges Geschirr auf dem Tisch, auf den Sesseln lagen Bücher herum. Wolfram fegte rasch ein paar Textilien vom Sofa und bot mir einen Platz an.

»Natürlich mache ich mir Sorgen«, begann ich mit einem unauffälligen Blick in die Runde. »Ich frage mich, ob du bei deiner schweren Erkrankung ohne Betreuung zurechtkommst. Ich wollte dir Hilfe anbieten, ich könnte zum Beispiel für dich einkaufen...«

»Ja, ja«, sagte er, »ich merke selbst, dass es nicht mehr lange gutgeht. Ich habe zwar eine Zugehfrau fürs Putzen, aber das reicht nicht. Mir fällt jeder Schritt immer schwerer.«

»Wie ist es mit dem Essen?«, fragte ich.

Im Moment beliefere ihn die Apotheke mit Astronautenkost. Bis zur Waschmaschine im Keller schaffe er es auch nicht mehr, dabei seien die Vorräte an sauberer Kleidung längst aufgebraucht. Immerhin habe er die Zusage vom Hospiz, jederzeit dort einziehen zu dürfen, sobald er nicht mehr klarkomme.

»Genau das ist aber mein Problem«, sagte er. »Ich hasse Krankenhäuser mit Palliativstationen und sogar dieses freundliche Hospiz, das mir mein Hausarzt vermittelt hat; ich würde sehr viel lieber zu Hause sterben. Wenn du mir deine Unterstützung anbietest, dann nehme ich dankend an. Soviel ich weiß, hast du dein Auto verkauft, und ich soll sowieso nicht mehr fahren. Du könntest nach Belieben mit meinem Wagen deine und meine Besorgungen erledigen, aber auch meine Wäsche in die Reinigung bringen oder Rezepte abholen. Es soll nicht zu deinem Schaden sein!«

Natürlich versicherte ich, es sei doch selbstverständlich, einem früheren Kollegen beizustehen.

»Nein«, sagte er. »Du verstehst mich nicht richtig. Falls du mich vor der Klinik bewahrst, sollst du nicht bloß ein Viertel erben, sondern die Hälfte meines –«

»Keine Ahnung, was dein Haus wert ist«, entfuhr es mir, denn ich wollte mich auf keinen Fall auf leere Versprechungen einlassen. »Hast du überhaupt schon ein Testament gemacht?«

»Endlich kommen wir zur Sache«, sagte Wolfram und schien sich überhaupt nicht über meine Taktlosigkeit zu ärgern. »Ich habe mir das so gedacht: Ich formuliere drei unterschiedliche Testamente und drucke sie zur Ansicht aus. Wenn du dir eines davon ausgesucht hast, werde ich es mit meinem guten alten Füller abschreiben, mit aktuellem Datum versehen und unterzeichnen. Im ersten Entwurf steht, dass du ein Viertel meines Vermögens erhältst, wenn du für die Grabpflege und die Inschrift sorgst, der zweite ist für den Fall gedacht, dass du mich so lange wie möglich vor dem Krankenhaus rettest – dann gibt es die Hälfte.«

Und im dritten Testament? Er machte eine lange Pause, und ich wurde misstrauisch.

Er sagte immer noch nichts. Ich betrachtete die Topfpflanzen, die alle eingegangen waren.

»Es geht um ein Tabu«, begann er schließlich. »Du wirst meine Alleinerbin, falls du mir die Liebe tust und mich umbringst.«

Sekundenlang starrte ich ihn fassungslos an und sprang dann hoch wie von der Tarantel gestochen, wobei dem Sofa eine Staubwolke entwich, die im trüben Lichtstrahl der Stehlampe herumtanzte.

»Bist du wahnsinnig?«, brüllte ich. »Meinst du etwa, im Knast hätte ich Freude an deiner Erbschaft?«

Ohne mich zu verabschieden, lief ich hinaus und vergaß völlig, dass ich eigentlich Küche und Bad inspizieren, die Größe des Gartens abschätzen und nach der Anzahl der Zimmer hatte fragen wollen.

Er folgte mir bis zur Schwelle und rief mir hinterher: »Das ist nicht dein letztes Wort!«

Vielleicht hat Wolfram Metastasen im Hirn, dachte ich auf dem Heimweg. Wahrscheinlich kriegt er Opiate, die einen massiven Realitätsverlust zur Folge haben. Wenn er unbedingt sein Leben beenden will, dann soll er doch selbst den Mut dazu aufbringen und nicht ausgerechnet mich für seine Zwecke einspannen! Ich nahm nicht den Bus, sondern lief durch die nicht gerade attraktive Mannheimer Straße bis zu jenem Hochhaus in der Weststadt, in dem ich seit langem ohne Balkon wohnen muss. Mit seinem Garten, der Terrasse und der ruhigen Lage hatte es Kollege Kempner immer besser gehabt, wenn es auch mit seiner giftigen Bernadette nicht viel zu lachen gab. Im Übrigen ertappte ich ihn nachträglich bei einem entscheidenden Denkfehler: Wie konnte ich nach seinem Tod ein Testament vorlegen, in dem ich schriftlich als seine Mörderin bezeichnet und gleichzeitig begünstigt wurde? Andererseits meinte ich mich zu erinnern, dass Beihilfe zum Selbstmord keine Straftat war. Doch wieso ging er nicht einfach ins Ausland? Wieder einmal hätte ich mich ohrfeigen können, weil ich nicht gelassen geblieben war. Warum hatte ich ihm nicht vorgeschlagen, mal bei den Profis anzuklopfen? Der halbe Wert seines Hauses sollte mir genügen und war schließlich auch nicht zu verachten. Mit wunden Füßen kam ich zu Hause an und ärgerte mich schon wieder: Warum hatte ich nicht die Autoschlüssel und den Kraftfahrzeugschein verlangt und war zurückgefahren?

Eine begnadete Köchin werde ich wohl nicht mehr werden, denn ich habe mich erst als Rentnerin mit neueren Rezepten und Experimenten am Herd befasst. Das Ergebnis kann sich zwar sehen lassen, aber ich traue mich nicht, für viele Personen zu kochen, am liebsten nur für zwei. Ich lud Judith auf ein Abendessen ein, wofür sie allerdings am Wochenende keine Zeit hatte. Mir konnte es egal sein, ob sie nun an einem Mittwoch oder Donnerstag kam, Hauptsache, ich konnte meiner einzigen Mitwisserin von der zweiten seltsamen Begegnung mit Wolfram erzählen.

Judith ist keine Kostverächterin, sie muss aufpassen, dass sie nicht jedes Jahr ein paar Pfunde zulegt. Feldsalat mit roter Beete, Penne mit Kräutern, Kapern und Walnüssen, Lammcurry mit Fladenbrot und zum Nachtisch eine Mokkacreme, das war ganz nach ihrem Gusto. Es fehlte nicht viel, und sie hätte die Schüsseln ausgeleckt. Erst hinterher berichtete ich von meinem zweiten Besuch in der Biberstraße. Sie hörte aufmerksam zu.

»Wo ist das Problem?«, fragte sie und tupfte mit ihrer Stoffserviette verkleckerte Currysauce auf. »Du reichst ihm ein Wasserglas mit aufgelösten Schlaftabletten. Viel anders machen es die Sterbehilfe-Fuzzis doch auch nicht! Wenn er in einem handgeschriebenen Abschiedsbrief seinen Freitod angekündigt hat, ist doch alles in trockenen Tüchern.«

»Aber warum braucht er dabei meine Hilfe? Verstehe das, wer will!«

Judith zog die Stirn in Falten. »Man müsste im Vorfeld genug Pillen gesammelt haben, damit er nach einem erholsamen Nickerchen nicht wieder wach wird! Am besten, wir lassen uns beide vom Hausarzt ein Privatrezept gegen schwere Schlafstörungen verschreiben, später von einem anderen Arzt noch eins und so weiter, dann besorgen wir uns das Zeug in verschiedenen Apotheken. Logischerweise schafft Wolfram einen solchen Aufwand nicht…«

»Leider habe ich mich über seinen Vorschlag so aufgeregt, dass ich ihn fluchtartig verlassen habe. Ich dachte, er sei wahnsinnig geworden und wolle mich in illegale Machenschaften verwickeln!«

»Ruhig, Brauner!«, sagte Judith belustigt. »Es ist nicht verboten, Schluss zu machen, und in Wolframs Fall doch nachvollziehbar. Es ist ein Akt des Erbarmens, ihn dabei zu unterstützen.«

»Mag sein, aber um ehrlich zu sein, bin ich nicht Mutter Teresa, sondern denke dauernd gierig an sein großes Haus. Sein Auto steht mir jetzt schon zu, wenn ich für ihn einkaufe. Irgendwie hat er mich mit materiellen Anreizen geködert, das ist in hohem Maße unmoralisch!«

»Der reinste Mephisto, unser Wolf«, spottete Judith.

Wenn es um Literatur geht, lasse ich mich nicht lumpen. *»Eine Milliarde für Güllen, wenn jemand Alfred Ill tötet«*, zitierte ich aus Dürrenmatts *Besuch der alten Dame*.

Judith erwiderte nichts, sie hat nicht alles gelesen, was sich für eine Bibliothekarin gehört. Eigentlich stürzt sie sich immer nur auf die neu erschienenen Krimis.

»Es hilft nichts, Karla, du musst dich noch mal in die Höhle des Wolfs begeben! Und sei diesmal nicht so zimperlich, wirf nicht gleich die Flinte ins Korn, sondern ballere los! Du musst rauskriegen, was der Schuppen wert ist, ob der Typ noch sonstigen Besitz hat, wann genau er abtreten will und so weiter!«

»Als ob das so einfach wäre! Du bist noch jung und abenteuerlustig, mit Besuchen bei alleinstehenden Männern tu ich mich besonders schwer!«

»Komm schon, Karla, ich bin auch keine zwanzig mehr! Aber wenn du möchtest, begleite ich dich. Nur: Dir vertraut der böse Wolf, an mich traut er sich nicht ran.«

Wolfram war eher ein scheues Reh als ein Wolf, dachte ich, doch in der Dracula-Verkleidung durchaus furchteinflößend. »Dr. Jekyll und Mr. Hyde!«, murmelte ich, und Judith verstand endlich nicht bloß Bahnhof.

Als sich Judith relativ spät verabschiedete, hatte sie mehr als ein Glas getrunken und stieg trotzdem in ihren Wagen. Auch ich war ein wenig angesäuselt, umarmte sie zum Abschied und flüsterte ihr zu, sie sei meine liebe Komplizin und werde am Gewinn beteiligt. Erst nachdem ich Gläser und Geschirr in die Spülmaschine geräumt hatte, mir einen warmen Morgenrock übergezogen und im Fernsehsessel

Platz genommen hatte, kam ich zum Nachdenken. Wir hatten wie Teenager gekichert. Ich war selbst überrascht, dass ich dazu noch fähig war. In meiner Schulzeit wurde ich mehr als einmal während des Unterrichts vor die Tür gesetzt, weil ich und meine Banknachbarin von einem nicht enden wollenden Lachanfall geschüttelt wurden. Die Lehrerin meinte, erst wenn wir uns beruhigt hätten, sollten wir wieder hereinkommen. Merkwürdigerweise wussten wir selbst nicht recht, was der Grund unseres albernen Gickelns war. Dafür schämten wir uns ein wenig. So ähnlich erging es mir nach jenem Abend, denn es war schließlich alles andere als lustig, einen Mitmenschen ins Jenseits zu befördern.

Mein Kollege war ungefähr vier Jahre älter als ich. Wer sollte eigentlich mich einmal beerben? Auch mein älterer Bruder würde nicht mehr ewig leben. Seine kanadischen Kinder und Enkel würden am Ende Wolframs Haus besitzen und es unter Wert verkaufen lassen, weil sie keine Ahnung von den hiesigen Preisen hatten. War es nicht sinnvoll, wenn auch ich ein Testament verfasste und vor allem Judith begünstigte? Meine drei Schulfreundinnen waren keine armen Leute, ihnen wollte ich nur ein paar persönliche Erinnerungsstücke überlassen. Als ich in rührseliger Stimmung überlegte, wer die Wiener Rahmenuhr meiner Großeltern und wer die in Jahrzehnten gesammelten Inselbändchen bekommen sollte, kamen mir die Tränen, und ich nickte schließlich ermattet ein.

Ich träumte eine Rotkäppchenversion: Im finsteren Tann lauerte der Wolf, die kleine Karla war jedoch nicht allein, sondern in Begleitung ihrer mutigen Freundin Judith, die dem Untier ein paar Happen rohes Lammfleisch vorwarf und es damit vorübergehend besänftigte. Sie habe Rattengift ins Fleisch gewickelt, flüsterte sie mir zu, wir könnten am nächsten Tag unbesorgt die Höhle des Wolfs aufsuchen und erkunden, wie viele Mädchenleichen dort zu finden seien.

4

Schmutzige Wäsche

Um 9 Uhr am nächsten Tag weckte mich Telefongeklingel. Verschlafen ging ich an den Apparat.

»Guten Morgen, ich weiß, dass du eine Frühaufsteherin bist«, sagte Wolfram. »Deswegen würde ich dich herzlich bitten, für mich ein paar Besorgungen zu machen; du kannst meinen Wagen anschließend behalten. Im Übrigen habe ich die drei Entwürfe bereits ausgedruckt.«

»Ich komme nachher mal vorbei«, sagte ich unbestimmt.

»Du kannst ja inzwischen einen Einkaufszettel schreiben. So gegen Mittag könnte ich bei dir sein, aber ich muss mich nach dem Bus richten.«

»Das hast du in Zukunft nicht mehr nötig«, sagte er. »Ich danke dir.«

Bevor ich ins Bad ging, machte ich mir erst einmal einen Kaffee. Ich war schon etliche Jahre nicht mehr gefahren. Schwimmen und Radfahren verlernt man nie, heißt es, aber wie würde es mit einem fremden Wagen klappen?

Zwei Stunden später klopfte mir wieder das Herz, während ich vor Wolframs Tür wartete. Als er schließlich vor mir stand, dachte ich bloß: Mein Gott, wie schlecht sieht er aus, der macht es bestimmt nicht mehr lange! Doch seine Aufgaben hatte Wolfram brav erledigt, er zog eine lange Liste hervor.

»Am besten besorgst du alles in der Nordstadt, dort kriegt man immer einen Parkplatz beim Supermarkt«, begann er. »Wenn ich darum bitte, schickt mir die Apotheke zwar meine Medikamente ins Haus, aber du kommst sowieso dran vorbei. Das letzte Mal habe ich eingekauft, als du zum Frühstück hier warst, deswegen brauche ich eine ganze Menge – steht alles auf diesem Papier, außerdem wäre die Reinigung dringend fällig. Und eh' ich's vergesse, ich habe fast kein Bargeld mehr. Ich gebe dir einen Scheck mit, die Sparkassenfiliale findest du gleich hinter Edeka.«

»Hast du immer noch einen Golf?«, fragte ich. »Wo liegt die Wäsche?«

Er schickte mich ins Bad im ersten Stock, wo ich den schmutzigen Stapel in der Duschwanne begutachtete und beschloss, das meiste in die Maschine zu stopfen. Er wolle mir das nicht zumuten, wehrte Wolfram etwas verlegen ab. Aber ich lächelte nur mitleidig, trennte Unterwäsche, Schlafanzüge und Handtücher von den Wollsachen und suchte die Kellertür. Gleich im ersten Raum würde die Waschmaschine stehen und auch ein Trockner.

Die Treppe nach unten war sehr steil, es war einzusehen, dass er Respekt davor hatte. Ich war dagegen noch gut zu Fuß und hatte endlich die Gelegenheit, mich ein wenig umzuschauen, wenn auch nur im Kellergeschoss. Die Waschmaschine war nicht schwer zu bedienen; ich stellte sie auf neunzig Grad. Jetzt bin ich im Reich des Wolfs, fast wie im gestrigen Traum, dachte ich und öffnete ängstlich die Tür zur nächsten Höhle, wo womöglich ein paar menschliche Knochen versteckt waren. Es war jedoch bloß ein großer Hobbyraum mit einer Werkbank, zahlreichen Regalen, Bohrmaschinen und sorgfältig aufgehängten Kabeln. Mehrere Abstellkammern mit Gerümpel schlossen sich an. Eine war gefüllt mit allerlei Elektroschrott, ausrangierten Küchengeräten, Radios, Computern und einem uralten Fernseher. In einem anderen Kabuff sammelten sich Einmachgläser, ein paar noch gefüllt mit undefinierbarer Pampe. Einige leere und viele ungeöffnete Weinflaschen lagerten in einer Stellage. Die enge Garage mit dem schief eingeparkten Golf konnte von hier aus betreten werden.

»Ich war lange nicht mehr in der Unterwelt«, sagte Wolfram, als ich wieder oben ankam. »Dort muss es erst recht staubig sein. Unsere langjährige Hilfe ist derzeit in Portugal, wo sie einen älteren, verwitweten Landsmann heiratet. Sie wird nächste Woche wiederkommen – hat sie jedenfalls versprochen!«

Na hoffentlich, dachte ich, seine Putzfrau will ich für alles Geld der Welt nicht werden. Ich ließ mir die Einkaufsliste, den Fahrzeugschein, die Wagenschlüssel, ein Rezept für Morphiumpflaster und dreierlei Medikamente, die EC-Karte und einen ausgefüllten und unterschriebenen Scheck für die Bank aushändigen, lud mir den Sack für die Reinigung auf den Buckel und stapfte zum zweiten Mal die steile Kellertreppe hinunter, um den Golf hinauszumanövrieren. Die Villa stammte aus einer Zeit, wo die Leute höchstens eine Kutsche besaßen, erst viele Jahre später hatte man eine bescheidene Garage angebaut und ihr Dach kurzerhand als Balkon verwendet. Ich öffnete die hohen, grüngestrichenen Flügeltüren, setzte mich probeweise ans Steuer, stieg wieder aus und klappte die Seitenspiegel ein. Ganz langsam und mit Schweiß auf der Stirn fuhr ich den Wagen aus seinem schmalen Gefängnis und bemerkte dann erst, dass der Tank fast leer war.

Also erst Geld abheben, danach tanken, dann die Apotheke und am Schluss der Supermarkt. Bis ich das alles erledigt hatte, war die Wäsche vielleicht schon durchgelaufen, und ich konnte sie in den Trockner stecken. Ich kam mir vor wie eine brave Hausfrau, die ihrem gutbetuchten Mann den Rücken freihält. Noch nie im Leben hatte ich mich um solche Aufträge gerissen, aber was tut man nicht alles für Geld! Meine Frührente reichte nun mal nicht für große Sprünge.

Was das Geld anging, so konnte ich es nicht lassen, Wolframs Kontoauszüge auszudrucken; er hatte beinahe zehntausend Euro auf dem Girokonto, davon sollte ich dreitausend abheben. Erst als ich wieder im geparkten Wagen saß, blätterte ich die Auszüge durch. Seine Pensionsbezüge waren weit höher als meine; ich fand aber weder Daueraufträge noch Abbuchungen, der Mann hatte lange kein Bargeld mehr benötigt, musste also zu Hause ein Depot haben. Das hier konnte doch nicht alles sein! Bestimmt hatte er Bernadettes Vermögen idiotensicher als Festgeld angelegt. Oder er hatte ein paar Goldbarren im Safe oder ein weiteres Konto bei einer anderen Bank.

Ich ärgerte mich über den hohen Benzinpreis, holte die Medikamente und ließ mir im Supermarkt viel Zeit, um die tiefgefrorenen Fertigprodukte auf ihre Eignung für die Mikrowelle zu prüfen – in der Hoffnung, dass er eine besaß. Nachher würde ich auf jeden Fall die Küche zu sehen bekommen, vielleicht noch weitere Zimmer. Ich beschloss, ihm heute Bandnudeln mit Hühnchen in Rahmsauce zu servieren, das war kein schweres Essen. Während die Wäsche im Trockner herumwirbelte, konnte ich es notfalls auch in der Pfanne erhitzen. Und danach wollte ich endlich im geschenkten Auto, das noch ganz gut in Schuss war, nach Hause fahren. Zugelassen war es vor drei Jahren auf Bernadette Kempner, vielleicht sollte man das noch ändern.

Der Supermarkt war die reinste Kontaktbörse, ans schwarze Brett hatte man viele Zettel mit Angeboten und Wünschen geheftet, entlaufene Katzen wurden gesucht, ein Turnbeutel war gefunden worden. Mütter mit quengelnden Kleinkindern standen beisammen und besprachen, welcher Kindergarten der beste wäre. Hausfrauen tauschten Rezepte aus, Rentner ließen sich von der Bäckereiverkäuferin einen Kaffee machen, Berufstätige aus einem benachbarten Büro holten sich ein Sandwich. Von der nahen Schule kamen mehrere Mädchen mit einem noch längeren Einkaufszettel als meinem, sie mussten für den Kochunterricht einkaufen. Die Orchideen würden immer billiger, sagte eine Frau zu ihrer Freundin, nach zwei Jahren könne man sie getrost entsorgen und sich bei diesem sensationellen Preis ein paar neue Pflanzen kaufen. Zwei alte Männer standen neben ihren Rollatoren und unterhielten sich über den Pfusch eines Orthopäden. Mir, die ich immer in der Weststadt einkaufte, waren alle diese Leute noch nie begegnet, doch untereinander schienen sich die meisten zu kennen. Fast wie auf dem Dorf, dachte ich, auch Wolfram und sein vw werden hier in der Nordstadt bekannt sein.

Am Autoschlüssel baumelte auch einer für die Biberstraße 19. Also setzte ich die vollen Einkaufstaschen vor der Haustür erst einmal ab und klingelte nicht, sondern schloss auf. Im Flur blieb ich stehen und lauschte. Bing Crosby sang mit einem Chor ein wehmütiges Spiritual:

All the world is sad and dreary everywhere I roam,
Oh darkies, how my heart grows weary
Far from the old folks at home.

Laut rief ich: »Bin wieder da!«, und stieß die Tür zum Wohnzimmer auf.

Dort lag Wolfram auf dem Sofa, tupfte sich mit einem Taschentuch die Augen, setzte sich auf und drehte den Ton des CD-Players ab. »*Swanee River*«, murmelte er. »Hast du alles erledigen können?«

»Klar doch! Ich räume aber als Erstes die Lebensmittel in den Kühlschrank«, sagte ich, lief wieder in den Flur, öffnete aufs Geratewohl eine Tür und stand in einer ungewohnt geräumigen Küche. Der Herd war das einzig moderne Stück, fast neu mit blitzblanken Ceran-Kochfeldern. Schön waren die alten Fliesen, ziemlich gewöhnungsbedürftig die gelbliche Resopal-Einbauwand, rührend die vielen uralten Töpfe, Kannen und Schüsseln aus blauem Email, die wie in einer Puppenküche zur Dekoration aufgereiht waren. Mitten auf einem wackligen Gartentisch stand eine Mikrowelle, bisher hatte Wolfram wohl weder Lust noch Kraft gehabt, einen passenderen Platz dafür zu finden. Der alte Kühlschrank war ein nimmersatter Stromfresser, so überdimensional wie in einem amerikanischen Fernsehfilm. Alle meine eisigen Packungen passten locker ins Gefrierfach. Schließlich schritt ich Länge und Breite der gesamten Küche ab, notierte mir 30 Quadratmeter und schaute kurz zum Fenster in den verwilderten Garten hinaus. Der überall wuchernde Efeu erinnerte an einen Friedhof.

»Magst du etwas Warmes essen?«, fragte ich hektisch, während ich wieder ins Wohnzimmer wieselte. »Das würde jetzt gut passen, denn während die Mikrowelle läuft, kann ich zwischendurch nach der Wäsche schauen.«

Wolfram nickte dankbar. Um es nicht zu vergessen, blätterte ich Geldscheine und Quittungen auf den Couchtisch, legte die Medikamente daneben und eilte wieder in die Küche, um das Fertiggericht aufzuwärmen. Die Wäsche war bereits durch, ich stopfte alles in den Trockner und servierte das Essen.

Hungrig wie ein Wolf, das konnte man von meinem Kostgänger allerdings nicht sagen, denn der Kranke stocherte in den Nudeln herum, nahm nur wenige Anstandshappen und fragte höflich, ob ich ihm nicht Gesellschaft leisten wolle. Ich holte mir einen Teller, verputzte den größten Teil des faden Gerichts – und plötzlich überfiel mich eine zentnerschwere Müdigkeit nach all den ungewohnten Aktivitäten.

Wir hatten nicht etwa am Esstisch gegessen, sondern hingen schlaff in den Polstersesseln. Es war mir ziemlich peinlich, als ich plötzlich von einem eigenen lauten Schnarcher erwachte. Als ich die Augen aufriss, wusste ich sekundenlang überhaupt nicht, wo ich war, und starrte Wolfram an wie einen Marsmenschen.

Er lächelte. »Wir sind wohl beide ein wenig eingenickt«, sagte er nur und schaute auf die Uhr.

Wie viel Zeit war vergangen? Ich wusste es nicht. Jedenfalls musste ich dringend auf die Toilette. Eigentlich wollte ich schleunigst nach Hause, aber nun konnte ich auch noch die Wäsche aus dem Trockner nehmen und oben in eine Kommode räumen.

»Genau über diesem Zimmer, in den großen Wandschrank«, sagte mein Arbeitgeber.

Offenbar schlief Wolfram mittlerweile in Bernadettes früherem Schlafzimmer, jedenfalls sah die geblümte Tapete danach aus. Auch das französische Bett mit einem Überwurf aus wattierter, provenzalisch gemusterter Baumwolle machte fast einen mädchenhaften Eindruck. Auf dem Nachttisch hatte Wolfram eine Flasche mit Mineralwasser neben mehreren Pillenpackungen deponiert. Mitten im Raum stand wie ein Fremdkörper ein Massivholztisch, auf dem viele Zeitungen ausgebreitet waren. Ich fegte sie auf den lila Teppichboden, hievte die gefüllte Plastikwanne auf die Tischplatte und begann die getrocknete Wäsche zusammenzufalten und zu sortieren.

Den Hauptteil machte die Unterwäsche aus. Schon bei der ersten voluminösen Unterhose stutzte ich, denn sie kam mir ebenso weiblich vor wie die Streublümchen an der Wand. Verwundert las ich das Etikett: *Longpants, 100% Baumwolle, Größe 50;* von ähnlicher Sorte gab es noch eine ganze Menge, sogar in Rosa oder Lachs.

Armer Kerl, dachte ich, die eigenen Unterhosen sind ihm ausgegangen, da hat er zur Not eben die Schlüpfer seiner verstorbenen Frau angezogen. Bernadette Kempner musste, diesen Teilen nach zu schließen, ein ziemlicher Brocken gewesen sein. Ich hatte noch kein Foto von ihr entdeckt und sah mich jetzt neugierig um, zog sogar die Nachttischschubladen auf – nichts. Da ich mich nicht endlos damit aufhalten wollte, fing ich schließlich lieber an, die Fächer des Einbauschranks aus weißem Schleiflack mit sauberer Wäsche zu füllen, wobei ich etwas ratlos auf eine größere Anzahl sauberer Männerslips stieß. Welch eigenartige Weise, seiner Frau nochmals nah sein zu wollen!, dachte ich. Das musste ich unbedingt Judith erzählen, die würde sich kranklachen.

Kurz darauf wollte ich mich endlich verabschieden, fragte aber zum Schluss noch etwas scheinheilig: »Leider habe ich deine Frau nie kennengelernt. Wie sah sie eigentlich aus?«

Wolfram musterte mich nachdenklich, meinte: »Ganz anders als du«, griff hinter sich, zog ein gerahmtes Bild unter einem Sofakissen hervor und reichte es mir zögerlich. Es musste ein älteres Foto sein, denn die abgebildete Frau wirkte wie fünfzig. Leider zeigte es auch nicht die gesamte Person, sondern nur den Kopf bis zum Busenansatz.

Die tiefdekolletierte Bernadette war blond gefärbt mit dunkleren Strähnen, hatte einen rosigen Teint, graue Augen, ein freches Lächeln um den großen Mund und war sicherlich einmal eine Rubensschönheit gewesen. Mittlerweile hatte sie allerdings ein üppiges Doppelkinn und ziemliche Hamsterbacken.

»Eine attraktive Frau«, sagte ich höflich. »Warum hängst du das Bild nicht wieder an die Wand?«

»Ich sehe sie mir manchmal aus nächster Nähe an«, sagte Wolfram. »Aber du kannst sie ruhig wieder aufhängen«, und er deutete auf einen leeren Nagel über der Anrichte. »Und nimm doch bitte diese Entwürfe mit, und lies dir alles gut durch.«

Er überreichte mir einen DIN-A4-Umschlag und entließ mich.

Als ich endlich in meinem neuen Auto saß und stolz damit nach Hause fuhr, musste ich immer wieder an Bernadettes Foto denken. Tatsächlich sahen wir uns überhaupt nicht ähnlich. Meine drahtigen, stets kurzgeschnittenen grauen Haare verliehen mir etwas Maskulines, so wie das Drahtgestell meiner Brille und meine etwas kantigen Gesichtszüge. Judith mit ihren rundlichen Formen und ihrem dicken blonden Zopf kam Wolframs verstorbener Frau äußerlich näher, auch sie hatte einen schnippischen Zug um den Mund und diesen zartrosa Teint. Im Gegensatz zu meiner leicht gelblichen Haut.

Ob mich mein ehemaliger Kollege gerade wegen des Unterschieds so schätzte? Schließlich war es ein enormer Sympathiebeweis, wenn er mir ein Großteil seines Erbes für einige kleine Gefälligkeiten überlassen wollte. Erst als ich zu Hause die eigenen Einkäufe aus dem Kofferraum nahm, entdeckte ich den Sack für die Reinigung, den ich völlig vergessen hatte.

5

Das dritte Testament

Wie bereits angekündigt, hatte Wolfram Kempner drei Entwürfe für ein Testament ausgedruckt; zum Testamentsvollstrecker hatte er einen persönlich bekannten Rechtsanwalt bestimmt. Aufmerksam studierte ich die erste Version, gegen die absolut nichts einzuwenden war. Nach Wolframs Ableben sollte ich mich um die Bestattung, den Gedenkstein samt Inschrift und die Grabpflege kümmern und dafür ein Viertel seines Besitzes erben. Der Rest sollte einem Hospiz zufallen.

Auch die zweite Version bot keine Überraschung. Hier wurde zusätzlich verlangt, dass ich den Erblasser bis zu seinem Tod zu Hause versorgen und betreuen und dafür die Hälfte seines Eigentums erhalten sollte. Auf das dritte Blatt war ich gespannt, sah aber sofort, dass hier eine kurze Passage nur mit einem dünnen Bleistift eingetragen war. Die Forderungen aus Nr. 1 und Nr. 2 blieben bestehen, doch als Alleinerbin des Gesamtvermögens fungierte ich – Karla Pinter –, wenn…

Mit gerunzelter Stirn las ich weiter: …*wenn Frau P. mein Lebensende aktiv herbeiführt, allerdings unter der Bedingung, dass ich den Zeitpunkt, den Ort sowie die Art und Weise meines Todes selbst bestimme.*

Lauter adverbiale Umstandsangaben, verklausuliert und

doch nicht klar. Wie mochte Wolfram sich seine letzte Stunde vorstellen? Der Zeitpunkt war nachvollziehbar: Ich sollte ihn nicht bereits heute Abend um die Ecke bringen, sondern erst dann, wenn es für ihn höchste Eisenbahn war. Der Ort? Wohl das eigene Bett, da er nicht im Krankenhaus oder Hospiz sterben wollte. Die Art und Weise? Sicherlich wollte er ohne Qualen sanft hinübergleiten – also durch Schlafmittel. Das war eigentlich alles nicht so schlimm; sollte ich mich doch lieber für die Nummer drei entscheiden und damit die Alleinerbin eines nicht unbeträchtlichen Nachlasses werden? Als ich freudig realisierte, was der unverhoffte Reichtum bedeutete, fing ich wieder an zu singen, die letzte Strophe von *Wenn ich einmal reich wär*: »Herr, du schufst den Löwen und das Lamm. Sag, warum ich zu den Lämmern kam! Wär es wirklich gegen deinen Plan, wenn ich wär ein reicher Mann?«

Völlig aufgekratzt rief ich Judith an. »Hast du gerade viel zu tun? Bist du allein? Stör ich dich, es gibt spannende Neuigkeiten –«

»Ich rufe zurück«, sagte Judith knapp. Hörte ich da einen kleinen, aber unmutigen Seufzer?

Bis spät am Abend musste ich auf ein Lebenszeichen von ihr warten. Dennoch wurde ich allmählich ruhiger und immer nachdenklicher. Was dachte sich mein alter Bücherwurm bloß bei dieser Klausel? Würde sein Rechtsanwalt nicht das gesamte Testament anfechten bei einer so sittenwidrigen Vereinbarung? Ich musste das alles unbedingt mit Wolfram genau durchsprechen und mir meine Aufgaben im Detail erklären lassen. Immerhin konnte ich die zweite Version unbesorgt akzeptieren, falls die Nr. 3 doch nicht in Frage kam.

Als Judith sich endlich meldete, verabredeten wir uns für den nächsten Tag bei ihr zum Frühstück, denn ich wollte gern mein Auto vorführen. Es war erst acht Uhr morgens, noch zwei Stunden Zeit, bevor die Bücherei öffnete. Judith hatte zwei Becher Latte macchiato, Butter und Honig hingestellt und Brötchen aufgetaut. Ich war bisher noch nicht oft bei ihr gewesen und hatte sie jedes Mal ein wenig bedauert, weil ihre kleine Wohnung mit geerbten Möbeln und allerlei Flohmarktartikeln so vollgestopft war, dass man sich kaum rühren konnte. Heute roch es gut nach frischem Kaffee und weniger anregend nach ungemachtem Bett, in der winzigen Küche türmte sich schmutziges Geschirr, aber auf dem Tisch prangte ein bunter Tulpenstrauß. Liebenswertes Chaos, dachte ich fast bewundernd. Bei mir dulde ich keine Lotterwirtschaft und ärgere mich manchmal selbst über meine fast zwanghafte Ordnungsliebe.

Ich überreichte ihr die Klarsichthülle mit den Testamenten, die sie aufmerksam durchlas.

»Aber hallo!«, sagte sie. »Wir nehmen selbstverständlich die Nummer drei! Allerdings musst du den Wolf noch ein wenig unter Druck setzen: Er soll einen Abschiedsbrief hinterlassen und seine speziellen Bedingungen in einem gesonderten Dokument und auf keinen Fall im amtlichen Testament auflisten. Und wir zwei sollten eher heute als morgen die Aktion Schlafmittelbeschaffung starten!«

»Und wenn der Mann gar nicht so krank ist, wie er tut? Wenn ich ihn jahrelang pflegen und hätscheln muss, bis ich selbst tattrig werde und gar nichts mehr von meinem Reichtum habe?«

Judith grinste: »Bei diesem Spielchen bleibt zwar ein geringes Restrisiko, aber der Einsatz ist vergleichsweise gering, wenn man die hohen Gewinnchancen bedenkt!«

Sie lästerte noch ein wenig über die neue Chefin sowie den tyrannischen Hausmeister und schwärmte mir von einem Krimi vor, den sie gerade gelesen hatte. Dann brachen wir beide auf, sie in die Bücherei, ich zuerst in die Reinigung, dann zu meinem neuen Arbeitgeber.

Wolfram freute sich offensichtlich, als ich eintraf. Er hatte mich noch nicht so früh erwartet und wollte mir eigenhändig einen weiteren Kaffee aufbrühen, den ich ablehnte.

»Hast du meine Entwürfe gelesen?«, fragte er. Ich nickte und erklärte, dass ich mit Nr. 1 und Nr. 2 keine Probleme hätte, aber Nr. 3 nicht ganz eindeutig interpretieren könne.

»Ich verstehe natürlich, dass du den Zeitpunkt deines Todes selbst bestimmen und im eigenen Bett sterben möchtest. Und bei der Methode denke ich an einen tiefen Schlaf mit schönen Träumen, aus dem du nicht mehr erwachst – oder meinst du das anders? Allerdings müsstest du meine Sterbehilfe im Testament unerwähnt lassen, denn sonst entsteht ja der Eindruck, ich hätte dich aus habgierigen Gründen aus dem Weg geräumt...«

»Daran habe ich auch schon gedacht. Ich werde einen Brief hinterlassen, der auf Freitod hinweist.«

»Entschuldigung, aber warum brauchst du dafür überhaupt eine Helfershelferin? Du könntest doch auch einfach im Ausland –«

»Dafür habe ich nicht mehr die Kraft«, fiel er mir ins Wort. Dann schwieg er eine Weile und wiegte nachdenklich den Kopf hin und her, bis er wieder ansetzte. »Sieh mal, Karla, ich habe mit meinem Vermögen ja etwas zu bieten. Dafür möchte ich im Gegenzug etwas erhalten. Seit Bernadettes qualvollem Tod leide ich unsäglich unter meiner Schuld, und gleichzeitig habe ich fürchterliche Angst vor dem Tod. Ich wünschte mir, dass meine Frau mich hart bestraft. Du könntest als ihre Stellvertreterin fungieren. Vielleicht solltest du eine blonde Perücke tragen oder etwas in der Art.«

Ich musste unwillkürlich auflachen, aber als ich seine tieftraurigen Augen sah, dämmerte mir, dass es ernst gemeint war.

Wolfram war kein attraktiver Mann. Durch seine Krankheit war das nicht besser geworden, er wirkte ein wenig klebrig und roch nach leerem Magen. Ich hatte ihm stets nur kurz die Hand gereicht, gegenseitige Umarmungen oder gar Wangenküsse passten zu uns beiden nicht. Allein bei der Vorstellung, ihn vielleicht auf die Toilette begleiten zu müssen, sträubten sich meine Nackenhaare. Kochen, einkaufen, aufräumen, Wäsche waschen – das war alles machbar, aber mit falschen goldenen Locken die Ehefrau spielen, das ging über meine Kräfte. Etwas mutlos schaute ich ihn an und schüttelte den Kopf.

»Was soll ich lange um den heißen Brei herumreden«, fuhr Wolfram fort, »ich möchte von dir erwürgt werden!«

Hatte ich mich verhört? Ich starrte ihn mit offenem Mund an, während er sein Anliegen bereits weitererklärte: »Du als Literaturexpertin kennst doch sicher das *jeu du foulard*. Das war in Frankreich einmal große Mode... Bernadette hat sich manchmal auf mich geworfen und ihre großen Hände um meinen Hals gelegt. Es waren die besten Augenblicke meines Lebens. Vielleicht könnte ich das Angenehme mit dem Nützlichen verbinden und abtreten, während mir lustvoll die Sinne schwinden...«

Ich bekam einen roten Kopf vor Verlegenheit, Perversionen waren nicht meine Welt. Am besten sollte ich auf der Stelle aus dieser ganzen Geschichte aussteigen.

»Tut mir leid!«, fuhr ich ihn an, vergeblich um Sachlichkeit bemüht. »Das geht über meinen Horizont! Schon ein Schierlingsbecher ist viel verlangt! Glaubst du wirklich, ich würde als Bernadette verkleidet einem geschätzten Kollegen an die Kehle gehen? Abgesehen davon, dass es eine grauenhafte Vorstellung ist, ist es ein Verbrechen. Da nützt auch ein Abschiedsbrief nichts!«

»Soviel ich weiß, ist Beihilfe zum Selbstmord nicht strafbar«, sagte Wolfram zaghaft. »Lass es dir noch mal durch den Kopf gehen. Warum sollte ich nicht selbst über mein Leben verfügen und mir einen angenehmen Tod leisten können?«

Ich stand auf. »Nein!«, sagte ich. »Such dir ein anderes Opfer! Ich lasse mich nicht korrumpieren. Soll ich den Wagen wieder in die Garage stellen?«

»Du kannst ihn behalten, ich brauche ihn ja nicht mehr«, sagte Wolfram und begann zum Steinerweichen zu schluchzen. Ungern wollte ich ihn so aufgelöst allein lassen. Also blieb ich an der Tür stehen und fragte verunsichert, ob ich noch etwas für ihn tun könne.

Er hatte sich schnell wieder gefangen.

»Es wäre wirklich nett von dir, wenn du meine Brille suchen würdest, ich bin zu schwach, um überall nachzuschauen. Aber setz dich erst mal wieder hin, wir sollten ganz entspannt und vernünftig miteinander reden. Ich verstehe nur zu gut, dass du nicht als Mörderin im Gefängnis landen willst, das wäre auch auf keinen Fall meine Absicht. Im Gegenteil, ich will ja, dass es dir gutgeht, dass du dir deinen Ruhestand angenehm gestalten kannst, denn du hast bestimmt auch kein leichtes Leben gehabt.«

Woher wollte er das wissen? Ich hatte mich nie beklagt. Widerstrebend, aber auch ein wenig neugierig, wie er sich das vorstellte, setzte ich mich auf das Sofa und versuchte es mit Diplomatie.

»Wolfram, was deine Ehe betrifft, so gab es wohl bestimmte Dinge zwischen dir und Bernadette, die keinen etwas angehen. Ich war immer der Meinung, dass zwei Menschen, die eine ungewöhnliche und für beide Partner befriedigende Form des Zusammenlebens gefunden haben, sich nicht nach der herrschenden Moralvorstellung richten müssen. Aber ich bin nicht wie Bernadette, weder äußerlich noch im Wesen.«

»Das stimmt allerdings«, sagte er. »Aber du bist mit einem schönen jungen Mädchen aus unserem ehemaligen Team befreundet, das mich noch nie eines Blickes gewürdigt hat.«

»Judith ist schon dreißig und kein Teenager mehr«, verbesserte ich ihn. »Doch warum erwähnst du sie in diesem Zusammenhang?«

»Sie sieht aus wie meine Frau in ihrer Jugend«, sagte er. »Vielleicht sollten wir sie einweihen.«

Natürlich verriet ich nicht, dass Judith längst meine Verbündete war, und fragte heuchlerisch, ob ich sie ganz unverbindlich einmal mitbringen sollte. »Ich kann sie ja bitten, mich bei irgendeiner Aufgabe zu unterstützen...«

Wolfram machte ein seliges Gesicht. »Wenn ihr mir mein Bett hinuntertragen könntet? Tag für Tag wächst meine Angst, ich könnte die Treppe hinunterstürzen, ich werde doch immer klappriger. Das Bett könntest du nur mit ihrer Hilfe hinunterschleppen.«

Meine Wut über sein exzentrisches Angebot war schnell verraucht. Wenn Judith ganz offiziell mit von der Partie war, konnte ich vielleicht etwas mehr riskieren. »Ich gehe jetzt die Brille suchen, schaue mir dabei die Zimmer an und überlege, wie man den Bettentransport am besten organisieren könnte«, sagte ich. »Bleib bitte, wo du bist, ich komme schon zurecht.«

Ich bin fast so neugierig wie Judith, dachte ich, jetzt werde ich endlich alle Räume im Haus inspizieren. Als Erstes betrat ich das ehemalige Schlafzimmer des Hausherrn, das er inzwischen gegen Bernadettes Kemenate eingetauscht hatte. Es lag direkt an der Frontseite und war am ehesten vom Straßenlärm betroffen. Hier gab es keine Blümchentapete, nur kalkweiße Wände, ein eher spartanisches Eisenbett, auch keinen Teppichboden, sondern abgetretenes Parkett. Eine Wand war mit Bücherregalen, eine andere mit einem klobigen Kleiderschrank zugestellt, der mittlerweile mit Bernadettes Kleidern vollgestopft war. Der einzige Schmuck war ein überdimensionales Bild, offensichtlich die plumpe Vergrößerung einer Picasso-Zeichnung, das vom Bett aus betrachtet werden konnte. Auf dem Nachttisch lag eine Brille, Kassengestell. Ich setzte sie probeweise auf und gleich wieder ab. Dann nahm ich die *Liegende Nackte und Mann mit Maske* an der Wand genauer unter die Lupe.

Wie eine Löwin räkelt sich eine unbekleidete Frau lasziv auf einem Laken und bietet sich dem Betrachter als personifizierte Fleischeslust dar. Dicht hinter ihrem Lager lauert ein kleiner, ernster Mann, der eine Gesichtslarve abnimmt. Da das Modell schläft oder so tut als ob, kann der heimliche Beobachter getrost die Maske fallen lassen und das Weib mit den großen Brüsten eingehend betrachten. Das Objekt seiner Begierde ist geschminkt und hat die lackierten Krallen katzenhaft ausgefahren. Der Mann hält seine Maske im Übrigen wie einen Fotoapparat in die Höhe, fast wie ein Paparazzo, der seinen Beruf als Alibi für den eigenen Voyeurismus nimmt.

Ein interessantes Bild. Offenbar war Bernadette für Wolfram nicht nur die verschlingende, zerstörende Mutter, sondern auch eine verführerische Odaliske.

Hätte man mich gefragt, welche Bilder wohl bei Wolfram daheim an der Wand hingen, so hätte ich auf Spitzweg getippt und ihm ein Gemälde wie *Der Bücherwurm* oder *Der arme Poet* angedichtet. Es heißt ja, dass wir Büchermenschen weltfremd, versponnen und altmodisch seien. Doch in meinem Bekanntenkreis erinnerte einzig Wolfram an ein bucklig Männlein, das zurückgezogen in seinem Wolkenkuckucksheim lebte.

Inzwischen hatte ich den Grundriss des Hauses ziemlich genau im Kopf: Je eine Wohnung mit drei riesigen Zimmern sowie Küche und Bad. Nicht nur die Wohnräume, auch die Küchen und Bäder waren auffallend groß; im ersten Stockwerk gab es keinen separaten Eingang. Die dritte Wohnung unter dem Dach war leider abgeschlossen, doch bis auf die schrägen Wände und die kleineren Fenster wohl ähnlich in der Aufteilung. Ich errechnete grob eine Wohnfläche von fast sechshundert Quadratmetern.

Das dritte Zimmer in der ersten Etage bekam durch die hohen Tannen vor beiden Fenstern zu wenig Licht und wirkte etwas finster; es diente als Bügel- und Handarbeitsraum der Hausfrau. Bernadette hatte hier eine Näh- und Strickmaschine untergebracht, eine mit bunten Stoffresten, Knöpfen, Garnen und Wollknäueln angefüllte Glasvitrine sowie ein Regal voller Kochbücher, Ratgeber und Schnittmuster. In einem pompösen Goldrahmen entdeckte ich Skizzen von Vampir-, Werwolf- und anderen gruseligen Halloween-Kostümen. Offenbar hatte sie Wolframs Verkleidungen selbst entworfen und eigenhändig angefertigt.

Eigentlich wäre es schade um dieses verzauberte Haus. Judith könnte im Parterre, ich in der ersten Etage wohnen, überlegte ich. Die Mansardenwohnung würde ich vermieten, um die laufenden Kosten zu bestreiten, denn das Heizen eines so großen Objektes verschlang bestimmt viel Geld. Natürlich müsste man gründlich renovieren und den Garten auf Vordermann bringen, doch dafür war bestimmt noch irgendwo Bargeld versteckt.

6

Der Hexenschuss

»Ich habe den Wolf schon seit zwei Jahren nicht mehr gesehen«, sagte Judith am Telefon. »Als Kind habe ich mir das tapfere Schneiderlein mit seiner spitzen Nase so ähnlich vorgestellt wie ihn, wenn er in seinem schwarzen Rollkragenpulli über die Schreibtischkante ragte. Aber ehrlich gesagt, habe ich die meiste Zeit durch ihn hindurchgesehen.«

»Jetzt hat er fast eine Vollglatze, ist noch viel dünner als damals und hat meistens einen ausgeleierten Jogginganzug an«, meinte ich. »Er behauptet, du hättest ihn keines Blickes gewürdigt.«

»Das hatte auch seinen Grund. Nicht, dass ich etwas gegen bewundernde Blicke hätte«, sagte Judith. »Es sind ja unausgesprochene Komplimente, die man gern entgegennimmt – nicht nur von jungen, auch von alten Männern und besonders von Frauen. Aber der Wolf hat mich zweimal mit derartigen Stielaugen angestarrt, dass es mir unheimlich wurde.«

»Er bildet sich ein, dass du seiner verstorbenen Frau ähnlich siehst, als sie noch jung war. Offenbar ist sie erst im Laufe der Zeit korpulent geworden.«

Das sei sie in dreißig Jahren auch, sagte Judith seufzend. Wir verabredeten uns für den nächsten Samstag zum Möbelschleppen.

Auf dem Weg zur Biberstraße sprach ich zum ersten Mal mit Judith über Wolframs sehr speziellen Todeswunsch. »Die Schlaftabletten können wir uns schenken. Er will erwürgt werden, am liebsten von dir«, sagte ich.

Judith bekam einen solchen Lachanfall, dass sie sich verschluckte. »Echt? Mach keine blöden Witze!«

Als sie endlich begriff, dass wir es mit einem bizarren Exzentriker zu tun hatten, regte sie sich erstaunlicherweise nicht besonders auf, sondern überlegte, wie man diesen Masochisten überlisten könnte.

»So ein Haus ist einige Anstrengungen wert. Wir müssten etwas aushecken, um ihm das Fell abzuziehen, ohne uns dabei die Finger schmutzig zu machen!«

Wenn das so leicht wäre, dachte ich. Judith aber wirkte kühl bis ans Herz hinan wie weiland Goethes Nixe, die einen Fischer in die Tiefe gezogen hat.

»In meinem letzten Krimi habe ich gelernt«, erinnerte sich Judith, »dass das sogenannte Ohnmachtsspiel unter Jugendlichen weit verbreitet ist. Wolfgang hat mit Bernadette wohl Ähnliches erlebt.«

»Erlebt, mag sein. Aber das will er ja nun nicht mehr.«

»Bei derlei Spielchen sind schon viel Jüngere über den Jordan gegangen«, meinte sie noch.

»Was du nicht alles weißt«, staunte ich. »Warum bist du eigentlich Bibliothekarin geworden? Bei der Kripo hätten sie dich gut brauchen können. Im Fernsehen haben die Polizistinnen auch immer einen blonden Zopf.«

»Das hatte ich nach dem Abi auch vor, aber wegen einer kleinen Vorstrafe ging das leider nicht. Also habe ich mich aufs Lesen von Krimis spezialisiert und viel daraus gelernt.«

Schließlich standen wir vor Wolframs Haus, Judith platzte fast vor Neugier. Aufgeregt tuschelte sie mir zu: »Eigentlich schade, das Dornröschenschloss zu verscherbeln...«

»Davon bin ich längst abgekommen«, brummte ich und kramte den Hausschlüssel heraus. »Hättest du Lust, mit mir zusammen hier zu wohnen?«

»Klar, wir ziehen das Ding ja auch gemeinsam durch«, sagte sie, und wir traten ein.

Wolfram war auf dem Sofa eingenickt, während der Fernseher lief. Ich drehte den Ton ab, und sofort schreckte er auf. Eine Sekunde lang starrte er uns verständnislos an, dann lächelte er.

»Damenbesuch«, sagte er. »Welche Freude!«

Gleich nachdem wir ihm die Hand gegeben und uns nach seinem Befinden erkundigt hatten, fragte Judith, wo der Staubsauger sei. Sie sei die Frau für das Grobe. Offensichtlich war die portugiesische Haushaltshilfe nicht wiederaufgetaucht. Wolfram und ich gingen unterdessen in die Küche.

»Was möchtest du heute essen?«, fragte ich und schaute ins Kühlfach. »Wir haben noch Paella, Farfalle in Käsesauce oder Flammkuchen. Montag gehe ich wieder einkaufen.«

»Eigentlich reicht mir eine kleine Portion Eis, ich kann so schlecht schlucken. Aber meinetwegen könntest du den Flammkuchen aufbacken, und wir essen ihn gemeinsam«, sagte Wolfram. »Bernadette sieht heute wunderschön aus, doch sie braucht wirklich nicht zu putzen.«

»Es ist nicht Bernadette, sondern Judith«, verbesserte ich ihn. »Du wirst sie kaum davon abbringen, sie fährt nie mit angezogener Handbremse.«

In diesem Augenblick kam die tatkräftige Judith herein und hielt Wolfram einen zerknüllten Zettel unter die Nase. »Lag unterm Couchtisch. Ist das von dir?«, fragte sie.

Er lächelte mit einem Kopfschütteln. Das seien ein paar Zeilen aus einem Gedicht von Friederike Kempner, die Anfang des letzten Jahrhunderts gestorben sei. Er habe es sich notiert, weil es so komisch sei; auch sei er um einige Ecken mit der Dichterin verwandt. Judith las vor:

»Mast und Segel schwimmen auf dem Meere,
Wer schafft dieses Ungewitters Sturm?
Und die Schlange in den schwarzen Wolken,
Und den kleinen roten Totenwurm?«

Judith und ich tauschten Blicke. Schließlich meinte sie: »Ich muss jetzt weitersaugen«, und verschwand.

Eine Weile war es fast still in der Küche, man hörte nur das Brummen des Staubsaugers im Nebenzimmer und das Summen des Kühlschranks. Ich wischte den Tisch ab, stellte den Backofen an und fragte beiläufig: »Diese Friederike Kempner stammte – wenn ich mich richtig erinnere – aus Schlesien. Ist das die Heimat deiner Vorfahren? Ich weiß wenig über deine Kindheit, eigentlich nur, dass deine Familie aus dem Osten geflüchtet ist.«

»Mein Vater ist noch vor meiner Geburt gefallen, meine Mutter ist kurz vor Kriegsende in einem Viehwaggon in den Westen gelangt. Ich war noch ein Baby und kann mich nicht daran erinnern. Aber sie hat mir erzählt, dass ich unterernährt und kaum lebensfähig war, auch in meiner Kindheit und Jugend war ich häufig krank. Meiner Mutter verdanke ich, dass ich damals nicht gestorben bin.«

»Sie war sicherlich eine starke Frau...«

»Nun, in der Kriegs- und Nachkriegszeit mussten alle Frauen ihren Mann stehen. So mancher zarten Dame hätte es niemand zugetraut, dass sie schuftete wie ein Pferd, um ihre Familie zu ernähren. Meine Mama war sehr liebevoll, aber wenn es darauf ankam, konnte sie zur Furie werden. Als sie starb, war ich gerade erst mit der Schule fertig. Ohne sie wollte ich nicht weiterleben, so hart hat es mich getroffen. Erst viel später konnte ich mich wieder geborgen fühlen, das war zu Beginn meiner Ehe.«

»Hat deine Mutter nicht wieder geheiratet?«, fragte ich.

Nein, und deswegen sei Wolfram ihr Ein und Alles geblieben.

Ja, ja, es lebe die Küchenpsychologie!, dachte ich, so einfach erklärt sich ein Ödipuskomplex. Unwillig schob ich das Blech mit dem Flammkuchen in den heißen Ofen.

Wenig später wurde Judith vom Duft angelockt. Wir speisten im geputzten Wohnzimmer.

»Das Esszimmer benutze ich längst nicht mehr«, sagte Wolfram. »Ich könnte gut dort schlafen, auch weil es direkt neben dem Bad liegt. Dafür müsste man Tisch und Stühle in der Küche unterbringen und mein Bett heruntertransportieren. Meint ihr, das wäre zu schaffen?«

»Bei deiner Eisenpritsche sehe ich kein Problem«, meinte ich. »Aber das französische Bett ist ein Koloss.«

»Ach was«, sagte Judith. »Ich bin stark! Wenn du fertig mit Mampfen bist, können wir loslegen.«

Sie bestand darauf, dass sich Wolfram wieder aufs Sofa legte, und stapfte mit mir die Treppe hinauf, angeblich, um sich Bernadettes Lotterbett anzusehen. Im oberen Stock inspizierte sie aber erst einmal alle Räume, zog hier und dort Schubladen auf, öffnete Schranktüren und fast alle Fenster.

»Hast du jemals von dieser ominösen Dichterin gehört, mit der unser Wolf verwandt sein will?«, fragte sie.

»Ja, schon«, sagte ich. »Sie verdient zwar Anerkennung für ihr soziales Engagement, aber ansonsten gilt sie als die Königin der unfreiwilligen Kalauer. Nimm nur mal diese Strophe aus ihrem Amerika-Gedicht: *Amerika, du Land der Träume, du Wunderwelt so lang und breit, Wie schön sind deine Kokosbäume, Und deine rege Einsamkeit!*«

»Manchmal staune ich, was du so alles weißt«, sagte Judith. »Ich kann kein einziges Gedicht auswendig! Aber schau doch mal, dieser verwunschene Garten! Höchste Zeit, dass frischer Wind reinkommt! Würdest du lieber oben oder im Parterre wohnen?« Mit dem Zeigefinger malte sie ein Smiley auf das staubige Fensterglas.

»Oben«, sagte ich kurz. »Komm, wir probieren jetzt, ob wir das große Bett hochstemmen können.«

Es gelang uns immerhin, die Matratze vom Bett zu wuchten und auf dem Teppichboden abzusetzen. Der Rahmen war sperrig und schwer wie Blei, aber Judith traute es uns durchaus zu, das Gestell die Treppe hinunterzuschleifen. Ein Schwerkranker wäre natürlich in diesem Paradestück besser aufgehoben als auf dem spartanischen Lager. Wir hoben das Trumm also an und bewegten uns unter rhythmischem Hauruck schwerfällig und unter häufigem Absetzen in Richtung Flur. Mir stand bereits der Schweiß auf der Stirn, als wir am Treppenabsatz ankamen.

»Judith, ich schaffe das nicht«, stöhnte ich, aber sie kannte kein Pardon.

»Los, weiter! Du musst oben gut festhalten und dich vorsichtig Stufe um Stufe abwärtsbewegen, ich werde unten anpacken und rückwärtsgehen. Dieser Klotz wurde ja mal angeliefert, und mehr als zwei Männer waren es bestimmt nicht. Was die hinbekamen, können wir auch!«

Mitten auf der Treppe hatte ich keine Kraft mehr, das obere Ende entglitt mir, und alles – mitsamt Judith – kam ins Rutschen. Sie verlor den Halt und stürzte mehrere Stufen hinunter. Halb unter dem Bettgestell begraben, blieb sie liegen und starrte mich fassungslos an.

»Nichts passiert«, sagte sie endlich und wollte aufstehen. In diesem Moment verzerrte sich ihr Gesicht, und sie stöhnte auf. Ich wurde blass vor Schreck. »Was ist?«, piepste ich.

Aufgeschreckt durch das Gepolter, erschien jetzt auch Wolfram am Treppenaufgang.

»Ist sie verletzt?«, fragte er mit dünner Stimme. »Soll ich einen Krankenwagen rufen? Hat sie sich das Bein gebrochen? Bandscheibenvorfall?«

Judith richtete sich endlich auf, krumm, aber nicht querschnittsgelähmt.

»Regt euch nicht so auf«, sagte sie. »Ich hatte schon zweimal einen Hexenschuss, es ist unangenehm, aber in ein paar Tagen wieder vorbei. Ein Arzt ist nicht nötig, aber heute bin ich zu nichts mehr zu gebrauchen.«

Sie lahmte ins Wohnzimmer und ließ sich mit einem Schmerzenslaut in einen Sessel sinken. Ich hatte ein wahnsinnig schlechtes Gewissen. »Es war meine Schuld«, klagte ich mich an.

»Nein, meine«, sagte Wolfram. »Das hätte ich nie zulassen dürfen!«

Judith grinste schon wieder, allerdings ein wenig kläglich. »Macht euch nicht ins Hemd, so was ist immer nur die eigene Schuld«, sagte sie. »Aber wie soll es jetzt weitergehen? Das Bett kann da nicht liegen bleiben, wir brauchen Hilfe! Karla, holst du bitte mein Handy, es steckt in meiner Jackentasche.«

Ich beeilte mich, fragte aber ziemlich ratlos: »Wen willst du denn anrufen?«

Judith schüttelte nur den Kopf, drückte auf eine gespeicherte Nummer und wartete.

»Kannst du sofort kommen?«, befahl sie. »Weinheim, Biberstraße neunzehn. Ich brauche dringend Hilfe. Bis gleich!«

»Wer wird gleich kommen?«, fragten Wolfram und ich wie aus einem Mund. Sie habe einen alten Freund alarmiert, der sei arbeitslos und habe fast immer Zeit. Allerdings sollte man ihn für seine Dienste entlohnen.

Selbstverständlich, meinte Wolfram und angelte mit zitternden Händen seine Brieftasche aus der obersten Schublade.

Ich hatte kein gutes Gefühl. Hoffentlich war dieser Freund kein ehemaliger Knacki, Hochstapler oder Dealer. »Ist es Cord?«, fragte ich ahnungsvoll. Sie bejahte, er sei der einzige ihrer Bekannten, der erstens verfügbar und zweitens muskulös sei.

Um die Wartezeit zu nutzen, schleppte ich die sechs Stühle vom Esszimmer in die Küche, den großen Tisch konnte Cord übernehmen. Ich griff sogar widerstrebend zum Staubsauger, rückte Möbel zur Seite und überlegte, ob Wolfram vom Bett aus lieber den Blick zum Fenster oder eher auf den Picasso richten wollte.

Als ich erneut den Wohnraum betrat, schlummerte Wolfram bereits wieder auf dem Sofa, Judith saß daneben und legte den Finger auf den Mund. Das nützte allerdings nicht viel, weil es in diesem Moment läutete.

Ich ging an die Haustür und öffnete. Vor mir stand Cord, den ich das letzte Mal vor vielen Jahren gesehen hatte. Wir musterten uns prüfend. Groß, kräftig, unsympathisch war mein erster Eindruck.

Aber was er wohl von mir dachte?

»Na, wo brennt's?«, fragte er.

Ich erklärte es ihm mit wenigen Worten, führte ihn herein und beobachtete voller Argwohn, wie er Judith mit einem Wangenkuss begrüßte. »Tut mir echt leid«, sagte er und zu mir gewandt: »Dann woll'n wir mal!«

Er besah sich die Havarie, zerrte das Bettgestell mit ein paar Handgriffen aus seiner misslichen Lage und trug es ganz ohne meine Hilfe ins Esszimmer, ich musste ihm bloß die Tür aufhalten. Dann schleppte er auch die Matratze und eine schwere Kommode herunter sowie den Esstisch in die Küche. Ungefragt suchte und fand er im Keller das benötigte Werkzeug, um das aus den Fugen geratene Bett zu stabilisieren.

Wolfram stand plötzlich staunend neben mir. Ob hundert Euro reichten, flüsterte er mir zu.

Ich fand, die Hälfte sei bereits genug, denn die ganze Aktion hatte kaum eine Stunde gedauert. Der erleichterte Hausbesitzer ließ sich aber nicht beirren, übergab zwei Scheine und bedankte sich mehrmals.

Cord schob das Geld lässig in die Hosentasche und versprach, jederzeit wiederzukommen, wenn Hilfe benötigt wurde. Das Gras müsse wahrscheinlich mit der Sense geschnitten werden, meinte er mit einem Blick aus dem Fenster. Dann ging er wieder zu Judith und bot ihr an, sie nach Hause zu chauffieren. Ein Fahrrad mit Hilfsmotor blieb vor der Garageneinfahrt stehen.

Ich war jetzt mit Wolfram allein, wollte auch gern das Weite suchen, entschloss mich aber, erst noch sein Bett zu beziehen. »Viel Hektik und Aufregung, tut mir leid«, sagte ich zum Abschied. »Aber immerhin musst du dich heute keine Treppe hinaufquälen, dein Bett steht frischgemacht bereit. Den Perser aus dem Wohnzimmer habe ich dir davorgelegt, damit du keine kalten Füße bekommst. Ich wusste nur nicht, ob ich den Picasso von oben –«

»Brauchst du nicht«, sagte er. »Hauptsache, der schönen Judith geht es bald besser! Könntest du ihr gelegentlich ausrichten, dass sie ihre blonden Haare beim nächsten Besuch offen tragen soll.«

7

Die Bernsteinkette

Am Sonntag rief ich gegen zwölf bei Judith an, um mich besorgt nach ihrem Befinden zu erkundigen. Sie würden gerade frühstücken, sagte sie, sie habe ein Schmerzmittel genommen, und es gehe ihr momentan gar nicht schlecht.

Also war der Möbelpacker über Nacht bei ihr geblieben, was mir nicht gefiel. Ich hätte ihr wirklich einen besseren Mann gegönnt, auch wenn Cord immerhin einen hilfsbereiten Eindruck machte. Nun, er hatte hundert Euro eingesackt, dafür konnte er auch ein bisschen springen! An mir blieb es schließlich hängen, täglich nach Wolfram zu schauen, für ihn zu kochen und mir auftragen zu lassen, was ich einkaufen sollte.

Lange suchte ich im Bücherschrank, bis ich in einer Anthologie mit humoristischen Gedichten ein paar Ergüsse von Friederike Kempner entdeckte. Ich wollte Wolfram mit einem Zitat seiner Ahnherrin überraschen. Neben patriotischen, frommen und sentimentalen Gedichten gab es auch eines, das mich durch seine treuherzige Reimerei besonders entzückte.

> *Kennst du das Land, wo die Lianen blühn?*
> *Und himmelhoch sich rankt des Urwalds Grün?*

Wo Niagara aus den Felsen bricht,
Und Sonnenglut den freien Scheitel sticht?

Verdammt noch mal, fuhr es mir plötzlich durch den Kopf, wollte ich ihm am Ende imponieren oder gar gefallen? Heftig klappte ich das Buch wieder zu. Er sollte sich auf keinen Fall einbilden, ich fände ihn selbst und nicht bloß die Erbschaft interessant.

Die ganze Sache war ein gutes Geschäft, nur deswegen würde ich schon wieder hinfahren. Und genau deswegen könnte ich heute etwas Besseres auf den Tisch bringen als die vorgesehene pampige Pasta mit Analogkäse. Ich hatte zu Hause noch Paprika und Salat im Gemüsefach, ich würde Hackfleisch auftauen und ein gutbürgerliches Sonntagsessen für uns beide zubereiten. Was aber, wenn es eine Henkersmahlzeit wurde, wenn Wolfram schon heute starb, ohne auch nur eines der drei Testamente zu hinterlassen? Ich musste ihn dringend dazu anhalten, wenigstens Nr. 2 abzuschreiben und zu unterzeichnen.

Gesagt, getan. An jenem Tag servierte ich gefüllte Paprikaschoten mit Reis, von denen er immerhin eine halbe aß und mich sehr lobte – nicht nur für das Essen, sondern auch für das frischbezogene Bett, in dem er wie ein junger Gott geschlafen habe. Als er mit seiner Hymne fertig war, brachte ich ihm die Testamentsentwürfe samt einigen Bogen Papier.

Wolfram sah mich nachdenklich an. »Du hast recht«, sagte er. »Man sollte endlich Nägel mit Köpfen machen. Meinst du, man könnte Judith für meinen finalen Wunsch gewinnen, und sollte ich sie in diesem Fall nicht ebenso begünstigen wie dich?«

»Wir sprechen im Augenblick nur von Testament Nummer zwei«, sagte ich. »Begreiflicherweise kann sich auch Judith nicht für die Würgerei begeistern. Was aber mich angeht, so will ich nicht Tag für Tag bei dir antanzen, wenn am Ende gar nichts Schriftliches vorliegt und die gesamte Erbschaft dem Staat zufällt. Oder hast du gar entfernte Verwandte?«

»Die hat doch jeder«, sagte Wolfram. »Aber ich gönne der Sabrina keinen Cent. Ich werde noch heute alles erledigen.«

Zwar hätte ich es lieber gesehen, wenn er in meiner Gegenwart zur Tat geschritten wäre, aber ich wollte nicht zu habgierig wirken.

Wolfram druckste herum, als ich gehen wollte. »Wirst du Judith einen Krankenbesuch abstatten? Ich wäre dir dankbar, wenn du ihr eine kleine Aufmerksamkeit mitbringst. Es tut mir so leid, dass sie meinetwegen Schmerzen hat!«

Ich nickte erwartungsvoll.

Wolfram schloss die oberste Schreibtischschublade auf, in der er seine Brieftasche und das von mir besorgte Bargeld aufbewahrte, und nahm eine prunkvolle Kassette heraus.

»Bernadettes Preziosen«, sagte er. »Würde deiner Freundin vielleicht diese Kette gefallen?«

Ich nickte; persönlich mag ich zwar keinen Bernstein, aber Judith und ich haben einen sehr unterschiedlichen Geschmack. Zu ihrem blonden Haar mochte der honigfarbene Schmuck durchaus passen.

»Darf ich auch die anderen Sachen mal anschauen?«, fragte ich.

»Warum nicht? Wenn du magst, kannst du dir auch etwas

aussuchen«, sagte Wolfram. »Nur nicht die Ringe, die möchte ich vorläufig behalten.«

Das meiste Glitzerzeug – und ganz besonders die Ringe – war für meine Begriffe zu klobig. Ich nahm eine kleine goldene Anstecknadel heraus, die Bernadette wahrscheinlich selbst vererbt worden war, weil sie zu dem protzigen Schmuck so gar nicht passte, und hielt sie probeweise an das Revers meiner grauen Flanelljacke.

Wolfram nickte beifällig. »Bernadette mochte nichts Altmodisches, deswegen hat sie diese Brosche nie getragen; aber dir steht sie gut. Ein Dankeschön für das heutige Essen!«

Immerhin: Ein Auto und ein schlichtes, edles Schmuckstück hatte ich schon eingeheimst. Wolfram hatte sich bisher als durchaus spendabel erwiesen.

Natürlich war ich gespannt, was Judith zu Wolframs Geschenk sagen würde. Seit der Wende hatte ich schon mehrfach Frauen mit ähnlichen Ketten gesehen, denn an der Ostsee wurde Schmuck aus fossilem Harz massenhaft und in mehr oder weniger guter Qualität angeboten. Viele Touristen brachten aus Danzig, Königsberg oder Riga solch ein Andenken mit.

Judith öffnete mir selbst die Tür, Cord war offenbar nicht mehr bei ihr. Die Schmerzen im Lendenbereich träten hauptsächlich beim Aufrichten aus gebeugter Haltung auf, aber sie sei bestimmt bald wieder fit. Schmerzmittel, ein warmes Bad, ein Krimi im Bett oder eine Wärmflasche im Rücken könnten Wunder wirken.

Ich übergab ihr die Bernsteinkette, und sie machte große Augen.

»Meine Oma hatte auch eine mit solchen olivenförmigen Perlen, aber die hat sich natürlich meine Schwester gekrallt. Ist das nicht wie ein Fingerzeig des Schicksals?«

Ich verstand nicht ganz.

»Vielleicht kriege ich mit der Zeit auch noch alles, was meine Schwester besitzt. Außerdem wird eine Kette am Hals getragen. Wenn der Wohltäter es so will, kann ich ihm ja mit der Kette –«

»Spinnst du? Die Kette würde doch sofort reißen! Wolfram hat mir eine kleine Stabbrosche geschenkt, nach deiner Logik müsste ich ihm die Nadel wohl ins Herz bohren?«

Judith grinste. Ich verstände keinen Spaß, sagte sie, und würde immer alles wörtlich nehmen. Sie ließ sich die Kette umlegen und einen Handspiegel reichen und betrachtete sich.

»Hatte Bernadette auch richtig teure Schmuckstücke? Echte Perlen, Edelsteine, Diamanten?«, fragte sie.

»Weiß ich nicht genau; die Klunker, die ich gesehen habe, wirkten nicht sehr überzeugend. Wenn du Wolfram zu Willen bist, wird er dich sicher wie einen Christbaum behängen.«

»Wenn wir Universalerbinnen werden, brauche ich mich im Vorfeld doch nicht anzustrengen...«

»Vorläufig bin nur *ich* die Erbin. Aber wenn du dafür sorgst, dass wir das Haus bekommen, werde ich natürlich halbe-halbe machen.«

Judith gähnte. »Ja, ja doch. Übrigens bin ich dauernd müde vom ewigen Nichtstun. Man kommt auf dumme Gedanken, wenn man den ganzen Tag nur herumgammelt. So habe ich hin und her überlegt, und ich bin schließlich auf Narkosetropfen gekommen. Ich könnte an welche herankommen.«

»Ich hoffe, du hast Cord nichts von unseren Plänen verraten«, sagte ich. Mir schwante nichts Gutes. »Was hast du für eine Begründung angegeben, dass wir einem kranken Mann die Möbel schleppen?«

»Er hat gar nicht gefragt«, behauptete Judith, aber ich glaubte ihr kein Wort.

»Was ist das überhaupt für ein seltsamer Vorname?«, fragte ich. »Ist Cord eine Abkürzung von Konrad?«

»Eigentlich heißt er Torsten, aber ich habe ihn Cord getauft, weil er immer Cordhosen trägt. Du magst ihn nicht, das habe ich sofort gemerkt. Bist du etwa eifersüchtig?«

Ich und eifersüchtig? Ich war doch nicht lesbisch!

Wolfram hatte Wort gehalten. Am nächsten Tag lag das Testament Nr. 2 fix und fertig bereit, die Nr. 3 war bereits handschriftlich abgeschrieben, aber bisher noch nicht unterzeichnet. Was noch ausstand, war der bewusste Abschiedsbrief. Bevor ich diskret darauf hinweisen konnte, fragte er nach Judith, ob sie sich über die Kette gefreut habe und ob sie ihn bald wieder besuchen komme. Ich ertappte mich dabei, dass ich fast so etwas wie einen Nadelstich verspürte, weil ihm Judiths Wohlergehen so sehr am Herzen lag. Wir saßen wie ein altes Ehepaar nebeneinander auf dem Sofa, es fehlte nur noch, dass wir Händchen hielten.

So weit durfte es niemals kommen. Ruckartig stand ich auf und machte mich nützlich: lüften, aufräumen, Wäsche einsammeln, Staub wischen. Die vertrockneten Topfpflanzen warf ich allesamt in die Mülltonne. Sie war mehrmals nicht geleert worden, morgen war zum Glück der nächste Termin.

Ich rollte die Mülltonne an den Straßenrand. Wochenlang war es für die Jahreszeit zu kalt gewesen, jetzt setzte der Frühling plötzlich und mit aller Kraft ein. Die Autos, die auf der Straße parkten, waren von gelbem Blütenstaub überzogen. Im Nachbargarten hatte ein Magnolienbaum bereits dicke Knospen angesetzt, noch ein paar sonnige Tage, und sie würden aufgehen. Von außen fiel mir wieder auf, wie schmutzig die Fenster von Nr. 19 waren – wenn es sonst keiner tat, musste ich sie wohl oder übel endlich putzen.

Die meisten Häuser in der Biberstraße waren von einem Garten umgeben, wir befanden uns schließlich in einem großbürgerlichen Villenviertel der Jahrhundertwende. Nachbarn hatte ich bisher noch keine gesichtet, doch jetzt trat eine Frau meines Alters auf den Bürgersteig, die genau wie ich eine Mülltonne schob.

Sie nickte mir mit unverhohlener Neugier zu, trat näher heran und fragte, ob Maria, die Haushaltshilfe von Herrn Kempner, gekündigt habe.

Wahrscheinlich hielt sie mich für die neue.

»Ich habe ihn lange nicht mehr gesehen«, sagte sie. »Seit dem Tod seiner Frau lebt er völlig zurückgezogen. Mit ihr konnte man ja mal ein Wörtchen reden, aber er war schon immer sehr zurückhaltend. Wie geht's ihm denn, ich habe gehört, er sei sehr krank?«

Das konnte vielleicht eine wichtige Zeugin werden, dachte ich und sprach ausführlich über Wolframs Krebserkrankung und seine schwere Depression mit suizidalen Anwandlungen.

»Ich bin eine ehemalige Kollegin von Herrn Kempner«, schloss ich. »Er braucht ein bisschen moralische Unterstützung und praktische Hilfe, deswegen kümmere ich mich gelegentlich um ihn.«

»Wir Nachbarn würden auch gern helfen«, sagte sie, »aber er hat immer abgeblockt. Warten Sie mal, bei uns blühen gerade die schönsten Frühlingsblumen. Ich pflücke schnell ein Sträußchen für den Kranken.«

Ich folgte ihr in den angrenzenden Garten und war entzückt über die blauen Hyazinthen, roten Tulpen, weißen Narzissen und gelben Forsythien. Nebenan auf Wolframs Seite sah man nur Gestrüpp, Brennnesseln und die braunen, abgestorbenen Zweige einer Eibe. Ein Eichhörnchen verließ gerade eine der Tannen und sprang ohne Scheu auf den Kirschbaum in unserer Nähe. Die fremde Frau folgte meinen Blicken und meinte: »Von rechts nach links, Glück bringts!« Im Übrigen sei es ein Jammer, wie dieses ehemals schön bepflanzte Grundstück verwildert sei.

»Früher hatte Bernadette Kempner Freude am Garten ihres Elternhauses. Aber in den letzten Jahren war ihr die Arbeit über den Kopf gewachsen, sie hatte stark zugenommen und war sehr schwerfällig geworden«, erzählte sie und pflückte großzügig die einzige rosa Hyazinthe ab. »Eigentlich hatte sie vor, einen Gärtner einzustellen, aber davon wollte der Herr Gemahl nichts wissen. Herr Kempner ist ja der reinste Bücherwurm, man hat ihn fast nie im Grünen entdeckt. Außerdem hatte ich schon längst den Verdacht, dass die Haushaltshilfe das sinkende Schiff verlassen wollte. Ach, es ist trostlos!«

»Wohnen Sie schon lange hier?«, fragte ich.

Ja, sie sei mit ihrem Mann und ihren zwei kleinen Kindern vor Jahrzehnten hergezogen. »Damals lebten lauter junge Familien in unserer Straße, die Kinder spielten und tobten durch die Gärten, die Eltern freundeten sich an und grillten an warmen Sommertagen gemeinsam. Das Haus Nummer neunzehn ist das größte weit und breit, alle anderen – wie auch unseres – sind für nur eine Familie gedacht. Ich glaube, die Kempners waren die Einzigen ohne Nachwuchs; wir haben nie erfahren, warum. Vielleicht war ihre Kinderlosigkeit nicht ganz freiwillig, und sie haben sich abgesondert, weil sie das fröhliche Treiben nicht mit ansehen mochten. Inzwischen sind die meisten Anwohner der Biberstraße alt geworden, bekommen aber manchmal Besuch von Kindern und Enkeln. Einige müssen wohl bald in ein Altersheim übersiedeln, dann wird sich nach und nach eine jüngere Generation hier niederlassen.«

Ich nahm den kunterbunten Strauß entgegen. Würden Judith und ich Bäume fällen und mit der Sense mähen können? Wahrscheinlich würde sie wieder ihren Cord herbeizitieren, kein angenehmer Gedanke. Hoffentlich konnten wir recht bald auf Bernadettes Ersparnisse zurückgreifen und einen Profi fürs Grobe anstellen.

»Grüßen Sie Herrn Kempner, aber sagen Sie bitte nicht das Wort *herzlich*«, sagte die Nachbarin, die sich zum Abschied noch als »Frau Altmann« vorstellte.

Wolfram besah sich den Strauß und sagte: »Der hätte Bernadette gefallen!«

Als er hörte, von wem er stammte, runzelte er die Stirn. »Eine Klatschbase, vor der musst du dich in Acht nehmen«, meinte er. »Die Altmann wollte unsere Maria wiederholt in die Zange nehmen. Am besten man grüßt höflich und verzieht sich schleunigst. Wieso warst du überhaupt auf der Straße?«

»Zufällig kamen wir fast gleichzeitig auf die Idee, die Mülltonne rauszustellen...«

»Du kannst es nicht wissen, aber das war kein Zufall! Die Altmann lauert Tag und Nacht hinter der Gardine. Kaum sah sie Bernadette oder Maria aus dem Haus kommen, dann war sie *zufällig* auch schon vor der Tür. Die will ihre große Nase überall hineinstecken. Also tu mir die Liebe, und lass dich nicht aushorchen!«

Ich beruhigte ihn: Ich hätte mit Frau Altmann keine drei Worte gewechselt, und dass Wolfram krank war, wussten die Nachbarn doch schon längst. Im Grunde gab es gar keine Geheimnisse, die ich verraten konnte. Frau Altmann hatte auf mich keinen negativen Eindruck gemacht, immerhin hatte sie ihre schönsten Blumen einem mürrischen Einzelgänger geopfert. Ich hatte mir immer viel auf meine Menschenkenntnis eingebildet, die ich durch jahrelangen Publikumsverkehr in einer öffentlichen Bibliothek erworben hatte. Doch man konnte sich täuschen, auch dem Kollegen Wolfram hätte ich früher niemals zugetraut, dass er nicht alle Latten im Zaun hatte.

»Hat deine Nachbarin auch einen Mann?«, fragte ich.

Wolfram grinste schadenfroh. »Sie ist geschieden. Der biedere Herr Staatsanwalt hat sie mit einer Referendarin betrogen, geschieht ihr recht, der alten Ziege! Angeblich haben sie einen bitteren Kampf um das Haus ausgefochten, jetzt lebt sie ganz allein darin. Das hat sie nun davon.«

8

Der Heiratsantrag

Judith hatte es doch tatsächlich fertiggebracht, sich für die ganze Woche krankschreiben zu lassen, obwohl es ihr nach drei Tagen bereits deutlich besserging. Am Mittwochabend rief sie mich an und teilte mir mit, dass sie beim nächsten Mal in die Biberstraße mitkommen wolle.

»Erinnerst du dich noch an das Märchen von den drei kleinen Schweinchen?«, fragte sie. »Sie tanzen am Ende vor Freude um den Kamin und singen: *Der Wolf ist tot, der Wolf ist tot, ein Ende hat die große Not!*«

Die halbe Nacht ging mir das Schweinchenlied nicht aus dem Kopf. Wer sollte denn bitte schön das dritte Ferkel sein? Da hielt ich es doch lieber mit dem Anfang des Märchens, wo die Schweinemutter ihre Kinder fortschickt, um ein Haus für sich allein zu haben.

Wolfram lag wie immer auf dem Sofa, als Judith ihren Auftritt hatte. Sie trug die Bernsteinkette, einen rostfarbenen Mohairpullover, der durch einen tiefen Ausschnitt ihre Oberweite gut zur Geltung brachte, und etwas zu enge Hosen.

»Wunderschön siehst du aus«, sagte er. »Könntest du nur einmal kurz die Haare herunterlassen?«

Judith zögerte keine Sekunde, löste den Gummi aus dem Zopf und kämmte mit den Fingern die Strähnen auseinander.

»Und nun leg deine Hände um meinen Hals«, bat er. »Nur zur Probe, denn heute will ich noch nicht sterben!«

Während ich noch fassungslos staunte, schritt Judith zur Tat, hockte sich auf die Sofakante, beugte sich über ihn, schloss die Hände um sein faltiges, mageres Hälschen, drückte mit amüsierter Miene ein wenig herum und sah ihn erwartungsvoll an.

»Ja, so ist es gut«, schnaufte Wolfram und schielte in ihr Dekolletee. »Wärst du denn auch im Ernstfall dazu bereit?«

»Also bis zum Exitus?«, fragte sie, ließ los, richtete sich wieder auf und schüttelte entschieden den Kopf. »Wie stellst du dir das denn vor? Wenn ein Arzt die Würgemale entdeckt, würde er doch sofort eine Obduktion anordnen und die Kripo einschalten.« Sie nahm in einem Sessel Platz und lächelte ihm aufmunternd zu.

»Auch darüber habe ich nachgedacht. Entweder ihr wartet mit dem Auffinden meiner Leiche, bis ich mich fast aufgelöst habe und niemand mehr –«

»Igitt!«, rief Judith. »Das meinst du doch nicht im Ernst!«

Unbeirrt fuhr er fort: »Oder ihr hängt mich nach dem Erwürgen auf. Im Abschiedsbrief kann die Strangulation vermerkt sein.«

»Erwürgen und Erhängen sind immer noch zweierlei.«

Ich war außer mir. Warum ließ sich Judith auf diese Spinnereien ein? »Ihr habt doch beide nicht mehr alle Tassen im Schrank!«, rief ich. »Amüsiert euch ohne mich!« Ich stand auf und wollte gehen, aber Judith zwinkerte mir so spitzbübisch zu, dass ich zögerte. Ich wollte nicht als humorlose alte Schachtel gelten. Also setzte ich mich wieder hin und wartete erst einmal ab.

»Wie ich dich kenne«, sagte Judith zu Wolfram, »hast du bereits einen Entwurf für deinen Abgang aufgesetzt. Den würde ich gern mal lesen!«

»Muss ich noch ausdrucken«, sagte er. »Hol mir mal den Laptop!«

Nach etwa zehn Minuten hielt Judith das gedruckte Werk in Händen und las vor:

Ich, Wolfram Kempner, scheide freiwillig aus dem Leben, weil ich mir wegen meiner unheilbaren Krebserkrankung die letzten qualvollen Wochen ersparen und hier zu Hause in meiner gewohnten Umgebung sterben möchte; seit meine geliebte Frau tot ist, hat das Leben keinen Sinn mehr für mich. Ich habe mich für den Tod durch den Strang entschieden.

Mein Testament liegt in der obersten Schublade des Sekretärs, ebenso wie mein Personalausweis, die Geburtsurkunde, alle anderen persönlichen Papiere sowie meine Wünsche für die Bestattung.

Datum:
Unterschrift:

Geliebte Frau? Dabei hatte sie ihm das Leben zur Hölle gemacht! Mir lief ein Schauder über den Rücken. Die unerschrockene Judith nickte nur ermutigend: »Wo möchtest du denn aufgeknüpft werden?«

»Auf keinen Fall an einer Gardinenstange«, sagte Wolfram. »Die habe ich persönlich nicht eben fachmännisch angedübelt. Am besten in der Garage oder im Keller, dort laufen ein paar stabile Heizungsrohre an der Decke entlang. Sterben will ich natürlich im Bett, ihr müsstet mich dann noch runterschaffen...«

»Und wann wäre der große Tag?«, fragte Judith.

»Auf jeden Fall erst dann, wenn die Opiate nicht mehr wirken und ich unerträgliche Schmerzen habe. Das wird nicht mehr lange auf sich warten lassen, man kann die jetzige Dosis nur noch geringfügig steigern.«

»Okay«, sagte Judith. »Dann solltest du schleunigst deinen Abschiedsbrief mit einem Füller abschreiben, der Computerausdruck könnte von sonst wem stammen. An mir soll es nicht liegen, ich bin nach reiflichem Überlegen dazu bereit, dich durch Kompression der Halsschlagader ins Jenseits zu befördern.«

Ich konnte es kaum fassen! In welche Machenschaften wollte mich Judith da hineinziehen?

»Es darf natürlich keine Schleifspuren geben«, überlegte Wolfram. »Ihr müsstet mich tragen. Aber ich wiege ja nur noch achtundfünfzig Kilo, das müsste für zwei starke Frauen doch kein Problem sein.«

Judith kicherte boshaft. »Das wird Karla auch allein verkraften, ich will nicht schon wieder einen Hexenschuss –«

»Jetzt reicht's!«, sagte ich, schlug mit der Faust auf den Tisch und ließ die beiden allein.

Im Auto fluchte ich leise vor mich hin. Was war Judith doch für ein unberechenbares Luder! Kaum war ein Mann in ihrer Nähe – selbst wenn es ein todkrankes Männlein war –, ließ sie sich mit ihm ein und begann zu kokettieren. Auch Wolfram benahm sich in Judiths Gegenwart nicht wie ein Todgeweihter. Er machte ihr Komplimente, seine leise Stimme klang frischer und männlicher, er versuchte es sogar mit kleinen Scherzen.

Hätte ich mich doch bloß mit Testament Nr. 2 zufriedengegeben und Judith nicht eingeweiht! Hatte sie allen Ernstes vor, es auf ein Verfahren wegen Tötung auf Verlangen oder gar wegen Mordes ankommen zu lassen? Falls man Wolframs Suizid anzweifelte, dann hatten wir als einzige Erbinnen ein überzeugendes Mordmotiv. Welcher Staatsanwalt würde uns schon glauben, dass das Opfer tatsächlich erwürgt werden wollte! Ich hatte mich mittlerweile kundig gemacht, dass man in Deutschland zwischen aktiver und passiver Sterbehilfe unterschied. Zum Beispiel war eine Giftspritze – auch auf Verlangen des Kranken – strafbar. Nur ein indirekter Eingriff durch schmerzlindernde Medikamente, deren Nebenwirkungen die Lebensdauer herabsetzen, wurde billigend in Kauf genommen.

Ich war kaum zu Hause, da klingelte das Telefon. Aber es war keine Entschuldigung der reumütigen Judith, sondern meine Schwägerin aus Kanada, die ausführlich über ihre jüngste Enkelin berichtete. Die Kleine habe leichtes Fieber und bekomme wohl ihr erstes Zähnchen. Eine Weile hörte ich geduldig, wenn auch zähneknirschend zu, unterbrach aber schließlich den Redefluss und behauptete, ich hätte einen Termin.

»Ja, solche Sorgen kennst du nicht«, meinte Rachel etwas süffisant und legte auf.

Erleichtert ließ ich mich auf meine Couch fallen und stellte den Fernseher an. Obwohl mich die Sendung über freilebende Trampeltiere in der Mongolei nicht wirklich interessierte, würde sie mich vielleicht ablenken. Ich wollte so schnell nicht mehr gestört werden. Doch bald darauf klingelte es Sturm.

Judith überreichte mir einen Umschlag: »Damit du weißt, was du morgen einkaufen sollst!«

Das hätte man mir auch telefonisch durchgeben können, erwiderte ich unfreundlich. Doch sie wollte offensichtlich plaudern, machte den Fernseher aus und setzte sich ungefragt neben mich. »Kriege ich einen Tee? Am liebsten einen Roibusch!«

Immerhin war Judith über eine Stunde lang mit Wolfram allein gewesen, da konnte viel geschehen sein. Also kramte ich einen uralten Teebeutel namens *Buschtrommel* heraus (mit angeblich lieblich-exotischem Fruchtgeschmack) und war ganz Ohr.

»Denk dir, er schickte mich ins Schlafzimmer, um ein schwarzes Négligé zu suchen. Obwohl ich in letzter Zeit ziemlich zugenommen habe, war es mir viel zu weit. Ich habe es mit einer großen roten Schleife in der Taille zusammengeschnürt. Sah aus wie ein Geburtstagspäckchen. Der Wolf war hin und weg und starrte mich an wie das achte Weltwunder!«

»Wie kannst du nur auf seine perversen Spielchen eingehen!«, rief ich aufgebracht. »Beim nächsten Mal verlangt er, dass du alle Hüllen fallen lässt!«

Judith kicherte. »Es hat sich gelohnt! Schau mal!«, und sie hielt mir die linke Pfote entgegen. Der monströse Ring hatte in der Mitte ein plumpes Herz aus rotem Glas, umgeben von funkelnden Strassssteinchen.

»Ein Rubin und viele kleine Diamanten«, trumpfte sie auf.

Bei so viel Naivität drehte sich mir fast der Magen um.

»Aber das ist noch nicht alles«, behauptete Judith stolz. »Der Wolf hat mir einen Heiratsantrag gemacht!«

Fassungslos starrte ich sie an und zischte schließlich: »Hast du dumme Nuss etwa eingewilligt?«

»Bis jetzt nicht. Eigentlich wollte ich schon mit acht keinen anderen als Batman heiraten, aber vielleicht ist Wolfram gar nicht so weit davon entfernt. Eine Lady ziert sich und bittet um Bedenkzeit.«

Nach ein paar Schrecksekunden machte ich eine so empörte Bewegung, dass mein Teeglas umfiel und ich mich um ein Haar verbrüht hätte. Ich brachte kein Wort heraus. Wofür hielten die zwei mich eigentlich! Mit einer Heirat würden sich alle meine Pläne in Luft auflösen. Ich würde leer ausgehen, wenn die mit allen Wassern gewaschene Judith als Ehefrau das gesamte Vermögen erbte. Dabei war ich es, die die ganze Sache eingefädelt hatte, an mich und niemand anderen hatte sich Wolfram gewandt, als er Hilfe suchte.

Judith erschrak ganz offensichtlich über meine verfinsterte Miene.

Gleich würde sie mir wieder Humorlosigkeit vorwerfen. Also kam ich ihr zuvor und fragte: »Und – wie viele Kinder habt ihr geplant?«

»Es soll unbedingt eine komplette Fußballmannschaft werden«, sagte sie. »Aber ich sehe schon, mit dir ist im Moment nicht gut Kirschen essen. Mach's gut, und denk bloß nicht, ich wollte dich übers Ohr hauen – ganz im Gegenteil. Ich schenke dir sogar meinen Verlobungsring, denn wir wollten doch die gesamte Beute teilen!« Sie zog ihn ab, legte ihn neben die Zuckerdose und verschwand.

Ich blieb allein und grübelte. Wenn sie auf eine Witwenrente zählte, dann irrte sie sich gewaltig. Wer nicht mindestens ein Jahr vor dem Ableben geheiratet hatte, konnte keine Versorgung beanspruchen.

Erst später öffnete ich den Briefumschlag, der mit Geldscheinen prall gefüllt war: Ich zählte tausendfünfhundert Euro. Im Anschluss las ich die Einkaufsliste, ein handgeschriebenes Kärtchen sowie eine Bankvollmacht. In seiner akkuraten, kleinformatigen Schrift schrieb Wolfram, es sei bestimmt lästig für mich, nach jedem Einkauf abzurechnen. Ich solle das Geld für die Haushaltskasse behalten, nach Belieben ausgeben und bei Bedarf neues abheben, er brauche keine Belege und vertraue mir. *Dein dankbarer Wolfram,* las ich kopfschüttelnd und knöpfte mir die Liste vor.

Als Erstes sollte ich zu seinem Arzt fahren, wo zwei Rezepte für ihn bereitlägen, dann zur Apotheke und schließlich zum Supermarkt. Leichtverdauliche Gemüsesuppen wären ihm am liebsten, ferner Pudding, Obst, Fisch und möglichst wenig Fleisch.

Der Herr beliebte Ansprüche zu stellen! Eigentlich könnte auch seine Verlobte für ihn kochen, knurrte ich grimmig, doch immerhin würde Judith demnächst wieder viele Stunden am Tag in der Bibliothek verbringen. Wolfram spielt uns gegeneinander aus, dachte ich. Er ist im Grunde gar nicht so kränklich, wie er tut, und lässt mit Genuss die Puppen tanzen. Die Mitleidstour zieht bei Frauen immer am besten. Vielleicht will er auch nur testen, welche Demütigungen wir für Geld und Geschenke bereitwillig hinnehmen. Irgendwann wird er uns wie Sklavinnen behandeln und aus purer Bosheit noch jahrelang leben.

Am nächsten Tag stand ich an der Empfangstheke der Arztpraxis. »Muss nur noch unterschrieben werden«, sagte die Helferin und verschwand mit den Rezepten. Kurz darauf rief sie mich ins Sprechzimmer.

»Der Herr Doktor möchte Sie noch etwas fragen«, sagte sie. »Er kommt sofort.«

Wolframs Hausarzt eilte bald darauf herein, unterschrieb im Stehen und fragte zwischen Tür und Angel, ob Wolfram im Hospiz gut untergebracht sei.

»Nein, nein, er will unter allen Umständen zu Hause sterben. Ich und eine andere ehemalige Mitarbeiterin, wir kümmern uns um ihn. Wie viel Zeit wird ihm wohl noch bleiben?«

»Erstens darf ich nur Angehörigen Auskunft erteilen. Und zweitens ärgere ich mich immer wieder«, sagte der Doktor, »wenn ein Kollege im Roman oder Film knallhart behauptet, der Patient hätte nur noch vierzehn Tage zu leben. Kein Arzt kann das so exakt beurteilen, da gibt es immer wieder Überraschungen! Und bei Herrn Kempner ist eine Prognose besonders schwierig, denn er ist sehr widerstandsfähig. Andererseits hat ihn der Tod seiner Frau sehr mitgenommen. Er braucht jemanden, der ihm auch mal zuhört. Wenn er mehr Abwechslung, Zuspruch und Gesellschaft hätte, ginge es ihm zweifellos besser. Aber Sie kennen ihn ja, er ist nun mal ein Eigenbrötler.«

Nachdenklich verließ ich die Praxis. Offenbar wollte der Arzt andeuten, dass Wolfram zwar keinen Wert auf Kontakte legte, gleichzeitig aber darunter litt. Mit anderen Worten: Unsere Besuche taten ihm gut, ließen ihn am Ende noch aufblühen. Wollte ich das?

Immer wenn die Batterie meiner Armbanduhr ihren Geist aufgab, betrat ich den kleinen Juwelierladen. Diesmal hielt ich dem Inhaber Bernadettes Ring unter die Nase.

»Eine Tante hat ihn mir geschenkt und behauptet, der sei echt. Aber ich habe meine Zweifel...«

»Mit Recht«, sagte der Meister und legte die Lupe wieder hin. »Modeschmuck aus den siebziger Jahren. Den können Sie höchstens für fünf Euro bei eBay loswerden. Tut mir leid, aber Sie hatten ja auch ohne mein hartes Urteil den richtigen Riecher.«

Wenn er annahm, ich sei enttäuscht, dann hatte sich der gute Mann geirrt. Es hätte mich sehr verdrossen, wenn Judith mit einem wertvollen Gegenstand beschenkt worden wäre.

Rechtzeitig für das Mittagessen war ich in der Biberstraße. Wolfram saß ausnahmsweise am Schreibtisch und machte sich Notizen.

»Ich liste gerade auf, welche Musik bei meiner Beerdigung gespielt werden soll«, erklärte er. »Das Lieblingslied meiner Frau war: *Junge, komm bald wieder, bald wieder nach Haus, Junge, fahr nie wieder, nie wieder hinaus!* Das darf auf keinen Fall fehlen. Und ich selbst wünsche mir *Goodbye Johnny*.«

Unwillkürlich imitierte ich Hans Albers und sang: »... *er war ein Tramp und hatte kein Zuhaus, und aus seinen Kno-*

chen wachsen Blumen raus...« Doch ich verstummte sehr schnell, beschämt über meine Taktlosigkeit.

»Oder meinst du, etwas Klassisches sei besser? Was rätst du mir?«, fragte Wolfram.

Etwas Klassisches? *Trauermarsch* von Chopin? Mozarts *Requiem*? Das *Ave Maria* von Gounod? Eine Fuge von Bach?

»Ich dachte auch an Alphornklänge, weil mir dabei immer die Tränen kommen, aber es muss ja nicht unbedingt etwas Trauriges sein«, überlegte er weiter. »Du verstehst, glaube ich, mehr von Musik als ich, weil du doch so gerne in die Oper gehst, du darfst dir etwas wünschen. Ich hab ja sowieso nichts mehr davon.«

Ich muss gestehen, dass ich mich geschmeichelt fühlte. Also versprach ich, darüber nachzudenken, und fragte, ob vielleicht ein Stück aus Haydns *Schöpfung* in Frage käme, und summte ihm vor: *...die Welt, so groß, so wunderbar...* Er hatte das Duett von Adam und Eva noch nie gehört, und ich beschloss, ihm beim nächsten Mal die CD mitzubringen. Meine Stimmung, die sich gerade etwas aufgehellt hatte, wurde allerdings schnell wieder getrübt, als Wolfram sagte: »Judith hat ein Lied von Max Raabe vorgeschlagen. Es heißt: *Kein Schwein ruft mich an*. Ich kenne es nicht so genau, meinst du, sie will mir damit etwas sagen?«

»Keine Sau interessiert sich für mich!«, gab ich zurück, schlug die Tür zu, ging in die Küche und räumte zornig die eingekauften Lebensmittel in den Kühlschrank. Meine geliebte Haydn-CD würde ich ihm niemals ausleihen, beschloss ich, das waren Perlen vor die Säue beziehungsweise vor die Schweinchen geworfen.

9

Unter dem Dach

Langsam wurde es sommerlicher und wärmer, aber Tag für Tag wurde Wolfram ein wenig schwächer, aß weniger und schlief sehr viel. Ich begann mir Sorgen zu machen. Judith war eine ganze Woche lang nicht mehr bei ihm gewesen, er fragte jedes Mal nach ihr.

»Was meinst du«, sagte er an einem sonnigen Freitag und schaute mich mit seinen immer größer werdenden Augen fast flehend an. »Wird mich Judith morgen besuchen? Ich möchte euch nämlich ein Angebot machen: Ihr könntet eure Miete sparen und hier bei mir einziehen. Die eine ins Dachgeschoss, die andere im ersten Stock.«

Ich überlegte. Schon vor einiger Zeit war mir aufgefallen, dass sich Wolfram kein Frühstück mehr zubereitete, denn weder eine gebrauchte Tasse noch ein klebriger Löffel deutete darauf hin. Das Mittagessen war die einzige Mahlzeit, die er einnahm, und wohl auch nur, weil ich es vor seiner Nase aufbaute und ihm Gesellschaft leistete. Die Käseschnitte, die Tomate oder Banane, den Joghurt oder was ich sonst noch für abends auf ein Tablett stellte, fand ich oft genug im Mülleimer wieder, zur Tarnung in eine Zeitung eingewickelt. Es lag auf der Hand, dass die bisherige Betreuung nicht mehr ausreichte. Was war praktischer? Wenn ich dreimal am Tag aufkreuzte, oder wenn ich endgültig hier einzog, was ja sowieso irgendwann geplant war? Dagegen sprach aber, dass ich eigentlich nicht hier wohnen wollte, bevor man ausgemistet und renoviert hatte. Gerade im ersten Stock, den ich ja für mich beanspruchte, erinnerte jedes Möbelstück an Bernadette, ganz zu schweigen vom Inhalt der Schränke und Kommoden. Abgesehen davon war sie genau dort so jämmerlich gestorben.

»Judith wohnt sehr beengt«, lenkte ich erst einmal von mir ab, »sie würde sich unter deinem breiten Dach bestimmt wohl fühlen. Wie sieht es dort überhaupt aus?«

Wolfram deutete auf den Sekretär und erklärte mir, in welcher Schublade Bernadette die Schlüssel aufbewahrt hatte. »Schau dich doch mal um«, sagte er. »Ich bin seit Jahren nicht mehr oben gewesen. Auch Maria sollte dort nicht herumschnüffeln, deswegen hatte meine Frau die Mansarden stets abgeschlossen.«

Mir klopfte das Herz – nicht nur wegen der vielen Treppen, sondern auch, weil ich im Grunde ein Hasenfuß bin. Was mochte mich da oben erwarten? Gerümpel, das seit 1897 dort lagerte, schimmlige Tapetenreste, faulende Balken, Sägemehl von Holzwürmern, am Ende gar tote Tauben, die durch ein gekipptes Fenster hineingeraten waren?

Der Spiegel im Flur zeigte eine verschreckte Karla. Doch statt heillosem Chaos betrat ich ein Zauberreich. Es war, als sei die Zeit stehengeblieben, ich fühlte mich wieder als kleines Mädchen. Das erste Zimmer sah wie ein Spielzimmer aus. Ein perfekt eingerichtetes Puppenhaus, das inzwischen sicherlich einen gewissen Wert hatte, entzückte mich am meisten. Aber auch die vielen Teddys, Püppchen und Wickelkinder, die aufgereiht auf einem grünen Plüschsofa saßen, waren so niedlich, dass ich sie am liebsten gleich in den Arm genommen hätte. Bei näherer Betrachtung stellte ich fest, dass man sie nicht mit Konfektionsware eingekleidet hatte, sondern mit aufwendiger Handarbeit – gehäkelten, genähten und bestickten Kleidchen. Eine Gruppe kleiner Fastnachtsfans hatte sich auf einem Korbstühlchen versammelt: Puppen und Tiere, die als Monster, Vampire und Teufel verkleidet waren, neben ihnen Prinzessinnen und ein wunderschöner Engel mit blondem Echthaar. Wie eine Fünfjährige musste ich sofort prüfen, ob die Puppen auch Unterwäsche trugen.

Offenbar hatte sich Bernadette in ihrem heimlichen Paradies nach Herzenslust ausgetobt. Hier hatte sie das eigene Spielzeug und – wie es aussah – auch das Erbe ihrer Mutter und Großmutter über Jahrzehnte vergeblich aufbewahrt, um es an eigene Kinder und Enkel weiterzugeben. Ein bisschen gespenstisch, ein bisschen krank, aber irgendwie nachvollziehbar. Einen Moment lang stiegen mir tatsächlich die Tränen in die Augen, weil auch mich bei nostalgischem Spielzeug eine verdrängte Sehnsucht und Trauer übermannt.

Doch genug von der kinderlosen Bernadette, es ging um eine Wohnung für Judith. Also betrat ich den nächsten Raum, und mich traf fast der Schlag. Hier war ein komplettes Babyzimmer eingerichtet: Wiege, Bettchen, Wickelkommode. Auf einem Hochstühlchen lag ein Lätzchen, über dem Bett hing eine Spieluhr mit Mond und Sternen. Ich zog an der Schnur und hörte ein Wiegenlied. Im Schrank stapelte sich neben einer Erstausstattung auch ein reichlicher Vorrat an Stoffwindeln, wie sie heute nur noch besonders umweltbewusste Eltern verwenden. Nebenan, im Badezimmer lag eine lebensgroße, nackte Babypuppe in einer kleinen Wanne, auch an ein Töpfchen und eine Plastikente war gedacht. Das Bad hatte man zwar in süßlichem Rosa gekachelt, doch es war durchaus funktionstüchtig, selbst warmes Wasser floss in vollem Strahl ins staubige Waschbecken. Eine weitgehend leere Küche und das dritte Zimmer wirkten durch die Schrägen zwar kleiner als in den unteren Geschossen, aber immer noch viermal größer als Judiths winzige Wohnung. Anscheinend gab es auch noch einen Speicher, zu dem eine enge und steile Holzstiege führte. Doch ich hatte bereits genug gesehen.

Wie hatte Wolfram das Hobby seiner Frau ausgehalten? Spielte sie mit Puppen, weil sie einen Dachschaden hatte oder um den eigenen Mann mit ihrem unerfüllten Kinderwunsch zu quälen?

Es war kaum zu glauben, aber am Telefon sagte Judith sofort ja und amen, ohne sich das Spielzeugparadies auch nur angesehen zu haben. »Wenn man einmal den Fuß drin hat, ist das schon die halbe Miete«, sagte sie. »Im Übrigen werde ich meinen Kaninchenstall erst einmal behalten und nur das Nötigste hinschaffen. Und du solltest es genauso machen«, riet sie mir. »Du richtest dich im ersten Stock provisorisch ein, ohne deine bisherige Wohnung aufzugeben. Man weiß ja nie, wie alles weitergeht, doch so haben wir den Wolf unter Kontrolle. Er wird uns aus der Hand fressen…«

»Es gefällt mir nicht, dass du die Sache rein geschäftsmäßig angehst. Ich habe dem armen Kerl versprochen, ihn vor dem Krankenhaus zu bewahren. Das kann ich tatsächlich am besten, wenn ich in seiner Nähe bleibe. Aber –«

»Kein Aber, du Heuchlerin! Du schaffst einen Koffer mit Waschzeug und Kleidern in die Biberstraße, mehr ist nicht nötig. Stell dir einfach vor, es sei eine Ferienwohnung oder ein Hotel, da schläft man auch nicht im selben Bett wie zu Hause. Morgen habe ich frei, dann ziehen wir um! Ich bring eine Flasche Schampus mit.«

Da Judith dem kranken alten Mann bestimmt nicht Tag für Tag ein Frühstück servieren würde, sagte ich zu. Ich hatte ihm schließlich mein Wort gegeben, ihn bis zum bitteren Ende zu begleiten.

Das fremde Bett war es, wovor mir am meisten graute. Im ersten Stock war nur noch Wolframs Pritsche übriggeblieben, wobei mir die spartanischen Dimensionen egal waren, aber die Matratze nicht. Judith lachte über meine Bedenken und stellte mir einen fast neuen Futon in Aussicht, den sie für ihre Gäste angeschafft habe.

»Und worauf willst *du* schlafen?«, fragte ich. »In der Mansarde steht nur ein Babybettchen.«

»Keine Angst, ich werde schon jemanden finden, der mir eine Luftmatratze leiht«, sagte Judith. »Wenn es heute noch nicht klappt, werde ich mir einen Liegestuhl aus dem Keller holen und mit ein paar Decken auspolstern. Glücklicherweise gehöre ich zu denen, die überall pennen können, sogar in einem Schlafsack auf dem Fußboden oder bei der Lesenacht in unserer Bibliothek. Und wenn ich einmal eingeschlafen bin, kann mich selbst die Feuerwehr nicht wecken.«

»Du Glückliche«, sagte ich und dachte: *Kuttel Daddeldu rollte sich in einen Teppich ein*, denn Judith erinnerte mich zuweilen an Ringelnatz' wetterfesten Seemann: *Fürst oder Lord – Scheiß Paris! Komm nur an Bord.*

Der Sonnabend wurde von mir insgeheim zum Welttag der Sklavenarbeit erklärt. Zu allem Überfluss lag auch noch eine Postkarte der portugiesischen Haushaltshilfe in Wolframs Briefkasten; Maria teilte ihrem Arbeitgeber mit, dass sie sich entschlossen habe, in ihrer Heimat zu bleiben. Ich hatte die Hiobsbotschaft bereits gelesen, bevor ich sie Wolfram überreichte. Er bekam sonst nie private Post, meist nur Drucksachen, Wurfsendungen, eine Zeitung, eine Programmzeitschrift und viele Verlagsprospekte.

»Wir brauchen eine neue Putzhilfe«, sagte ich und wischte mir den Schweiß von der Stirn. »Es ist schließlich ein sehr großes Haus, das schaffe ich nicht allein.«

Wolfram sah mich ängstlich an. »Ja, natürlich«, meinte er, »es geht nicht ohne, aber bei der Wahl muss man äußerst vorsichtig sein. Am liebsten wäre mir eine Taubstumme.«

Ich fand das überhaupt nicht lustig, denn ich hatte bereits sechs Stunden Putzarbeit hinter mir.

»Eine, die noch nicht mal guten Tag sagen kann? Die am besten auch noch blind ist, damit sie keine Geheimnisse entdeckt? Lahm, damit sie nicht ins Dachgeschoss vordringt? Und natürlich so debil, dass sie deine Macken nicht durchschaut! Da werden sich bestimmt viele hübsche Mädels melden.«

Wolfram war bestürzt über meinen Ausbruch. »War doch nur Spaß, Karla! Mach alles so, wie du es für richtig hältst«, sagte er besänftigend. »Ich habe kein Recht, mich einzumischen. Außerdem hat auf mich noch nie jemand gehört.«

Nach einer Pause fügte er hinzu: »Wo steckt eigentlich Judith?«

»Sie versucht, wenigstens eine der dreckigen Mansarden sauberzukriegen«, sagte ich mürrisch. »Aber sie wird gleich runterkommen. Ausnahmsweise wollte sie heute für etwas Essbares sorgen.«

Eine Stunde später saßen wir zu dritt am Küchentisch. Judith hatte nicht gekocht, sondern Fast Food mitgebracht. Im Gegensatz zu mir schien sie kaum erschöpft zu sein, sondern war regelrecht gut gelaunt.

»Wie weit bist du?«, fragte ich kauend.

»Ach, da oben kommt man ja dauernd in Versuchung, mit dem Puppenhaus zu spielen«, sagte sie. »Da wohnt nämlich eine winzige Familie mit sieben Kindern, alle sooo süß...«

Wolfram blickte hoch und lächelte verwirrt.

»Köstlich, dieses Fleisch«, sagte er und knabberte an der Panade eines Chicken Nuggets. Hätte *ich* etwas Knuspriges aufgetischt, hätte er es bestimmt nicht angerührt. Wir waren noch längst nicht fertig, als es klingelte. Wolfram und ich sahen uns befremdet an, Judith sprang hoch.

»Das wird Cord sein«, sagte sie.

Kurz danach kam sie mit ihrem Ex zur Küchentür herein. Er begrüßte uns höflich und sagte, er habe die bestellten Matratzen im Lieferwagen eines Kumpels hergebracht.

Leicht angewidert starrte ich auf seine breitgerippte schwarze Cordhose, auf der Reste weißer Dispersionsfarbe klebten.

Judith holte einen Teller, ein Messer und eine Gabel und wies ihrem Freund einen Platz an. »Du kriegst den Rest«, sagte sie und kippte alle Fritten und Nuggets auf Cords Teller.

Er verputzte alles in Windeseile und fragte: »Wohin mit dem Zeug?«

Die beiden verließen die Küche, und schon hörten wir Türen schlagen, Treppen knarren, Gepolter und vor allem Gelächter.

»Ist das Judiths Lebensgefährte?«, fragte Wolfram und machte dabei ein Gesicht wie sieben Tage Regenwetter.

»Ein Jugendfreund«, sagte ich. »Sie kennen sich seit einer Ewigkeit, früher waren sie wohl eine Zeitlang zusammen. Aber ich weiß eigentlich nicht viel mehr über ihn, als dass er Bärenkräfte hat.«

»Beneidenswert«, sagte er grimmig. Nun ja, dachte ich, ein kranker Wolf hat gegen einen Bären kaum eine Chance.

Nach dem Essen legte sich Wolfram ins Bett, ich mich auf das muffige Sofa, wo ich sofort einschlief. Als ich nach etwa einer Stunde wach wurde und die Treppe hinaufging, war es verdächtig still im Haus. In Bernadettes ehemaligem Schlafzimmer stand jetzt Wolframs Eisengestell, darauf lag eine funkelnagelneue Matratze, die noch in einer Plastikhülle steckte. Ich rieb mir erstaunt die Augen. Bei einem endgültigen Umzug würde ich selbstverständlich mein eigenes Bett hier aufstellen wollen.

Plötzlich standen die jungen Leute neben mir. »Alles paletti?«, fragte Cord.

Ich seufzte nur, aber so frisch geputzt, mit dem beinahe einladenden Bett und den beiden weit geöffneten Fenstern, durch die warme Sommerluft hereinströmte, sah das Zimmer eigentlich netter aus als mein früheres Schlafzimmer. Ich hatte mein Kopfkissen, meine Decke und Bezüge mitgebracht, weil mir vor Bernadettes Aussteuer graute. Immerhin hatte ich nun einen Schlafplatz und ein sauberes Badezimmer, die beiden anderen Zimmer konnten warten.

»Wie viel hat die Matratze gekostet?«, fragte ich, denn ich mag keine Schulden.

»Zur Feier des Tages geschenkt«, sagte Judith. »Cord, mach doch mal den Sekt auf, und lass uns auf die neuen Gemächer anstoßen!«

Wieso zu dritt?, dachte ich, schluckte meinen Protest aber lieber hinunter, um die Feierlaune nicht zu verderben. Judith und Cord verließen mich, um als Nächstes eine der Mansarden behelfsmäßig herzurichten. Mit gefurchter Stirn bezog ich das Bett und überlegte. Wie sollten sich eigentlich die Abende in unserem neuen Heim gestalten? Zu Hause ließ ich meistens die Glotze laufen, hier gab es nur den einen Apparat im Wohnzimmer, wo Wolfram das Sofa in voller Länge in Beschlag genommen hatte. Ich musste also unbedingt meinen eigenen Fernseher holen, damit ich mir nicht mit Judith und Wolfram irgendwelche dämlichen Filme ansehen musste. Ohne Hilfe konnte ich den schweren Kasten allerdings nicht von A nach B bringen. Womöglich würde ich Judith – und sie wiederum Cord – um Hilfe bitten müssen. Immerhin hatte Wolfram im Laufe seines Lebens mehr Bücher angesammelt als ich und alle früheren Kolleginnen zusammen. Ich konnte mich immer noch mit einem spannenden Schmöker in die Badewanne legen und anschließend ins Bett verkriechen.

Als wir am Abend gemeinsam einen Imbiss einnahmen, sprach ich das Thema Haushaltshilfe wieder an. Cord, der wie selbstverständlich immer noch hier war, meinte: »Da wüsste ich eine für euch. Eine richtig fleißige Frau, hat zwei kleine Kinder und schlägt sich tapfer durch.«

»Meinst du etwa die Natalie?«, fragte Judith mit gerunzelten Brauen, und er nickte.

»Kommt nicht in Frage«, sagte sie.

»Das hat Karla zu entscheiden«, sagte Wolfram. »Im Übrigen möchte ich dich bitten, meiner Nachbarin, dieser Frau Altmann, aus dem Weg zu gehen.«

»Sie hat uns auf der Straße angesprochen«, verteidigte sich Judith. »Ich konnte doch nicht wissen, dass sie deine Feindin ist.«

»Sie kann nur den Mund nicht halten. Was wollte sie denn von dir?«

Judith gähnte. »Nichts Besonderes. Wie es dir gehe, hat sie gefragt. Sie machte auf mich keinen besonders neugierigen Eindruck.«

Wolfram zog jetzt einen Umschlag aus der Hosentasche und überreichte ihn Cord. »Für Ihre Bemühungen. Wir werden an Sie denken, wenn wieder mal ein starker Mann gebraucht wird.« Er reichte ihm die Hand zum Abschied, doch Cord blieb weiterhin sitzen, bis Judith ihm einen Knuff gab und ihn an die Haustür begleitete.

Schließlich lag ich auf meiner neuen Matratze, die mir hart vorkam ohne die gewohnte, gemütliche Kuhle. Wie man sich bettet, so liegt man, dachte ich noch. Dann schlief ich ein.

10

Der Fleischwolf

Am Sonntag schien die Morgensonne auf mein Bett und weckte mich. Ich hatte wider Erwarten gut geschlafen. Eine Weile stand ich am geöffneten Fenster, schaute wie verzaubert in den verwilderten Garten hinaus, beobachtete zwei flinke Eichhörnchen in den Tannen und roch frischen Minzeduft. Obwohl es noch früh war, machte sich die Nachbarin offenbar schon im Garten zu schaffen. Dunkel erinnerte ich mich, dass man Kräuter nicht in der Mittagssonne ernten soll. Schnell zog ich mich wieder zurück. Ich wollte nicht im Nachthemd entdeckt werden, damit nicht Gerüchte durch die Biberstraße schwirrten. In Gedanken hörte ich sie schon tuscheln: *Ja, so sind sie, die Männer! Kaum ist Bernadette unter der Erde, da hat er sich schon eine Neue angelacht.*

Beim Frühstück – ohne Judith – fragte Wolfram, ob sich *unsere Kleine* womöglich gestern übernommen und am Ende wieder Schmerzen habe.

Ich versprach, nach ihr zu sehen. Aber noch bevor ich an die Tür der Dachwohnung klopfte, hörte ich schon Judith und eine männliche Stimme. Cord, der sich gestern Abend doch eigentlich verabschiedet hatte, schien mit ihr zu streiten. Hatte sich dieser suspekte Typ heimlich wieder eingeschlichen? Hatte Judith ihm am Ende einen Hausschlüssel zugesteckt? Angestrengt lauschte ich, hörte wieder den Namen *Natalie* und Judiths lautstarken Protest: Er könne sich seine hirnverbrannten Ideen sparen, hier in diesem Haus habe er kein Mitspracherecht. Nach einer liebevollen Beziehung hörte sich ihr scharfer Ton nicht gerade an. Nachdenklich ging ich wieder in die Küche zurück und behauptete, Judith schlafe noch.

»Tut ihr sicherlich gut, die arme Kleine schuftet ja von früh bis spät!«

Ich schwieg etwas verstimmt. Von wegen *»die Kleine«*. Judith war ziemlich robust und hatte sich gestern – ganz im Gegensatz zu mir – kein Bein ausgerissen. Verdrossen räumte ich den Tisch ab und stellte den unbenützten Teller in den Schrank. Wolfram wollte sich noch einmal hinlegen, ich dagegen fuhr nach Hause, um eine Nachttischlampe, meinen Bademantel, den Radiowecker und andere nützliche Dinge zu holen.

Als ich zwei Stunden später wieder in der Biberstraße eintraf, stand Judith in der Küche, trank kalten Kaffee im Stehen und wühlte in Schubladen und Fächern herum.

»Was soll das denn sein?«, fragte sie und hielt mir einen eisernen Gegenstand unter die Nase.

»Ein Fleischwolf«, sagte ich nur.

Sie sah mich mit ungläubigem Staunen an, und mir wurde schmerzlich bewusst, wie viel älter ich doch war als sie.

»Als man noch keine Küchenmaschinen und Mixer hatte, gab es in jedem Haushalt einen Wolf«, erklärte ich. »Meine Mutter hat oft Hackfleisch damit gemacht. Kennst du nicht den Ausdruck: *wie durch den Wolf gedreht*?«

Sie lachte. Irgendwie schon, aber eher sage man doch *durch die Mangel gedreht.* So ein klobiges Ding habe sie noch nie gesehen. »Sollen wir den Wolf durch den Wolf drehen?«, kalauerte sie.

Ich fand ihren Scherz geschmacklos. »War Cord über Nacht hier?«, fragte ich wie eine strenge Gouvernante. Sie antwortete nicht, machte sich vielmehr mit dem Fleischwolf an der Kante des Küchentischs zu schaffen. Judith war nicht ungeschickt, in Windeseile hatte sie ihn festgeschraubt und stopfte wahllos Toastbrot, eine Scheibe Schinken sowie ein gekochtes Ei in den Trichter. Neugierig wie ein Kind begann sie, die Handkurbel zu drehen. Bevor sie allzu viel Schweinerei anrichtete, stellte ich einen Suppenteller unter die Lochscheibe und verließ ärgerlich die Küche. Aus irgendeinem Grund funktionierte unsere *ménage à trois* nicht so harmonisch, wie ich mir das vorgestellt hatte. Mit Judith war ich zwar immer gut ausgekommen, aber in der Kombination mit Wolfram lief es weniger glatt. Wahrscheinlich musste sich das Zusammenleben erst einspielen. Morgen war Montag, und Judith musste erst einmal die ganze Woche über viel Zeit in der Bücherei verbringen. Dann wäre ich endlich wieder mit Wolfram allein.

Um mich abzulenken, ging ich in den Garten. Mit Zimmerpflanzen kannte ich mich zwar aus, aber hier wucherte alles durcheinander, und ich verlor den Überblick. Wie verhielt es sich zum Beispiel mit der Goldrute, die wohl bald hübsch blühte, aber in gewaltigen Mengen vorhanden war? Sollte man sie als Unkraut ausrotten? Mühsam bahnte ich mir einen Weg durch das hohe Gras, stach mich an einer Distel, verbrannte mich an Nesseln, bekam feuchte Hausschuhe, trat versehentlich auf blühende Kornblumen und erreichte endlich eine völlig verdreckte Bank, auf der man beinahe säen und ernten konnte. Mit einem abgebrochenen Zweig fegte ich Blätter, Samen, abgenagte Tannenzapfen und verschimmelte Kirschkerne hinunter, legte mein Taschentuch darauf und setzte mich. Wenn ich mir die momentane Verwahrlosung wegdachte, war dies ein idyllisches Plätzchen, wie ich es mir eigentlich mein Leben lang gewünscht hatte. Doch was ertastete ich da mit meinen Füßen? Einen tellergroßen Stein, der sich unter einem üppigen Holunderstrauch versteckte. Neugierig geworden, befreie ich ihn von Erde und Vogelkot, kratzte das Moos mit einem Stöckchen herunter und legte eine Inschrift frei: *Bianca*. Katze, Hund, Papagei oder weißes Kaninchen?, überlegte ich. Gelegentlich wollte ich diesen Namen mal erwähnen, um Wolframs Reaktion zu testen.

Als ich am Nachmittag mit einem Tablett aus der Küche kam, um den sonntäglichen Kaffee und ein paar Kekse ins Wohnzimmer zu tragen, saßen meine Mitbewohner dicht nebeneinander auf dem Sofa. Judith hatte ihren Laptop vor sich aufgestellt und zeigte Wolfram offenbar Fotos.

»So sieht es nach dem Umbau aus«, erklärte sie. »Das hier war früher dein Büro. – Ich musste mich erst einmal daran gewöhnen, dass die Krimiabteilung jetzt im linken Flügel untergebracht ist.«

Offenbar handelte es sich um unsere Bibliothek und um Fotos der letzten Halloween-Nacht. Ich setzte das Tablett ab und mich neben Wolfram. Mit leichtem Widerwillen betrachtete ich das Foto meiner ehemaligen Kollegin, die in einem albernen, zerfetzten Zombie-Kostüm steckte, mit ekligen Latex-Wunden, gelben Kontaktlinsen und Hörnern ausgestattet war und perfide in die Kamera grinste.

»Wolltest du eine Teufelin sein?«, fragte ich bissig.

»Ganz egal: Vampir, Satan! Hauptsache gruselig«, erklärte sie stolz.

»Klasse«, sagte Wolfram. »Wir zwei würden ein perfektes Team abgeben, wenn ich noch bei Kräften wäre.«

»Der Kaffee wird kalt«, sagte ich. »Wenn ihr mit diesem Quatsch nicht sofort aufhört, gehe ich wieder in den Garten zu Bianca!«

Wolfram fuhr zusammen wie vom Blitz getroffen.

Judith sah mich verständnislos an und fragte: »Wer ist Bianca?«

Das könne wohl nur Wolfram erklären, meinte ich, rückte ein Stück von ihm ab und trank einen Schluck.

»Sie hat nie gelebt«, flüsterte er leise.

»Wer?«, fragte Judith und griff mitfühlend nach seiner Hand.

Es war eine traurige Geschichte. Vor mehr als zwanzig Jahren wurde Bernadette von ihrer portugiesischen Haushaltshilfe ins Vertrauen gezogen. Ob Bernadette vielleicht wisse, wo und wie ihre blutjunge, völlig verzweifelte Schwester eine ungewollte Schwangerschaft abbrechen könne. Das arme Mädchen habe einen braven, nichtsahnenden Verlobten in Nazaré. Leider habe sich ihre kleine Schwester in Lissabon, wo sie in der Küche eines Hotels arbeite, von einem Ausländer verführen lassen. Bernadette, die sich nichts mehr als ein Kind wünschte, witterte eine letzte Chance.

Maria solle die unglückliche Marta unter dem Vorwand einer besser bezahlten Stelle nach Deutschland kommen lassen. Im Haus der Kempners konnte sie dann die kommenden Monate ein wenig ausspannen, schließlich ihr Baby zur Welt bringen, noch eine Weile als stiller – beziehungsweise stillender – Gast bleiben und schließlich zurück nach Portugal fliegen und heiraten. Wolfram und Bernadette wollten das Baby beim Standesamt als ihr eigenes anmelden, denn für eine Adoption waren sie schon zu alt. Für die streng katholischen Schwestern Maria und Marta war das eine annehmbare Lösung, um den Qualen des Höllenfeuers zu entgehen.

In jener Zeit war Bernadette sehr glücklich, richtete ein Kinderzimmer ein, sorgte rührend für die schwangere Marta, gab ihr Deutschunterricht und wurde selbst zusehends dicker. Das Baby wollte sie in Absprache mit der werdenden Mutter *Bianca* oder *Luis* nennen.

Doch leider hatte die arme Marta im achten Monat eine Totgeburt, und Bernadettes Träume zerschlugen sich. Der winzige Körper des toten Mädchens wurde heimlich im Garten beerdigt, niemand sonst erfuhr von der Tragödie. Ein Jahr später heiratete Marta ihren Freund. Sie bekam drei Söhne und ließ gelegentlich durch Maria einen Gruß ausrichten.

Mir kamen die Tränen, doch Judith schüttelte missbilligend den Kopf. »Ein ebenso verwegener wie schwachsinniger Plan«, sagte sie, »der so oder so in die Hose gegangen wäre. Habt ihr Marta je zum Ultraschall geschickt? Sollte sie das Kind etwa zu Hause und ohne Hebamme kriegen? War Bernadette nicht längst in den Wechseljahren, so dass auch ein naiver Standesbeamter stutzig geworden wäre? Was hätten die Nachbarn gedacht? Die schwangere Marta ist doch bestimmt nicht die ganze Zeit über unsichtbar in der Mansarde geblieben. Und habt ihr im Ernst geglaubt, dass sie ihr Kind nach längerer Stillzeit wieder herausgerückt hätte und –«

Wolfram unterbrach ihren Redeschwall. »Das waren Argumente, die auch ich anführte, doch vergeblich. Angeblich war alles Frauensache. Mir blieb nur die schmerzliche Aufgabe, aus den Brettchen einer Weinkiste einen kleinen Sarg zu zimmern. Bianca wog kaum mehr als fünfhundert Gramm.« Auch ihm standen Tränen in den Augen.

Ich dachte an Bernadettes Grab mit der ungewöhnlichen Inschrift, an Wolframs eigenen bizarren Wunsch und an den kleinen weißen Stein im Garten. Wollte ich wirklich in einem Haus mit so vielen Altlasten leben? Doch schließlich war ich ein vernünftiger Mensch, glaubte nicht an eine Aura, an Geister oder andere esoterische Phantastereien. Jedes ältere Gebäude hatte eine Vergangenheit, die nicht nur aus erfreulichen Ereignissen bestand, und Steine waren letzten Endes tote Materie ohne Gedächtnis.

Die nächste Woche verlief angenehmer, das Wetter blieb sommerlich und heiter. Ich begann damit, täglich ein wenig im Garten zu arbeiten. Judith war tagsüber fort.

Wolfram ging es sichtlich besser. »Eigentlich will ich noch gar nicht sterben«, sagte er nach einem leichten, perfekt geratenen Mittagessen. »Das Leben mit euch ist wunderbar. Seit du mir den Plastikhocker in die Dusche gestellt hast, komme ich im Bad ganz gut zurecht und fühle mich viel frischer. Ich bin euch so dankbar...«

Eigentlich hätte ich die Sache mit dem Testament erneut

zur Sprache bringen sollen, aber ich brachte es nicht übers Herz.

»Die Terrasse habe ich heute einigermaßen sauber bekommen«, sagte ich stattdessen. »Wenn du möchtest, hole ich die Liegestühle aus dem Keller, und du legst dich ein wenig in die Sonne. Dann fühlst du dich wie im Urlaub!«

Wolfram schüttelte den Kopf. »Nach dem Essen muss ich mindestens zwei Stunden ruhen, und zwar im Bett«, meinte er. »Draußen ist es mir zu hell, zu kalt und zu laut.«

Dafür lag ich dann in der Sonne, fand es wunderbar und gar nicht zu kühl.

Als ich am Abend gerade mein Schlafzimmer betreten wollte, flitzte Judith die Treppe herunter und huschte gleichzeitig mit mir herein.

»Lies mal«, sagte sie atemlos und hielt mir eine Zeitung hin. »Der *Mannheimer Morgen* hatte zwar bereits über diesen Prozess berichtet, aber jetzt ist es tatsächlich zu einer Verurteilung gekommen!«

Es ging um die Mordanklage gegen einen alten Mann, der seine unheilbar erkrankte Frau getötet hatte. Ich überflog den Artikel, ließ das Blatt sinken und fragte: »Na und?«

Judith nahm mir die Zeitung wieder aus der Hand und las mir den betreffenden Abschnitt vor:

»*Tötung auf Verlangen ist im § 216 des Strafgesetzbuches definiert: Ist jemand durch das ausdrückliche und ernstliche Verlangen des Getöteten zur Tötung bestimmt worden, so ist auf Freiheitsstrafe von sechs Monaten bis zu fünf Jahren zu erkennen.*«

»Ich habe in unserem Fall mit einem Freispruch gerechnet«, erläuterte sie, »wenn wir nachweisen können, dass Wolfram die Tötung von uns verlangt hat. Die machen uns einen schönen Strich durch die Rechnung. Fehlt nur noch, dass unsere Erbschaft angefochten wird.«

Mir schwirrte der Kopf.

»Übrigens habe ich gehört«, begann sie wieder, »dass das Thema auch in einem Film mit Jean-Louis Trintignant und Emanuelle Riva behandelt wird.«

»Ich habe *Amour* gesehen«, sagte ich. »Da geht es um die Liebe eines alten Paares, nicht um Moral oder Paragraphen. Und es ist auch ein gewaltiger Unterschied, ob man aus Erbarmen einen nahestehenden Menschen von unerträglichen Schmerzen erlöst oder aus eigennützigen Motiven.«

»Manchmal habe ich fast das Gefühl«, sagte Judith etwas spitz, »dass du den Alten mehr magst, als es unseren Zwecken förderlich ist. Am Ende verliebst du dich noch in diesen Tatterich!«

»Blödsinn«, sagte ich ärgerlich. »Aber ich hatte nie etwas gegen ihn, und jetzt tut er mir einfach ein bisschen leid. Alt und krank zu sein ist kein Zuckerschlecken, und dabei bleibt er immerhin geduldig und höflich!«

»Da haben sich ja zwei Heilige gefunden! Nur auf das nette Häuschen will Santa Karla nun auch wieder nicht verzichten. Dann tu doch du ihm den Gefallen, und geh ihm an die Gurgel! Ich bin nicht scharf darauf, die Drecksarbeit zu übernehmen!«

»Warum lassen wir ihn nicht einfach auf natürliche Weise sterben! – Gute Nacht«, sagte ich und riss demonstrativ die Tür auf, damit sie ging.

Auf der Schwelle drehte sie sich um und flüsterte mir zu:

»Wenn du den Verdacht hast, er will gar nicht mehr ins Gras beißen, dann sollten wir uns beeilen, sonst überlegt er es sich am Ende noch anders mit dem Testament. Schlaf gut, Karla!«

Natürlich schlief ich überhaupt nicht gut. Ich bekam einen nervösen Hustenanfall und fürchtete schon, das ganze Haus zu wecken. Ich setzte mich auf, wühlte in der Nachttischschublade nach einem Kräuterbonbon und hörte auf einmal Türen knarren und Schritte im Erdgeschoss. Es war drei Uhr nachts. War es ein Einbrecher oder Cord, der um diese Zeit hier nun wirklich nichts verloren hatte? Ich bekam es mit der Angst zu tun und verkroch mich unter der Decke. Musste ich Licht im Flur machen und nachschauen, wer der ungebetene Gast war? Und wenn ich tatsächlich einen Bösewicht in flagranti erwischte und der mich niederstreckte? Mir fiel der Fleischwolf wieder ein, den ich in Zukunft griffbereit neben meinem Bett deponieren wollte.

Zum Glück kam ich endlich auf das Naheliegendste, dass es nämlich Wolfram gewesen sein musste, der Tag und Nacht alle paar Stunden aufs Klo tappte. Ärgerlich über meine eigene Ängstlichkeit, nahm ich eine Baldriantablette und fiel bald darauf in einen unruhigen Schlaf. Ich träumte, Wolfram habe sich in einen Vampir verwandelt und gehe bei Vollmond auf Jagd.

11

Nachtgespenster

Nach jener unruhigen Nacht war ich am nächsten Morgen reichlich zerschlagen und missmutig, ganz im Gegensatz zu Wolfram. Ja, es schien fast so, als ob mich der alte Zausel ein wenig necken wollte.

»Wie fröhlich bin ich aufgewacht, wie hab ich geschlafen so sanft die Nacht«, zitierte er ein Kindergebet und feixte mich beim Frühstück an.

Ich wusste nicht genau, ob er es auf sich selbst bezog oder über meine schlechte Laune spottete. »In unserem Alter kann man häufig nicht durchschlafen«, murrte ich. »Man wird durch einen schlechten Traum geweckt, wälzt sich herum, wird von trüben Gedanken heimgesucht und ist fast erlöst, wenn es endlich hell wird.«

»Darunter hat schon der gute alte Mörike gelitten«, sagte Wolfram und hatte schon wieder das passende Zitat auf Lager:

> *»Kein Schlaf noch kühlt das Auge mir,*
> *Dort gehet schon der Tag herfür*
> *An meinem Kammerfenster.*
> *Es wühlet mein verstörter Sinn*
> *Noch zwischen Zweifeln her und hin*
> *Und schaffet Nachtgespenster.«*

Ich stimmte ein:

> *»Ängste, quäle*
> *Dich nicht länger, meine Seele!*
> *Freu dich! Schon sind da und dorten*
> *Morgenglocken wach geworden.«*

»Jaja«, sagte Wolfram, »wir zwei kennen unsere Dichter noch aus dem Effeff. Das junge Gemüse heutzutage weiß kaum noch, wer Mörike ist, von Friederike Kempner ganz zu schweigen. Sosehr ich Judith auch mag, in diesen Dingen bist und bleibst du doch die Beste.«

Ich war gerührt. Wolfram hatte im Verein mit Mörike meine Stimmung gehoben.

»Wenn du lächelst, geht die Sonne auf und wärmt mich ein bisschen«, sagte Wolfram. »Doch die meiste Zeit scheint mir der Tod besser als mein armseliges Leben – all diese Tage voller quälender Schuldgefühle. Wenn alles vorbei ist, hat man endlich seine Ruhe.«

»*Requiescat in pace*«, sagte ich nur.

»Außerdem bin ich von den Opiaten selbst tagsüber etwas benommen«, fuhr er fort. »Doch immerhin vertreiben sie die Nachtgespenster, und dann habe ich manchmal gar keine so schlechten Träume, zum Beispiel hörte ich neulich im Schlaf die tröstliche Stimme meiner Mutter. Mörikes Morgenglocken gibt's in der Grube auch nicht mehr...«

»Du glaubst also nicht an ein Leben nach dem Tod?«, fragte ich.

»Wenn ich meine Mutter wiedersehen könnte... Doch ich glaube nicht an das Märchen vom Himmelreich. Für mich ist der Tod das Ende, und damit basta. Außerdem gingen im Jenseits bloß dieselben Probleme von vorne los! Nicht umsonst habe ich es Bernadette verboten, ihr Grab zu verlassen.«

Bleib, wo du bist! steht auf ihrem Stein, dachte ich, das klingt ein bisschen wie eine Beschwörungsformel.

»Bis heute ist mir nicht ganz klar, ob du Bernadette geliebt oder gehasst hast«, sagte ich und sah ihn prüfend an.

Er schwieg lange, bevor er erklärte: »Man kann ja nur hassen, wenn man sich anfangs heiß geliebt hat. Und selbst Demütigungen sind noch besser als Gleichgültigkeit.«

»Was mochtest du denn zu Beginn an ihr, und was hat dich am meisten gestört?«, fragte ich neugierig.

»Ihre kräftige Figur, ihre Haare, ihr fester Schritt gefielen mir sehr, ähnlich wie Judith war sie eine üppige Schönheit. Aber ihre Stimme war unangenehm, zu schrill, manchmal hysterisch. Ach Karla, lassen wir das, es ist doch jetzt nicht mehr wichtig.«

»Für dich aber immer noch«, meinte ich. »Dich scheinen nach wie vor heftige Gewissensbisse zu plagen...«

»Na ja, als Bernadette den Schlaganfall hatte...«

»Schon gut, ich weiß ja, dass du dich schuldig fühlst, aber du konntest doch nicht ahnen, dass sie sich in einer Notsituation befand!«

»Hätten wir bloß nicht wegen der blöden Qualle gestritten! Ich bin wegen der Qualle einfach durchgedreht.«

»Von einer Qualle hast du noch nie etwas erzählt.«

»Am liebsten würde ich sie aus meiner Erinnerung streichen. Diese habgierige Sabrina hat es seit eh und je verstanden, meine Frau auszuplündern. Bernadettes Geschwister sind alle sehr früh gestorben, die Qualle ist die einzige von Bernadettes Verwandten, die noch am Leben ist.«

»Warum nennst du die Nichte deiner Frau ausgerechnet *Qualle*?«

»Sie setzt sich immer für irgendwelche armseligen Kreaturen ein, gründet Vereine und sammelt Spenden für den Tierschutz oder benachteiligte Menschen wie zum Beispiel Neuseelands Ureinwohner. Memento Maori hieß das Projekt, für das sie Bernadette viel Geld abgeknöpft hat. Und schließlich kamen auch noch die ekligen Feuerquallen an die Reihe. – Doch genug von diesem unerquicklichen Thema. Ich muss mich ein bisschen hinlegen!«

Er zog sich in sein Schlafzimmer zurück, ich räumte endlich den Frühstückstisch ab und die Spülmaschine ein. Als Nächstes putzte ich das Waschbecken und sammelte im Badezimmer Wolframs schmutzige Wäsche ein. Seit ich hier wohnte, waren keine riesigen rosa Schlüpfer mehr dabei. Danach hatte ich frei, konnte entweder beschaulich im Garten sitzen oder auf dem Sofa liegen und lesen. Während ich noch zögerte, was ich lieber täte, kam mir eine dritte Idee: Wie sah es eigentlich bei Judith oben im Dachgeschoss aus? Sie hatte mir bisher nicht gezeigt, wie sie sich eingerichtet hatte.

Ihr Auto stand nicht auf der Straße, weil sie seit Stunden ihrer Arbeit nachgehen musste. Trotzdem schlich ich die Treppe zu den Mansarden leise und vorsichtig hinauf. Mein schlechtes Gewissen kämpfte gegen die Neugierde an, die natürlich siegte.

Judiths Wohnungstür war abgeschlossen. Soso, sie traut mir nicht über den Weg, dachte ich etwas irritiert, na warte.

Ich ging wieder hinunter und fand in einer Schublade des Sekretärs ziemlich rasch einen Zweitschlüssel mit einem winzigen Schildchen »*M*«. Etwas atemlos kam ich wieder oben an, hatte aber wiederum keinen Erfolg. War es doch ein falscher Schlüssel – vielleicht von M = Maria –, oder hatte Judith das Schloss auswechseln lassen? Ich versuchte durch das Schlüsselloch zu linsen und bemerkte nun endlich, dass anscheinend etwas von innen steckte.

Leicht verunsichert ging ich wieder hinunter und überlegte, was das zu bedeuten hatte. Im Grunde konnte es nur eine Erklärung geben: Cord hatte sich hier eingenistet und schlief in Judiths Bett, vollgepumpt mit Drogen oder Alkohol. So haben wir nicht gewettet, schimpfte ich vor mich hin, ihr habt mich reingelegt! Oder tat ich meiner Freundin Unrecht, und sie wusste überhaupt nicht, dass sich ihr dubioser Möbelpacker während ihrer Abwesenheit bei uns einquartiert hatte?

Den ganzen Tag über lauerte ich auf Schritte im Treppenhaus, auf das Zufallen der Haustür, das Rauschen der Toilettenspülung oder andere Indizien, die Cords Gegenwart bestätigten. Ich hatte zwar vor, ihn zur Rede zu stellen, gleichzeitig aber auch Angst vor einer unangenehmen Auseinandersetzung. Hatte ich überhaupt schon das Recht, ihm den Zutritt zu Wolframs Haus zu verwehren? Da sich nichts rührte, verdrängte ich die Angelegenheit, bis Judith schließlich mit einem gutgefüllten Einkaufskorb nach Hause kam. Ich trat ihr sofort in den Weg, um sie wegen angeblich verdächtiger Geräusche in der obersten Wohnung zur Rede zu stellen.

»Ich hatte einen anstrengenden Tag«, sagte sie unwirsch. »Lass mich erst mal einen Moment in Ruhe und die Hände waschen...«, und damit lief sie eilig die Treppe hinauf und kam den ganzen Abend nicht mehr herunter.

Nach dem Essen verbrachten Wolfram und ich noch einige Zeit vor dem Fernseher, fast wie ein altes Ehepaar. Es herrschte eine wohltuende, vertraute Atmosphäre, die mir von Tag zu Tag besser gefiel. Ich konnte nicht ahnen, dass es der letzte Abend war, der hier so friedlich ablief.

In letzter Zeit war mir aufgefallen, dass mein Gehör nachließ, weil ich den Fernseher lauter stellen musste. Doch daran hat es wohl nicht gelegen, dass ich in jener verhängnisvollen Stunde nicht wach wurde. Nach einer schlechten Nacht schlafe ich am nächsten Abend oft wie eine Tote. Nichts, aber auch gar nichts vermag mich zu wecken. So war es auch diesmal, obwohl es sicherlich nicht völlig geräuschlos zugegangen sein kann. Ich wurde erst gegen acht Uhr munter, wunderte mich sekundenlang über die Morgensonne und begriff endlich, dass ich nicht mehr in meiner gewohnten kleinen Wohnung war. Etwas träge stand ich auf, ließ mir Zeit im Bad und ging schließlich in die Küche, um das Frühstück zuzubereiten. Gegen halb zehn huschte Judith aus dem Haus und startete eilig ihren Wagen, höchste Zeit, um pünktlich in der Bibliothek einzutreffen. Anscheinend waren wir heute alle spät dran, denn auch von Wolfram war nichts zu hören. Also frühstückte ich allein, denn ohne die Tasse Kaffee am Morgen bin ich zu nichts zu gebrauchen.

Gegen Mittag begann ich mir Gedanken zu machen und klopfte vorsichtig an Wolframs Schlafzimmertür. Als sich nichts rührte, öffnete ich sie einen Spalt und rief mit halblauter Stimme seinen Namen. Da er nicht reagierte, trat ich in den abgedunkelten Raum, zog die Gardinen auf und blieb wie angenagelt vor dem Bett des reglosen Freundes stehen, dessen weitgeöffnete Augen ins Leere starrten. Panik erfasste mich. War er etwa tot?

Seine verkrampfte Hand fühlte sich kalt an. Unwillkürlich musste ich an Puccinis *La Bohème* mit der Arie »Wie eiskalt ist dein Händchen« denken. Doch hier ging es um keine Oper, sondern um nackte Tatsachen. Ich schlug die Decke zurück, um Atem und Herzschlag zu prüfen, und entdeckte mit Entsetzen eine horizontal am Hals verlaufende, bläulich rote Markierung. Sie hatte es also getan, diese geldgierige Schlampe, sie hatte ihn kaltblütig erwürgt! Nach einigen Minuten völliger Fassungslosigkeit erinnerte ich mich, dass man einem Toten als Erstes die Augen schließen soll, was mir allerdings nicht gelang.

Dann lief ich zum Telefon, rief in der Bibliothek an und verlangte Judith. »Du bist eine Teufelin, eine eiskalte Mörderin!«, zischte ich mit letzter Kraft und begann am ganzen Körper zu zittern.

»Was ist los?«, fragte Judith, fast etwas gelangweilt. »Ich erwarte gerade Kundschaft.«

»Du musst sofort herkommen! Ich kann es dir am Telefon nicht erklären. Sag der Chefin, dass du wieder einen Hexenschuss hast oder so was!«

»Und warum sollte ich?«

»Wolfram hat deine Attacke nicht überlebt! So hatten wir das nicht abgesprochen!« Ich keuchte vor Zorn und Aufregung.

»Bitte nicht durchdrehen«, sagte Judith. »Deinen Wolfram habe ich seit vorgestern nicht gesehen, wenn er jetzt tatsächlich tot sein sollte, hat das nichts mit mir zu tun. Aber ich werde versuchen, möglichst bald nach Hause zu kommen. – Hallo, Frau Lindemann, hat Ihnen dieser Roman genauso gut gefallen wie der letzte?«, und schon legte sie auf, und ich blieb allein mit dem Toten. Mir wurde übel, und ich rannte ins Bad. Die Vorstellung, dass die falsche Judith heute Nacht hinter meinem Rücken und ohne meine Zustimmung den wehrlosen Wolfram umgebracht hatte, war ungeheuerlich. Ich versuchte vergeblich, mich damit zu trösten, dass er es ja genau so gewollt hatte. In den letzten Tagen war ich mir nicht mehr sicher gewesen, ob dieser Wunsch noch aktuell war.

Eine halbe Stunde später fummelte die sonst so coole Judith nervös mit dem Schlüssel an der Haustür herum und lief sofort in Wolframs Schlafzimmer. Ich riss die Bettdecke hoch und zeigte stumm auf die deutlich sichtbaren Würgemale.

»Hast du bereits den Arzt gerufen, hast du schon – außer mit mir – mit einem anderen Menschen darüber gesprochen?«, fragte sie.

Ich schüttelte den Kopf.

»Dieser Idiot«, sagte sie kopfschüttelnd und betrachtete sich eingehend die verräterischen Stigmata.

»Wolfram war alles andere als ein Idiot!«, sagte ich scharf.

»Ich meine doch nicht ihn, sondern Cord«, sagte Judith. »Er muss es gewesen sein. Dummerweise habe ich ihm erzählt, dass Wolfram von mir erwürgt werden möchte und ich es nicht übers Herz brächte. Das war ein unverzeihlicher

Fehler! Cord wollte mir wohl einen Gefallen tun und hat wie immer bloß Mist gebaut. Wir haben doch noch gar kein gültiges Testament!«

»Wo steckt dieser schreckliche Cord? Etwa immer noch oben in der Mansarde? Warum nur hast du ihn jemals eingeschleppt!«

»Das ist eine andere Geschichte, die erzähle ich dir später einmal. Eine Hand wäscht die andere und so weiter. Wir haben uns gestern Abend gestritten, und er ist irgendwann in der Nacht abgehauen. Ich schau mal nach, ob er jetzt wieder oben ist.«

Das Unglück kommt auf leisen Sohlen, dachte ich nur.

In Windeseile war Judith zurück. Der Galgenvogel war ausgeflogen. Sollten wir ihn anzeigen und polizeilich suchen lassen?

Judith war strikt dagegen. »Wenn er nicht im Suff mit seinen Heldentaten angibt, sondern sein verfluchtes Maul hält, haben wir vielleicht doch noch eine Chance, demnächst Hausbesitzerinnen zu werden«, meinte sie.

»Ich fürchte, das ist gelaufen. Zum Glück haben wir unsere Wohnungen noch behalten. Es hilft nichts, wir müssen jetzt seinen Arzt anrufen«, sagte ich. »Wir können Wolfram doch nicht einfach hier liegen lassen.«

»Immer mit der Ruhe«, sagte Judith. »Hol mir bitte die Nivea-Dose, mal sehen, was sich machen lässt.«

Vorsichtig bestrich sie den Hals des Toten mit der weißen Creme und meinte, ich solle die Daumen drücken, dass es klappt.

»Wie kommst du denn darauf?«, fragte ich.

Sie grinste. »Irgendwann kann man alles brauchen, was

man mal gelesen hat. Du siehst immer von oben auf mich herab, weil ich fast nur Krimis lese. Aber Mörike und Fontane hätten dir bestimmt nicht weitergeholfen.«

»Nach wie vielen Stunden soll deine tolle Methode denn wirken?«, fragte ich. »Vielleicht können wir dem Hausarzt ja weismachen, dass wir ihn erst am späten Nachmittag gefunden haben...«

»Das könnten wir zwar versuchen«, meinte Judith, »aber so richtig überzeugt bin ich von diesem Trick ja selbst nicht, wir sollten ihm vorsichtshalber einen Rollkragenpullover anziehen.«

Davon waren genug vorhanden, weil Wolfram seinen schlaffen Hals schon immer gern kaschiert hatte. Es war Schwerarbeit, dem Toten die Schlafanzugjacke auszuziehen und ihm ein weißes Unterhemd und dann den etwas eingelaufenen, dunklen Pullover überzustreifen. Wir wählten ein Hemd mit einem hohen Turtleneck-Ausschnitt, damit die Creme keine fettigen Abdrücke auf der Innenseite des Pullovers hinterließ. Schließlich waren wir mit unserem Werk relativ zufrieden, denn Wolfram lag zwar mit offenen Augen, aber einigermaßen manierlich im Bett. Judith hatte vergeblich versucht, ihm andeutungsweise die Mundwinkel zu einem Lächeln hochzuziehen.

»Sieht etwas blöde aus, wenn man einen Pullover zur Schlafanzughose trägt«, meinte sie. Aber ich hatte keine Lust, den steifen Körper auch noch in eine Jogginghose zu zwingen.

»Wo hat er seine Papiere?«, fragte Judith.

Ich erinnerte mich sofort an die bewusste oberste Schublade, der dazugehörige Schlüssel steckte in Wolframs Hosentasche. Wir durchstöberten Notizblätter, Ausweise, Briefe und Krankenakten, bis wir fündig wurden. Etwa fünf unterschiedliche Testamente und einige zusätzliche Entwürfe lagen zwar teils ausgedruckt, teils handschriftlich vor, waren aber alle noch nicht unterschrieben und mit einem Datum versehen.

»Dieser Idiot!«, seufzte Judith zum zweiten Mal. »Alles hat er vermasselt, aber wir müssen jetzt trotzdem in der Praxis anrufen.«

Die Sprechstundenhilfe konnte ihren Chef zwar nicht ans Telefon holen, weil er gerade eine Ultraschalluntersuchung vornahm, versprach aber einen Rückruf, der auch eine halbe Stunde später erfolgte. Wolframs Hausarzt meinte tröstend, dass mit dem Tod seines Patienten schon seit Wochen zu rechnen gewesen sei, es aber für nahestehende Freunde und Angehörige stets ein Schock sei. Er komme gleich nach der Sprechstunde vorbei, also in etwa einer Stunde. Nach Ausstellung des Totenscheins könne ich dann Kontakt mit einem Beerdigungsinstitut aufnehmen.

Natürlich zitterten wir vor der Begutachtung des Arztes und hofften vor allem, dass er nicht auf die Idee kam, den eng sitzenden Pullover – am Ende gar mit unserer Hilfe – wieder auszuziehen. Aufs Äußerste gespannt, lauerten wir vor der Zimmertür auf das Ergebnis, doch unsere Sorge erwies sich zum Glück als unbegründet. Inzwischen war die Totenstarre deutlich ausgeprägt, der Doktor war mit seiner Inspektion sehr schnell fertig und füllte am Küchentisch die Formulare aus. Den Zeitpunkt des Todes schätzte er auf fünf

Uhr in der Frühe, kreuzte als Todesart *natürlich* an und kritzelte als Diagnose: *Organversagen nach metast. Bronchial-Ca*. Die erste Hürde war überwunden.

Dann waren wir endlich allein, nahmen das Branchentelefonbuch zur Hand und suchten nach einem Bestattungshaus in unserer Nähe.

12

Die Fälscherwerkstatt

Der Bestattungsunternehmer sagte am Telefon, er könne erst am nächsten Morgen kommen, leider gehe es nicht eher. Inzwischen sollte ich die erforderlichen Papiere heraussuchen und bereithalten, nämlich den Personalausweis, die Todesbescheinigung des Arztes, das Familienstammbuch und die Versichertenkarte der Krankenkasse. Er würde uns bei den üblichen Formalitäten auch gern beraten und helfen. Außerdem sollten wir uns Gedanken machen, wo und in welchem Rahmen die Beisetzung stattfinden solle.

»Es kommt ja wohl nur eine Einäscherung in Frage«, sagte ich zu Judith. »Dann wären wir sicher, dass die Würgemale kein Thema mehr sind.«

»Ganz im Gegenteil«, meinte sie. »Vor der Freigabe zur Feuerbestattung ist nach meinen Kenntnissen eine Leichenschau durch den Amtsarzt vorgeschrieben. Im Übrigen ist Bernadette doch auch nicht verbrannt worden, oder?«

»Ja, natürlich, sie liegt in einem geräumigen Doppelgrab, Wolfram hatte seinen Platz neben ihr bereits eingeplant. Der Ort steht also längst fest. Aber sollen wir eine Anzeige aufgeben? Und was, wenn die Qualle auftaucht?«

»Das sind doch alles Peanuts. Wir dürfen keine Minute verschwenden und müssen uns auf die Testamentsoptimierung konzentrieren.«

»Wie bitte? Willst du etwa Wolframs Unterschrift fälschen?«

»Nicht nur die, das ganze Testament. So, wie es jetzt formuliert ist, kriegst du das Haus plus Vermögen ja nur, wenn man ihn wunschgemäß ins Jenseits befördert hat. Mit solch einer sittenwidrigen Vereinbarung kommen wir nie an das Erbe ran. Und wer soll eigentlich die Qualle sein? Etwa ich?«

Ich erklärte es ihr – und auf einmal verließ mich alle Kraft. Von Mutlosigkeit gebeutelt, sank ich aufs Sofa, überwältigt von Trauer und Schmerz. Noch nie im Leben war ich mit dem Gesetz in Konflikt geraten. Bis auf ein geklautes Buch als Teenager und ein paar geringfügige Verkehrssünden war ich stets anständig geblieben. Wie weit war es mit mir gekommen, wenn ich bereit war, ein Testament zu fälschen? Ein derartiges Vergehen würde ich mir ein Leben lang nicht verzeihen, an dem erschlichenen Besitz hätte ich ohnedies keine Freude. Und wenn ich überführt würde, müsste ich wegen Urkundenfälschung in den Knast! Doch wenn ich gar nichts unternahm, waren alle meine bisherigen Bemühungen für die Katz, das hätte Wolfram bestimmt nicht gewollt.

Beim Gedanken an Wolfram kamen mir die Tränen, ich lief hinauf in mein Schlafzimmer und warf mich aufs Bett. Nie wieder würde ich friedlich mit ihm auf dem Sofa sitzen und fernsehen, nie mehr mit ihm essen, plaudern und Erinnerungen austauschen. Erst jetzt, wo er nicht mehr lebte, wurde mir klar, dass ich ihn eigentlich immer ganz gern gehabt, zumindest respektiert hatte. Warum hatte ich mich nicht mit dem zweiten Testament zufriedengegeben! Dann hätte ich ohne Ängste und Gewissensbisse eine ansehnliche Erbschaft einkassieren können. Vielleicht wäre eine nette, kleine Eigentumswohnung dabei herausgesprungen. Auf jeden Fall sollten wir nur die Nr. 2 der Entwürfe verwenden. Hier musste man einzig und allein die Unterschrift und das Datum einsetzen – eine lässliche Sünde, mit der sich leben ließ.

Kaum hatte ich mich einigermaßen gefasst, lief ich hinunter, um Judith von meiner Entscheidung zu überzeugen. Sie hatte auf Wolframs Schreibsekretär alle Testamente und Entwürfe ausgebreitet.

Von meiner Idee hielt sie überhaupt nichts. »Komm«, sagte sie, »wir setzen uns jetzt beide an den Küchentisch und üben. Mal sehen, wer Wolframs Klaue besser hinkriegt.«

Doch von Klaue konnte nicht die Rede sein, Wolfram hatte eine altmodische, fast pedantisch kontrollierte, kleine Schrift, gut leserlich und ein wenig nach rechts geneigt. An einigen Buchstaben entdeckte ich charakteristische Schnörkel, zum Beispiel am Eszett. Er hatte sich nicht auf die neue Rechtschreibung eingelassen und *dass* nie mit zwei s geschrieben. – Ich habe schon immer gern gezeichnet, Schriften ausprobiert, Muster und Ornamente mit schwarzem Filzstift auf blütenweißem Papier entworfen. Wolframs Handschrift zu imitieren war eine angenehme Herausforderung für mich, zumal sie meiner eigenen gar nicht so unähnlich war.

In überdrehter Stimmung saßen wir nebeneinander am Küchentisch und hatten als Muntermacher eine Flasche Wein geöffnet. Vor uns lagen ein Stapel Druckerpapier und verschiedene Kugelschreiber, eine zusätzliche Stehlampe spendete helles Licht. Schon bei den ersten Fälschungsversuchen erwies sich, dass ich ganz eindeutig die Begabtere war, obwohl ich mit dem Resultat noch keineswegs zufrieden war.

»Sieh mal«, sagte ich, eifrig wie ein ABC-Schütze, »das sieht leider noch ziemlich unbefriedigend aus. Irgendetwas stimmt nicht...«

Judith betrachtete meine Versuche mit Hochachtung und überlegte. Plötzlich schlug sie sich an die Stirn. »Wir sind aber auch so was von doof! Klar doch, Wolfram hat nie mit Kugelschreiber geschrieben, immer nur mit Füller. Aber wo mag er ihn aufbewahrt haben? Hier bei den Schreibsachen gibt es nur Bleistifte und Kulis.«

»Stimmt, er hat sogar die Einkaufszettel mit Tinte geschrieben«, fiel mir ein. »Vielleicht werden wir ja im Wühlfach fündig...«

In der Küche gab es tatsächlich eine Schublade, in der eine bunte Mischung aufbewahrt wurde: Einmachgummis, Notizpapier, Zahnstocher, Etiketten und dergleichen mehr. Als ich triumphierend nach dem Füller greifen wollte, hielt mich Judith gerade noch zurück.

»Keine Fingerabdrücke!«, befahl sie, und ich zog etwas missmutig die unbequemen, dünnen Einweghandschuhe an, die neben der Spüle in einem rosa Plastikkasten lagerten. Immerhin hatte sich die Suche gelohnt, denn meine Schreibweise sah nach einigen Probekritzeleien viel authentischer aus.

»Man könnte doch einfach durchpausen«, schlug Judith vor.

Ausnahmsweise wusste ich es jetzt besser. »Das wäre ein grober Fehler und fiele selbst einem einäugigen Notar auf! Das Schriftbild muss flüssig wirken, darf nicht stocken oder allzu häufig absetzen. Ich werde jetzt weiter üben, bis morgen früh bin ich eine perfekte Fälscherin!«

Im Eifer waren meine anfänglichen Skrupel schnell vergessen. Einen Bogen nach dem anderen schrieb ich voll, ein Testament nach dem anderen diente als Vorlage. Dabei stellte ich mir vor, dass es sich bloß um ein Spiel handelte, denn es waren ja alles noch keine endgültigen Reinschriften.

Es wurde immer später, Judith hatte ihre kläglichen Versuche längst aufgegeben, blätterte in einem Verlagsprospekt und gähnte.

Plötzlich schreckte ich hoch, denn ich hörte eine Tür knarren, wenn auch nicht die Haustür. »Cord!«, flüsterte ich, und Judith sprang auf.

»Er hat offenbar den Garagenschlüssel eingesteckt«, sagte sie, lief in den Flur und lauerte am Aufgang der Kellertreppe.

Mich überfiel panische Angst. Was, wenn es auch mir an die Kehle ging? Blitzschnell ließ ich meine schriftstellerischen Versuche im Backofen verschwinden und versteckte mich hinter dem Besenschrank.

Doch Judith und er schienen geradewegs nach oben zu gehen, ich konnte hören, wie sie lauthals stritten.

Kaum hatte ich aufgehört zu zittern, betätigte ich mich wieder als Kopistin, bis mir beinahe die Augen zufielen. Bevor ich aber zu Bett ging, verstaute ich meine Produkte erneut im Backofen. Falls Cord doch noch irgendwann die Küche betreten sollte, würde er keine Indizien vorfinden.

Im Schlafzimmer schloss ich mich ein. Es war mir unheimlich, dass ein Stockwerk über mir ein Mörder schlief.

Meine Träume in jener Nacht waren grauenhaft. Ich wurde

zur Beute zweier Werwölfe, die beide an mir zerrten, furchterregend knurrten und mit den Zähnen fletschten, bis sie schließlich übereinander herfielen und sich gegenseitig zerfleischten.

Rentner können zwar theoretisch so lange schlafen, wie sie Lust haben, aber leider gelingt ihnen das nur noch selten. Das beneidenswerte Talent der Jugend, an Feiertagen bis in die Puppen aufzubleiben, um dann bis nachmittags schnarchend im Bett zu liegen, verliert sich mit den Jahren. Schon lange werde ich meistens um sieben oder spätestens um acht Uhr wach. Doch es gibt auch Ausnahmen wie am Vortag, als ich Wolfram erst gegen Mittag wecken wollte und einen Toten vorfand.

An jenem *Tag danach* wachte ich allerdings noch früher auf, sehnte mich nach einem heißen Bad, zog mir aber vorerst nur einen Morgenmantel über und machte mir einen Kaffee.

Kurz darauf witterte auch Judith den Kaffeeduft und hielt mir fordernd eine Tasse entgegen.

»Guten Morgen, brauchst dich nicht mehr aufzuregen, er ist fort.«

»Cord?«

»Natürlich nicht der Wolf, der kann nur noch weggetragen werden. Ich habe Cord so zur Schnecke gemacht, dass er sich bestimmt nicht wieder hier blicken lässt. Nachher werde ich die Chefin anrufen und mich mindestens noch für heute krankmelden. Um zehn kommt der Mensch von Pietät & Takt oder wie sein Laden heißt. – Wie weit bist du gestern gekommen? Schon fix und fertig?«

»Bis jetzt nur allerlei weitere Übungen, ich bin allerdings

immer noch nicht überzeugt von deiner Idee. Mach mal den Backofen auf, aber bloß nicht an! Dort findest du die Früchte meines nächtlichen Fleißes!«

»Und ich dachte, wir könnten dem Typ schon ein perfekt gelungenes Testament unter die Nase halten...«

»Es macht bestimmt nichts aus, wenn wir behaupten, Wolfram habe mir das Erbe zwar fest zugesagt, wir hätten in der Aufregung das Testament aber noch gar nicht gesucht. Schließlich haben wir gestern erst nach den üblichen Bürozeiten im Bestattungsinstitut angerufen.«

Auf die Minute pünktlich erschien ein riesengroßer Mann mit beflissener Trauermiene. Da der Tote ohne Familie sei, habe er mich als seine Vertrauensperson, Freundin und frühere Kollegin für alle organisatorischen und pflegerischen Aufgaben eingesetzt und versprochen, mich auch im Testament zu berücksichtigen, sagte ich. Als Beweis konnte ich immerhin die Bankvollmacht vorlegen. Anscheinend beruhigte es den Bestatter, dass hiermit für seine eigene Bezahlung gesorgt war. Er versprach, noch heute Wolframs Ableben beim zuständigen Standesamt zu melden und dort auch mehrere Sterbeurkunden für Versicherungen, Rente und dergleichen zu beantragen. Ich solle zuerst bei Herrn Kempners Rechtsanwalt nach dem Vorliegen eines Testaments fragen. Wenn dort keines hinterlegt sei, solle ich es unter seinen Papieren hier im Haus suchen, beim Amtsgericht abliefern und vom Nachlassgericht einen Erbschein anfordern. Erst wenn ich dieses Dokument in Händen hielte, könne ich weitere Schritte unternehmen. Der Tote werde in etwa einer Stunde von zwei Angestellten abgeholt.

Wir einigten uns auf einen Sarg mittlerer Preislage, erhielten auch die Zusage, den Leichnam nicht in einem Totenhemd, sondern in seiner jetzigen Bekleidung zu beerdigen. Dabei erfuhren wir, dass ein Talar oder etwas Ähnliches sowieso nicht mehr zeitgemäß sei. Ich erklärte, dass Wolfram von seiner Krebserkrankung schwer gezeichnet war und sich eine Aufbahrung verbeten habe. Auch die Trauerfeier solle nur im engsten Kreis stattfinden, ohne Pfarrer, ohne Trauerredner, allerdings mit der Lieblingsmusik des Verstorbenen, für die ich sorgen werde.

Als der Bestatter gegangen war, meinte Judith, ich hätte darauf bestehen müssen, dass man den Deckel des Sargs auf der Stelle schließen solle.

»Auf keinen Fall!«, sagte ich. »Der gute Mann würde doch sofort misstrauisch, wenn man allzu deutlich mit dem Finger auf die Wunde zeigt. Außerdem sind seine Angestellten bestimmt froh, wenn sie nicht noch lange an den Toten herumfummeln müssen. In manchen Dingen bin ich auch ohne Krimilektüre erfahrener als du.«

»Ja, ja«, brummte Judith, »du bist alt und weise. Aber trotzdem solltest du dich jetzt unverzüglich ans Werk machen.«

»Nur noch eine Frage«, sagte ich. »Hat Cord den armen Wolfram sehr gequält?«

»Angeblich hat Cord kein Licht angemacht. Der Wolf hätte nur lustvoll aufgestöhnt, dann sei alles sehr schnell gegangen. Er hat wohl gar nicht kapiert, wer ihm da an die Gurgel gegangen ist. Vielleicht glaubte er sogar, seine Alte sei auferstanden, um ihn abzuholen.«

»Cord kann dir alles weismachen, wir waren ja nicht dabei«, seufzte ich und zog mir die durchsichtigen Handschuhe an.

»Ich suche unterdessen nach ein paar DNA-Spuren, um sie auf deinem fertigen Werk zu verteilen«, sagte Judith. »Zum Beispiel könnte man mit Wolframs Zahnbürste den Umschlag befeuchten und ein Haar dazulegen.«

»Er hat doch so gut wie keine Haare mehr«, wandte ich ein und fing an zu schreiben. Ich war immer noch nicht restlos zufrieden mit dem Ergebnis, als die Totenträger bereits anrückten, die Leiche in einen Sarg betteten und abtransportierten. Judith und ich stellten uns auf die Straße und beobachteten erleichtert, wie der schwarze Wagen beladen wurde und davonfuhr.

Noch bevor wir in die Fälscherwerkstatt zurückkehren konnten, kam Frau Altmann aus dem Nachbarhaus angelaufen.

»Mein Beileid!«, sagte sie und schüttelte erst mir, dann Judith die Hand. »Ist Herr Kempner in Frieden von uns gegangen?«

»Er ist zum Glück einfach eingeschlafen«, sagte ich und schneuzte mich. »Zwar wussten wir, dass sein Ende nahte, doch es ist furchtbar, einen Toten vorzufinden.«

»Das kann ich nachfühlen«, sagte Frau Altmann. »Haben Sie denn schon die Sabrina benachrichtigt?«

»Wer soll das denn sein?«, fragte Judith.

»Nun, die Nichte von Bernadette«, sagte Frau Altmann. »Sie ist sicherlich als Alleinerbin vorgesehen. Daher könnte sie sich auch ruhig um die lästigen Formalitäten kümmern. Ich bewundere Sie sehr, dass Sie ihn so selbstlos gepflegt haben! Wissen Sie schon, wann die Beisetzung stattfindet?«

Judith warf mir einen warnenden Blick zu. »Der Termin steht noch nicht fest«, sagte ich, obwohl das nicht der Wahrheit entsprach. Wir verabschiedeten uns rasch, ohne Frau Altmann ins Haus zu lassen oder etwas über die Qualle zu sagen.

»Durch und durch eine Spießerin, diese Frau Altmann«, sagte Judith. »Was machst denn du für ein Gesicht? Du siehst ja fast verzweifelt aus! Hast du den Wolf etwa doch geliebt?«

»Verliebt habe ich mich schon ewig nicht mehr. Höchstens in Bäume und Vögel. Schau doch mal, drüben im Garten fliegt eine Elster – ist die nicht wunderschön?«

Judith zuckte mit den Schultern und kommandierte: »Jetzt aber an die Arbeit und keine Müdigkeit vorschützen! Wenn du perfekt gefälscht hast, gehört dir auch dieses Federvieh, es hat nämlich in der hohen Tanne ein Nest gebaut.«

»In der germanischen Mythologie war die Elster der Vogel der Todesgöttin«, sagte ich. »Die will ich lieber aus der Ferne beobachten, wenn sie demnächst ihre Jungen füttert.«

»Mir ist eigentlich ein Brathendel der liebste Vogel«, meinte Judith. »Ein gutgemästeter, fetter Kapaun.« Und schon begann sie, den bekannten Kanon vom toten Hahn zu variieren: »Der Wolf ist tot, der Wolf ist tot!«

Ich stimmte nicht ein, weil ich den Text überhaupt nicht lustig fand. Stattdessen legte ich die Bankvollmacht vor mich hin und übte Wolframs Unterschrift auf einem Schmierzettel.

13

Das neue Testament

Judith hatte im Internet recherchiert und mir die wichtigsten Patzer genannt, die es beim Fälschen zu vermeiden galt. Allmählich begann ich zu glauben, dass ich meinen Beruf verfehlt hatte. Mein Falsifikat war so mustergültig geraten, dass ich die Siegerin einer Betrügerolympiade hätte werden können. Ich hatte selbstverständlich das gleiche Papier, denselben Füller, die gleiche Tinte wie Wolfram verwendet und mir alle Besonderheiten, jeden Buchstaben, den Bewegungsfluss, die Wortwahl, die Orthographie, den Satzbau, die Gliederung und den Zeilenabstand der Originale durch fleißiges Üben angeeignet. Nur wenn ein Vergleich durch einen forensischen Graphologen oder ein Gutachten eines kriminaltechnischen Labors angefordert würde, wurde die Sache brenzlig. Mir war klar, dass erst gar kein Zweifel aufkommen durfte. Die größte Gefahrenquelle war die Qualle, die ein Interesse an der Anfechtung dieses Testaments haben konnte.

Obwohl ich es ja besser wusste, rief ich bei Wolframs Rechtsanwalt an und fragte in aller Unschuld nach dem Vorliegen einer letztwilligen Verfügung. Ich behauptete, der Verstorbene habe mir unter bereits erfüllten Voraussetzungen eine Erbschaft zugesagt, ich wisse aber nicht, um welche Summe es sich dabei handle. Um anstehende Rechnungen, auch die Kosten für die Beerdigung, den Grabstein und den Friedhofsgärtner zu bestreiten, müsse ich Klarheit haben.

Natürlich verneinte der Jurist meine Frage, erinnerte sich aber immerhin an einen Anruf von Herrn Kempner, in dem von diesbezüglichen Plänen die Rede war.

»Ja, ja, er hatte vor, einer Kollegin – aus Dankbarkeit für ihren pflegerischen Einsatz – eine größere Summe oder auch Immobilien zu hinterlassen«, sagte der Rechtsanwalt. »Aber im Einzelnen haben wir nicht darüber gesprochen; es ging Herrn Kempner vorerst um die äußere Form eines gültigen Testaments, dass es zum Beispiel handschriftlich verfasst, unterschrieben und mit einem Datum versehen sein muss und so weiter. Wahrscheinlich wird er in seinen Akten ein vorschriftsmäßiges Exemplar hinterlegt haben, mein Klient war ja ein äußerst gewissenhafter und ordentlicher Mensch. Falls ein Testament vorhanden ist, sollte man es samt einer Sterbeurkunde direkt beim Nachlassgericht abgeben und gleichzeitig einen Antrag auf Erteilung eines Erbscheins stellen.«

»Bis jetzt habe ich noch gar nicht nachgeschaut«, log ich.

Das neue Testament hatte ich zwar fertig, doch beim Datum kamen mir Zweifel, und ich überlegte hin und her. Konnte man der Tinte ansehen, wie lange sie schon getrocknet war? Sicherlich war es besser, keinen uralten oder allzu neuen Zeitpunkt anzugeben, ich wählte also den Tag des Gabelfrühstücks, an dem mich die neugierige Nachbarin bestimmt gesichtet hatte. Dann machte ich vorsichtshalber eine Kopie für mich, steckte meine treffliche Fälschung in eine Klarsichthülle, schrieb auf einen DIN-A4-Umschlag *Mein letzter*

Wille, reichte Judith ebenfalls ein Paar Handschuhe und legte ihr das fertige Werk zur Beurteilung vor.

»Formal natürlich perfekt, nur der Inhalt gefällt mir nicht. Ich werde ja noch nicht einmal erwähnt!«, sagte sie enttäuscht. »Gönnst du mir denn gar nichts? Ich dachte, wir ziehen das Ding gemeinsam durch und machen halbe-halbe.«

»Daran habe ich durchaus gedacht«, sagte ich. »Wenn alles wunschgemäß geklappt hat, sichere ich dir lebenslanges, mietfreies Wohnrecht zu, wahlweise im Erdgeschoss oder in den Mansarden. Und auch sonst werde ich großzügig teilen, wenn ich erst mal weiß, wie viel Kohle Bernadette in Aktien oder anderen Wertpapieren angelegt hat.«

»Und der Schmuck?«

»Kannst dir alles krallen, was dir gefällt«, sagte ich. »Aber bitte erst nach der Beerdigung. So, und jetzt lass es gut sein, schließlich nehme ich ja das volle Risiko auf mich. Wenn die Sache auffliegt, komme ich wegen Urkundenfälschung vor Gericht, und du wäschst deine Hände in Unschuld. Aber mach dir keine Sorgen! Wenn wir erst alle Hürden genommen haben, werde ich mir schon etwas zu deinen Gunsten einfallen lassen. Bis jetzt ist ja leider noch gar nichts in trockenen Tüchern.«

»Stimmt«, sagte sie leichthin. »Der Wolf ist zwar tot, aber das Fell nicht abgezogen. Wo du schon so fleißig warst, werde ich mich jetzt auch nützlich machen und den Umschlag wegbringen.« Und schon fegte sie zur Tür hinaus.

Nun, wo Judith fort war, nahm ich mir noch einmal Bernadettes Schmuckkasten vor und taxierte zum zweiten Mal ihre Juwelen. Ein paar alte, kleine und feine Ringe, Broschen und Kettchen nahm ich an mich und versteckte sie in einer leeren Seifenschachtel. Als Nächstes wollte ich zur Sicherheit Wolframs Originaltestamente sowie seine Entwürfe und meine unzähligen Übungsblätter vernichten und holte einen leeren Blechkasten mit der Aufschrift *Nürnberger Elisenlebkuchen* aus dem Keller. Als Judith nach einer halben Stunde zurückkam, war nur noch ein kleiner Scheiterhaufen aus verkohlten Papierschnitzeln davon übrig, doch sie begriff sofort, was da gemeinsam mit uralten Gebäckkrümeln verbrannt war. Die Asche schüttete ich in die Toilette und hoffte, dass damit die letzten verräterischen Spuren beseitigt waren.

Vorsichtshalber beschlossen wir, Termin und Ort der Beerdigung nicht öffentlich bekanntzumachen. In knapp einer Woche war es so weit.

Judith meinte, ein *Powernap* sei jetzt angesagt, morgen müsse sie auf jeden Fall wieder arbeiten und fit sein. Doch kaum hatte ich mich hingelegt, sprang ich wieder auf und schloss die Tür zum Keller und auch mein Schlafzimmer ab, da Cord womöglich immer noch den Garagenschlüssel in der Tasche hatte.

Am Abend saßen wir zwar vor laufendem Fernseher beieinander, doch jede war in Gedanken woanders. Irgendwann schaltete ich den Apparat aus und meinte: »Die Programme werden immer langweiliger, früher gab es bessere *Tatorte*. Du hattest mir versprochen, mich über Cord aufzuklären. Wie kommt er, bitte schön, dazu, dir diesen Bärendienst zu erweisen...«

»Alles begann mit einer Jugendsünde. Ich lernte ihn als Schülerin kennen und verliebte mich sofort. Er war ganz anders als meine braven Mitschüler, auch etwas älter als meine Clique und unerhört cool. Damals hatte er einen Irokesenschnitt. Schon nach wenigen Wochen waren wir unzertrennlich und schmiedeten verwegene Pläne: Wir wollten auswandern, um in Thailand eine Tauchschule aufzumachen oder auch ein bayerisches Restaurant für deutsche Touristen. Allerdings konnten wir beide weder kochen noch tauchen, kannten keinen einzigen Fisch mit Namen und kein Rezept für Leberknödel oder Schweinshaxen. Cord war aber schon zweimal in Südostasien gewesen und schwärmte davon. Er hatte eine abgebrochene Schreinerlehre hinter sich, lebte von gelegentlicher Schwarzarbeit, dealte auch ein bisschen und war alles in allem ein Kumpel, mit dem man Pferde stehlen konnte. Ich hatte gerade das Abitur bestanden, war aber noch reichlich grün hinter den Ohren. Eigentlich wollte ich ja zur Polizei, aber Thailand war natürlich viel spannender. Das nötige Geld für die Existenzgründung wollte ich unbedingt durch einen hirnrissigen Coup beschaffen. Für Cord war mein Plan eigentlich eine Nummer zu groß, aber er konnte mir nichts abschlagen. Er wusste, dass ein Banküberfall kein Kinderspiel war, und versuchte, mir diesen Wahnsinn auszureden. Aber gerade seine Einwände forderten meinen Trotz heraus.«

»Judith, sag jetzt bloß nicht, dass du seine Gangsterbraut warst... Schieß los, habt ihr euch etwa erwischen lassen?«

»Wir haben uns beide verkleidet, ganz in Schwarz mit Strumpfmaske, so wie man es aus dem Fernsehen kennt. Vor lauter Schiss brachte ich keinen Ton heraus, doch Cord brüllte: *Kohle her, oder es kracht!* Aber die Kassiererin sagte bloß: *Kinder, lasst doch diesen Quatsch. Haut lieber ab, be-*

vor die Polizei kommt! Der Hausmeister hatte uns nämlich bereits durch ein Klofenster gesichtet, als wir uns vor der kleinen Sparkassenfiliale noch die Masken überzogen. Wir bekamen Panik, liefen wieder raus und der Polizei direkt in die Arme.«

»Euer Glück, dass es in die Hose gegangen ist«, meinte ich.

Doch Judith machte eine heftige, abwehrende Handbewegung. »Cord hatte leider eine Waffe bei sich, die war sein Verderben. Ganz der Beschützer, nahm er alle Schuld auf sich. Er behauptete, mich überredet zu haben, obwohl es genau umgekehrt war. Und zu allem Überfluss war Cord bereits wegen Dealerei vorbestraft. Er bekam wegen versuchter räuberischer Erpressung fünf Jahre aufgebrummt, ich dagegen nur eine Jugendstrafe, die zur Bewährung ausgesetzt wurde. Immerhin musste ich im Park des Städtischen Altenheims drei Monate lang die Wege kehren, oder ich musste Dienstwagen putzen.«

»Und? Hat Cord die vollen fünf Jahre abgesessen?«

»Nein, aber vier. Anfangs habe ich ihn noch oft im Knast besucht, bald aber hatte ich einen neuen Freund. Als er entlassen wurde, wohnte er eine Zeitlang bei mir, aber mit der früheren Leidenschaft war es vorbei. Leider hängt er immer noch wie eine Klette an mir, hat wohl sonst niemanden, der zu ihm hält.«

»Mir kommen die Tränen! Soll ich etwa Mitleid heucheln? Judith, ich konnte ihn schon bei der ersten Begegnung nicht ausstehen. Du hast wirklich einen Besseren verdient!«

»Er hat es von Geburt an schwer gehabt.«

»So ging es vielen, und trotzdem sind sie nicht kriminell geworden...«

Judith lachte laut auf. »Jetzt mach aber mal halblang! Wie heißt es im Sprichwort? Wer im Glashaus sitzt, soll nicht mit Steinen werfen.«

Ich ärgerte mich, denn sie hatte ja recht. Doch so leicht ließ ich mich nicht abwimmeln. »Schlaft ihr etwa noch miteinander?«, hakte ich nach.

»Eigentlich nicht«, sagte Judith.

»Mit anderen Worten: manchmal schon!«

Nicht nur ich war gereizt, auch ihr Ton wurde zusehends schärfer. »Karla, erstens geht dich das nichts an, und zweitens checkst du so manches nicht mehr richtig. Du lebst seit Jahren wie eine Nonne und kannst dir gar nicht mehr vorstellen, was es heißt, jung zu sein...«

Nun wurde ich richtig sauer. Wenn man mir mein Alter vorwirft oder gar eine moralinsaure Gesinnung, dann reagiere ich beleidigt. »Ich bin froh, wenn du morgen wieder arbeiten gehst«, versetzte ich und verließ den Raum.

Meinen Ärger ließ ich an Bernadettes Kleiderschrank aus. Stück für Stück ihrer zeltartigen Gewänder stopfte ich in einen blauen Müllsack, denn ich brauchte dringend Platz für meine eigenen Sachen. Als ich meine Beute zur Mülltonne bringen wollte, kamen mir allerdings Bedenken. Frau Altmann lauerte sicherlich am Fenster und machte sich ihren eigenen Reim auf meine Tat, würde womöglich den Deckel heimlich lüften und ins Grübeln kommen. Ihrer Meinung nach gehörte ja das Haus mit sämtlichem Inventar der Qualle. Also beschloss ich, den Sack bei Nacht und Nebel in einem öffentlichen Altkleider-Container zu entsorgen, und sortierte erst mal weiter. In der Tasche eines potthässlichen rosa Morgenrocks entdeckte ich einen Vibrator. Neugierig geworden schüttete ich die ganze Kleiderkollektion wieder aus und tastete alle Taschen ab. Anfangs stieß ich nur auf banale Dinge: gebrauchte Tempotücher, einen Kamm, einen hingekritzelten Einkaufszettel und ein zweites Schlüsselchen für den Briefkasten. In der Reißverschlusstasche eines getigerten Regenmantels fand ich schließlich eine hellrosa Karte:

Liebe Tante Dette,
herzlichen Dank für Deine großzügige Spende. Wahrscheinlich ist es besser, wenn Du Onkel Wolfi diesen Brief vorenthältst. Er spottet ja immer nur über die Qual der Quallen und dass die Qual der badenden Urlauber bestimmt viel heftiger sei. Das ist zwar lustig, geht aber am Naturschutz für alle Lebewesen völlig vorbei.
Sobald mein Verein »Memento Maori« als gemeinnützig anerkannt wird, werde ich Dir eine Spendenquittung über 30 000 € schicken, das kannst Du dann beim Finanzamt geltend machen. Dein Geld fließt sehr sinnvoll in ein Internat für benachteiligte Kinder neuseeländischer Ureinwohner, die unbedingt eine umfassende Förderung brauchen.
Liebes Tantchen, ich umarme Dich. Ohne Deine Hilfe könnte ich meine sozialen und ökologischen Projekte niemals verwirklichen.
Deine Sabrina

Wolframs Zorn wurde mir durchaus verständlich. Es sah ganz so aus, als sei Tante Dette hinter Onkel Wolfis Rücken von der spinnerten Sabrina wie eine Weihnachtsgans ausgenommen worden. Am Ende war das gesamte Vermögen bereits futsch, und wir brauchten uns über eine angemessene Renovierung unserer Wohnungen keine Gedanken mehr zu machen!

14

Die Qualle

Am folgenden Tag war herrliches Wetter, ich frühstückte gemütlich allein und sogar auf der Terrasse, las in aller Ruhe die Zeitung, hörte im Hintergrund die Vögel singen und fühlte mich wie im Urlaub. Die längste Zeit meines Lebens hatte ich den Morgen völlig ungestört begonnen, und ich beschloss, Judiths Auftritt gegen neun Uhr in Zukunft zu meiden. Deswegen würde ich – so wie heute – erst nach ihr die Küche betreten.

Es warteten jedoch allerhand unangenehme Pflichten auf mich, denn Wolframs Tod war mit bürokratischen Herausforderungen verbunden. Schließlich war ich als Erbin für die vorschriftsmäßige Abwicklung seiner irdischen Existenz verantwortlich. Schon der eigene Bürokram ist mir immer lästig gewesen, mich in fremde Akten einzuarbeiten war der reinste Horror. Noch dazu, wo Wolfram im Gegensatz zu mir Beamter war und seine Pension von anderen Behörden überwiesen wurde als meine eigenen Altersbezüge. Ob er alle Unterlagen wirklich so penibel und ordentlich sortiert abgeheftet hatte, wie sein Rechtsanwalt behauptete? Doch vielleicht würde ich bei dieser Gelegenheit auch auf Bankbriefe, Kontoauszüge und den Nachweis über die Spareinlagen der Kempners stoßen.

Gerade als ich mir den ersten Ordner mit der Aufschrift *Versicherungen* vorknöpfen wollte, hörte ich ein Auto vorfahren. Kurz darauf klingelte es. Nicht ungern ließ ich mich bei der verhassten Tätigkeit unterbrechen. Draußen stand eine schicke junge Frau mit einem Golden Retriever an der Leine. Sie stellte sich als die Nichte der Kempners – Sabrina Rössling – vor und betrat ohne Aufforderung mein Haus. Ehe ich mich versah, thronte sie im Wohnzimmer mitten auf dem Sofa, und der Hund öffnete durch einen geschickten Sprung die Küchentür und machte sich am Mülleimer zu schaffen.

»Warum haben Sie mich nicht sofort benachrichtigt, als mein Onkel starb?«, fiel Sabrina mit der Tür ins Haus. »Wenn Frau Altmann mich nicht angerufen hätte, wüsste ich immer noch nicht Bescheid!«

»Ich kenne Sie doch gar nicht. Ihr Name wurde nie erwähnt. Im Übrigen haben Sie es in all der Zeit, in der ich mich um Herrn Kempner gekümmert habe, nicht ein einziges Mal für nötig erachtet, sich nach seinem Befinden zu erkundigen«, sagte ich kühl.

»Doch«, sagte sie, »das wollte ich sehr wohl, aber er hat gleich wieder aufgehängt.«

»Er wird seine Gründe gehabt haben«, trumpfte ich auf.

Wir sahen einander feindselig an.

Dann beschloss sie offenbar, die Taktik zu wechseln, und bleckte mit schlecht geheuchelter Freundlichkeit ihre Mausezähne. »Natürlich bin ich Ihnen dankbar, dass Sie meinen Onkel versorgt haben«, sagte sie. »Ich hoffe, er hat Sie angemessen bezahlt. Wie viele alte Männer war er etwas knauserig. Wohnen Sie jetzt eigentlich hier, oder wie soll ich Ihre Anwesenheit verstehen? – Bei Fuß, Bellablock!«

Der Hund apportierte stolz und sabbernd einen schmierigen Putzlappen.

Ärgerlich sagte ich: »Ihr schwerkranker Onkel kam schon lange nicht mehr allein zurecht. Ich bin eine ehemalige Kollegin und gute Freundin, die er in seiner Not um Hilfe gebeten hat, denn er wollte unter keinen Umständen in ein Krankenhaus eingewiesen werden. Also habe ich ihn gepflegt, für ihn gekocht, seine Wäsche gewaschen, geputzt und eingekauft, habe sein Bett ins Erdgeschoss geschleppt und ihm hier unten ein Schlafzimmer eingerichtet, weil er keine Treppen mehr steigen konnte. Auch sonst habe ich mich Tag für Tag bemüht, ihm seine letzten Wünsche zu erfüllen.«

»Dafür werde ich mich natürlich erkenntlich zeigen«, sagte die Qualle. »Sie dürfen sich gern ein Erinnerungsstück aussuchen, zum Beispiel den schönen Biedermeier-Sekretär, an dem er so hing.«

»Wolfram hat ein Testament hinterlassen«, sagte ich. »Er hat mir versprochen, mich für meine Leistungen großzügig zu entschädigen und auch genügend Bargeld für die Beerdigung und das Grab bereitzustellen. Bevor Sie mir also ein Möbelstück anbieten, sollten Sie erst einmal in Erfahrung bringen, was er selbst angeordnet hat. Zum Beispiel erwähnte er ein Heidelberger Hospiz, das er ebenfalls berücksichtigen wollte.«

»Ein Testament? Wo ist es? Was steht drin?«, fragte sie, offenbar beunruhigt.

»Keine Ahnung«, sagte ich. »Es befand sich in einem verschlossenen Umschlag, und ich habe es auf Anraten seines Rechtsanwaltes direkt an das Nachlassgericht geschickt. Sie werden sich wohl oder übel gedulden müssen, solche Ämter sind chronisch überlastet, es könne, wie es hieß, bis zu einem Jahr dauern, bis der Erbschein ausgestellt wird.«

»Warum haben Sie den Umschlag nicht geöffnet, wenn Sie mit einem Erbe rechnen?«

»Das hätte ich nie gewagt!«

»Ich werde mich noch heute persönlich beim Amtsgericht erkundigen«, sagte Sabrina. »Ich hoffe, Sie haben Ihre eigene Wohnung nicht aufgegeben, denn ich werde dieses Haus lieber früher als später verkaufen. Sie können von mir aus noch ein paar Tage hier wohnen bleiben, aber dann gebe ich es schon einmal zur Besichtigung frei.«

»Es war der Wunsch Ihres Onkels, dass ich hier einziehe. Außerdem hat er mich gebeten, für die Inschrift auf seinem Grabstein zu sorgen. Bis das alles erledigt ist, kann ich nicht fort«, sagte ich und überlegte fieberhaft, ob ich arglos und höflich oder aggressiv und fordernd auftreten sollte. Auf keinen Fall durfte ich mir anmerken lassen, dass niemand den Inhalt des Testaments besser kannte als ich. Und ich war richtig stolz auf mich, dass ich bei meiner Fälschung dem besagten Hospiz zweitausend Euro spendiert hatte.

Doch schon entgegnete die Qualle: »Ist zwar gut gemeint, aber als nächste Angehörige ist es an mir, die nötigen Formalitäten zu erledigen. Ihre Anwesenheit ist nicht länger erforderlich. Sie brauchen sich also nicht mehr damit abzuquälen. Und jetzt gehe ich mal die Räume inspizieren.« Sie stand auf. »Vor allem das oberste Geschoss, das ich seit Jahren nicht mehr betreten habe.«

»Das ist abgeschlossen«, sagte ich. »Der Schlüssel fehlt. Im Übrigen habe ich in zehn Minuten einen Termin beim Frauen-TÜV, ich bitte Sie, jetzt das Haus zu verlassen.«

»Sie können ruhig zum Arzt«, sagte sie. »Ich bleibe noch ein bisschen hier, wandere durch die Zimmer und schwelge in Erinnerungen an meine skurrilen Verwandten und faulen Ferientage in Tante Dettes Garten. Der macht allerdings einen ziemlich verwilderten Eindruck, da müsste dringend ein Profi ran...« Und schon öffnete sie die Terrassentür, trat nach draußen in die warme Sommerluft und beäugte missbilligend die wuchernden Brennnesseln, Disteln und Hundskamillen. Bellablock drängte sich an uns vorbei, flitzte kreuz und quer durch das hohe Gras und begann, mit großer Inbrunst unter der düsteren Tanne zu buddeln. Wie werde ich sie und ihren Köter nur los, dachte ich verzweifelt.

In diesem Augenblick schaute Frau Altmann aus dem Fenster und kam mir unfreiwillig zu Hilfe. Sie winkte heftig, betrat kurz darauf den eigenen Garten, zwängte sich durch die Ligusterhecke, schüttelte der Qualle ausgiebig die Hand, plapperte pausenlos auf sie ein und lotste sie auf eine Bank im Nachbargarten.

In Windeseile verschloss ich sämtliche Türen, rannte Hals über Kopf zum Auto und brauste davon, auch wenn ich wusste, dass Aussperren keine Dauerlösung war.

In meiner alten Wohnung roch es muffig, ich musste erst einmal lüften. Dann wurde mir so richtig bewusst, wie popelig und beklemmend es hier war – überhaupt kein Vergleich mit einem großen, freistehenden Haus. Auf keinen Fall wollte ich wieder in diesem Loch hausen. Soll die Qualle sich doch aufblähen, dachte ich, wir haben die besseren Karten! Die wird noch ihr blaues Wunder erleben! Und wie eine Umweltschützerin sah sie auch nicht gerade aus, eher wie die aufgedonnerte Gattin eines Aufsichtsratsvorsitzenden. Die sollte uns noch kennenlernen.

Um die Zeit zu nutzen, stopfte ich meinen größten Koffer voll mit Nachthemden, Unterwäsche, sommerlicher Kleidung und Sandalen, vergaß auch nicht meinen alten Strohhut und einen Badeanzug. Das schöne Wetter würde ich in meinem neuen Garten besser genießen als je zuvor. Auch eine Zitronenpresse und mein gewohntes Küchenmesser hatte ich vermisst. Der Terminkalender und mein Adressbüchlein sollten neben dem Telefon auf Wolframs Sekretär einen Stammplatz finden, der praktische Einkaufskorb und mein treuer Regenschirm würden von jetzt an im Kofferraum lagern. Und wo ich nun einmal dabei war, raffte ich noch eine Menge liebgewonnenen Kleinkram, Fotos, Bücher und Vasen zusammen. Erst nach drei Stunden fuhr ich wieder zurück, umkreiste vorsichtig die Biberstraße und hielt nach Sabrinas Auto Ausschau. Sie war tatsächlich nicht mehr da. Beruhigt konnte ich endlich aussteigen und meine Habe ins Haus tragen. Doch der ebenso unerwartete wie unerwünschte Besuch hatte mich so aufgeregt, dass ich unfähig war, mich erneut mit dem lästigen Bürokram zu befassen. Im Endeffekt habe ich an jenem Nachmittag nur den Inhalt des umgestoßenen Mülleimers wieder aufgesammelt, die schmutzigen Hundespuren beseitigt, mich an Judiths Süßkram vergriffen und den zaghaften Kampf mit den Brennnesseln schnell wieder aufgegeben.

Mit Verwunderung stellte ich fest, dass ich ungeduldig auf Judith wartete und mein Ärger über ihre gehässige Bemerkung völlig verpufft war. Schließlich war sie die Einzige, mit der ich über die Qualle sprechen konnte.

Judith reagierte nervös. »Sie wird das Testament anfechten«, befürchtete sie. »Mit Sicherheit ist sie der Meinung, dass sie zumindest das Haus erben wird. Doch im Augenblick können wir nur abwarten. – Weiß sie eigentlich, dass ich auch hier wohne?«

Schwer zu sagen. Schließlich wussten wir nicht, was Frau Altmann alles ausgeplaudert hatte. »Wir dürfen uns diese Nachbarin auf keinen Fall zur Feindin machen«, sagte ich. »Vielleicht sollten wir sie mal auf einen Kaffee einladen…?«

»Die alte Tratschtante kann dich beobachten, wenn du im Garten herumpusselst«, sagte Judith. »Wer weiß, was sie für Schlüsse daraus zieht. Hattest du den Eindruck, dass sie und die Qualle ein Herz und eine Seele sind?«

»Kann ich nicht einschätzen«, sagte ich. »Die Altmann will mit jedem quatschen, der ihr vor die Flinte läuft. Hoffentlich hat sie nicht gesehen, dass ich allerhand Gepäck aus meiner früheren Wohnung mitgebracht habe.«

»Wo wohnt die Qualle eigentlich? Was hat sie für einen Wagen?«

»Einen teuren Schlitten, soweit ich das beurteilen kann. Amtliches Kennzeichen HP.«

»Dann wohnt sie irgendwo an der Bergstraße oder im Odenwald und hätte problemlos ihren kranken Onkel besuchen können…«

Nun hielt ich es endgültig nicht länger aus und zog meinen Trumpf, die rosa Karte, aus dem Ärmel. Judith las und machte große Augen.

»Die Qualle hatte ihre Tante aber gut im Griff! Dass sie jetzt leer ausgehen soll, ist bestimmt ein harter Schlag für die arme Kirchenmaus.«

»So sah sie nun wirklich nicht aus! Aber ich weiß sonst gar nichts über sie. Vielleicht hat sie einen reichen Mann, Burgen und Schlösser, Knechte und Mägde, weitere zehn Köter sowie sieben starke Söhne...«

»Das alles wird uns Frau Altmann leidenschaftlich gern erzählen«, sagte Judith. »Ich gehe mal den Müll raustragen.«

Mit Eimer und Besen bewaffnet ging sie auf die Straße hinaus; vom Flurfenster aus beobachtete ich die Szene. Frau Altmann ließ zwar etwas auf sich warten, so dass Judith wohl oder übel den Bürgersteig kehren musste, aber dann kam sie doch zum Vorschein, und schon fingen die beiden an zu schwatzen. Erst zwanzig Minuten später kam Judith ins Haus zurück.

»Leider musste ich ihr den Beerdigungstermin verraten, sie bestand darauf«, sagte sie. »Aber dafür weiß ich jetzt, dass die Qualle im Odenwald wohnt, in Wald-Michelbach. Sie ist etwa in meinem Alter, unverheiratet, hat aber einen Freund. Die roten Haare sind gefärbt, von Natur aus sei sie dunkelblond. Von den sozialen Projekten wusste Frau Altmann nichts, nur dass die Qualle eine große Tierfreundin ist. – Karla, ich fürchte, da kommt noch einiges auf uns zu!«

»Meinst du, ich sollte mich beim Nachlassgericht – genauso wie Sabrina – nach dem Inhalt des Testaments erkundigen?«, fragte ich. »Es sieht doch blöd aus, dass ausgerechnet ich es nicht wissen will...«

»Aber hallo!«, sagte Judith. »Das solltest du gleich morgen tun. Und mit deiner Bankvollmacht würde ich das wölfische Konto schleunigst abräumen, bevor die Qualle ihre Tentakel ausstreckt. Sonst stehen wir am Ende noch mit leeren Händen da.«

Ich nickte und fing an, Kartoffeln zu schälen.
»Ach Judith, ich weiß gar nicht, wo mir der Kopf steht. Dieser elende Papierkram! Wenn nur erst die Beerdigung vorbei wäre...«

»Mein Gott, wir sind doch ganz unter uns, ohne Pfarrer und Trauergäste. Die Sache geht in wenigen Minuten über die Bühne.«

»Noch liegt Wolfram nicht unter der Erde. Die Qualle könnte eine Obduktion beantragen...«

»Nur die Ruhe, warum sollte sie? Letzten Endes ist sie doch froh, dass er mausetot ist.«

»Auch wieder wahr. Aber ich muss wenigstens für die passende Musik sorgen, Wolfram hatte seine Favoriten, zum Beispiel *Swanee River* und *Goodbye Johnny*. Bernadettes Lieblingslied *Junge, komm bald wieder* werde ich aber bestimmt nicht auflegen.«

»Karla, du bist unverbesserlich. Wolfram kann die Musik bestimmt nicht mehr hören, und mir kannst du sie ebenso gut hier in der Küche vorspielen.«

Ich schüttelte den Kopf, mein Versprechen wollte ich auf jeden Fall halten.

Die paar Tage bis zur Beisetzung verbrachte ich mit Putzen. Da ich seit vielen Jahren die Taktik anwende, die unangenehmsten Tätigkeiten erst einmal durch die zweitschlimmsten zu ersetzen, schob ich so den Papierberg vor mir her. Schon immer bügle ich lieber einen Berg saubere Wäsche, als den schmierigen Backofen zu putzen, schreibe lieber einen lang hinausgeschobenen Dankesbrief an meinen Bruder als die Beschwerde über eine überhöhte Handwerkerrechnung. Auf diese Weise muss ich kurzfristig kein schlechtes Gewissen haben, doch die Realität holt mich nach der kleinen Verschnaufpause immer wieder ein.

In jener kurzen Zeitspanne hörten und sahen wir nichts von der Qualle, was ich zwar durch die körperlich anstrengende Arbeit tagsüber verdrängen konnte, allerdings nicht bei Nacht. In meinen Träumen lauerte Sabrina Rössling in meinem Badezimmer, betäubte mich mit ihrem Nesselgift, zog mich mit ihren gallertartigen Fangarmen in die Wanne und versuchte mich zu ertränken.

15

Die Grablegung

Judith hatte sich freigenommen, zwei andere Bibliothekarinnen ebenfalls. Sie wollten lieber auf dem Friedhof herumspazieren, als sich bei schönstem Sonnenschein hinter Büchern zu vergraben.

Letztes Mal war der Friedhof nach dem langen Winter noch kahl gewesen. Diesmal duftete es nach Blüten, ein Rotkehlchen hüpfte von Stein zu Stein, und ich bemerkte gerührt, dass der Friedhof eine Oase für Eichhörnchen, Schmetterlinge und Vögel war. *Die Bäume stehen voller Laub, das Erdreich decket seinen Staub mit einem grünen Kleide,* summte ich vor mich hin. Auf den Gräbern wuchsen Begonien, fleißige Lieschen und Heidekraut. Was für ein schöner Ort, dachte ich, die vielen bemoosten Engelchen waren schon fast überwuchert.

Ich war als Erste in der kleinen Friedhofshalle. Eine Weile stand ich unschlüssig vor dem aufgebahrten Sarg, bis Frau Altmann, dann Judith mit ihren Kolleginnen und schließlich auch die Qualle eintrafen. Bis auf mich und Frau Altmann war keine in Schwarz erschienen, allerdings auch nicht in fröhlichen Farben. Meine Nachbarin hatte einen dicken Strauß aus ihrem Garten mitgebracht und verteilte Blumen an die Trauergäste.

»Wir sollten sie nach der Predigt auf den Sarg legen«, flüsterte sie. Wahrscheinlich war sie bitter enttäuscht, dass es keine Reden gab. Judith bemerkte in sachlichem Ton, der Verstorbene habe sich keine Zeremonie, sondern nur zwei Musikstücke gewünscht, und ließ die beiden Lieder abspielen. Im Anschluss saßen wir noch fünf Minuten still auf unseren Plätzen, bis mir ein Mann in grauer Dienstkleidung einen fragenden Blick zuwarf und ich ihm kurz zunickte. Der Sarg wurde hinausgetragen, wir folgten.

Mit hochrotem Gesicht erschien plötzlich die Feuerqualle an meiner Seite und verspritzte ihr Gift: »Erbschleicherin«, zischte sie. »Sie werden noch von mir hören!«

Ebenso leise konterte ich: »Sie dürfen sich gern ein wertvolles Erinnerungsstück aussuchen, wie wäre es mit dem Biedermeier-Sekretär?«

Zu meinem Entsetzen spuckte die Qualle vor mir aus, machte auf dem Absatz kehrt und verließ den Trauerzug. Alle blickten hinter ihr her, wie sie die lange Allee hinunterstakste. Es setzte ein allgemeines Getuschel ein, das nicht abreißen wollte, bis wir am Ziel ankamen, wo die Erde direkt neben Bernadettes letzter Ruhestätte bereits ausgehoben war. Wer noch nie hier gewesen war, las ungläubig und mit Befremden: *Bleib, wo du bist!* auf ihrem Grabstein. Wieder folgte ein andächtiges, kurzes Schweigen, dann wurde der Sarg versenkt und mit Erde bedeckt. Erleichterung machte sich in mir breit. Niemand hatte mehr den Deckel aufgemacht und noch in letzter Minute Wolframs Rollkragen heruntergestreift. Eine nach der anderen legten wir eine Blume auf den kleinen Hügel und wanderten schließlich langsam in Richtung Parkplatz. Dort trennte ich mich von Judith und ihren Begleiterinnen, die zurück in die Bibliothek mussten.

»Mein Bus kommt erst in einer halben Stunde. Darf ich mit Ihnen heimfahren? Steht später noch eine Trauerfeier mit Kaffee und Kuchen auf dem Programm?«, fragte mich Frau Altmann.

»Steigen Sie ein«, sagte ich. »Warum haben Sie sich nicht vorher gemeldet, ich hätte Sie doch schon auf der Hinfahrt mitnehmen können. Nein, es gibt auf Wunsch des Verstorbenen kein Brimborium, wie er sich ausdrückte, aber wenn Sie Lust haben, können Sie gern einen Kaffee mit mir trinken.«

Was hätte ich anderes sagen sollen, auch wenn mir etwas mulmig zumute war. Ich konnte ihr schlecht eine Abfuhr erteilen. Nun hoffte ich nur, dass sie sich in meiner Festung nicht als Trojanisches Pferd erwies.

»Ich bin immer noch etwas durcheinander«, meinte Frau Altmann. »So eine Musik habe ich noch nie bei einer Beerdigung gehört, aber bei Heinrich Böll soll ja eine ganze Kapelle von Zigeunern aufgespielt haben.«

»Sinti oder Roma«, verbesserte ich.

Frau Altmann wollte sich durchaus nicht auf der Terrasse niederlassen. Mein Haus samt Inventar war ihr anscheinend bestens vertraut.

»Wie oft haben Bernadette und ich hier geplaudert«, behauptete sie. »Und wie schön, dass ich endlich einmal wieder in diesem gemütlichen Wohnzimmer sitzen darf. Um ehrlich zu sein, nach dem traurigen Anlass freue ich mich so richtig auf eine schöne Tasse starken Kaffee.«

Eilig lief ich in die Küche, ließ aber die Türen offen. Auf diese Weise konnte ich mit anhören und -sehen, dass Frau

Altmann keineswegs auf ihrem Platz blieb, sondern herumschlich und in den Bücherschrank, auf den Sekretär und in alle Ecken schaute. Gut, dass ich so ausgiebig geputzt hatte.

Als wir uns schließlich mit erhobenen Tassen zutranken, einen Keks knabberten sowie des Langen und Breiten über die vielen geparkten Autos in der Biberstraße geklagt hatten, begann Frau Altmann mich vorsichtig auszufragen.

»Sabrina Rössling hat mir unter Tränen anvertraut, dass sie bei der Erbschaft völlig übergangen wurde, stimmt das wirklich?«

»Nun...«, begann ich gedehnt und überlegte blitzschnell, wie ich glaubwürdig reagieren sollte. »Das tut mir natürlich leid, aber ich war sicherlich ebenso überrascht wie Frau Rössling selbst. Allerdings hatte Herr Kempner mehr als einmal erwähnt, dass er mit der Nichte seiner Frau kein gutes Verhältnis hatte, weil Sabrina immer wieder ihre gutmütige Tante um Geld gebeten habe, das in unsinnige Projekte geflossen sei. Insofern war es nur konsequent, dass seine Dankbarkeit nicht ihr, sondern mir galt.«

»Haben Sie etwa das ganze Vermögen geerbt?«, fragte sie mit heißen Ohren.

»Keineswegs, es wurde auch ein Heidelberger Hospiz bedacht. Und womöglich kommen noch Altlasten, Hypotheken und Schulden auf mich zu.«

»Werden Sie das Haus verkaufen? Die Erbschaftssteuer wird bestimmt recht hoch ausfallen, da Sie ja nicht zur Verwandtschaft zählen.«

Daran hatte ich noch gar nicht gedacht, ich zuckte zusammen. Zwar hatte ich keine Ahnung, welcher Steuersatz fällig wurde, doch schlimmstenfalls konnte er sich auf die

Hälfte des Gesamtwertes belaufen. Dann konnte ich mir den Traum vom Eigenheim abschminken. Nur nichts anmerken lassen, war meine Devise, als ich diplomatisch auswich: »Da mir bis jetzt alles wie ein Märchen vorkommt, habe ich mir noch keine Gedanken gemacht, wie es weitergehen soll. Vorerst muss ich eine Menge regeln, zum Beispiel für den Grabstein sorgen.«

»Ich muss gestehen«, sagte Frau Altmann, »dass ich Bernadettes Grab noch nie besucht hatte. Die Inschrift ist mir völlig unverständlich, können Sie mir erklären, was das bedeuten soll?«

Ich zuckte mit den Schultern. Die gute Frau wird sich noch wundern, was mal auf Wolframs Grabstein stehen wird, dachte ich. Doch vorerst sagte ich möglichst unverfänglich: »Frau Rössling hat ihren Frust auch mir gegenüber deutlich zum Ausdruck gebracht. Befindet sie sich denn in einer finanziellen Notsituation? Ihr Wagen sah eigentlich nicht danach aus.«

»Im Gegenteil«, sagte Frau Altmann. »Bernadette und ihr Bruder stammten aus einer betuchten Fabrikantenfamilie und erbten beide mehr als genug. Dieser Bruder, also Sabrinas Vater, ist nun schon seit zehn Jahren tot. Seine Exfrau war bereits vor ihm gestorben. Sabrina hat – ich weiß nicht genau, warum und wieso – durch falsche Beratung oder Fehlinvestitionen eine Menge Geld verloren; aber arm kann sie trotzdem nicht sein. Aber jetzt lassen Sie uns auf Ihren unvermuteten Reichtum anstoßen«, meinte Frau Altmann. »Ich habe noch eine Flasche Sekt im Kühlschrank, die gehe ich gleich holen...«

»Heute bitte nicht«, sagte ich. »Mein Magen spielt etwas

verrückt von all der Aufregung. – Aber mich würde noch interessieren, was für einen Beruf Sabrina Rössling eigentlich hat.«

»Kann ich nicht genau sagen. Als Töchterchen eines reichen Vaters hat sie so dies und das studiert, hat sogar mal Keltologie belegt. Mal wollte sie Burlesque-Tänzerin werden, mal Drachenbauerin. Was sie im Augenblick macht, weiß ich nicht, auch nicht, ob ihr Freund berufstätig ist. Schon verständlich, dass ihre Eltern und auch Bernadette sich Sorgen um ihre Zukunft machten. Aber die leben ja alle nicht mehr.«

»Wolfram Kempner hat mal angedeutet, dass sich die Qua–, ich meine, dass sich Sabrina um benachteiligte Lebewesen kümmere und dafür Zeit und Geld investiere. Was wissen Sie darüber?«

»Bei der ist alles möglich«, sagte Frau Altmann, »würde mich aber wundern.«

Aus dieser Bemerkung konnte man immerhin schließen, dass Frau Altmann keine allzu hohe Meinung von der Qualle hatte. Das beruhigte mich ein wenig, denn es kam mir mittlerweile unwahrscheinlich vor, dass sich die beiden gegen mich verbünden würden.

Frau Altmann ließ zum wiederholten Mal ihre Blicke schweifen. »Bernadette besaß einen allerliebsten weißen Elefanten aus Porzellan, der früher auf dieser Fensterbank zwischen ihren Orchideen stand. Ich weiß nicht genau, ob Herr Kempner ihn weggepackt hat oder ob er noch irgendwo herumsteht. Den würde ich mir gern noch einmal anschauen!«, sagte sie.

Ich begriff, woher der Wind wehte. Ich holte das plumpe

Rüsseltier aus Bernadettes Nähzimmer und wurde den Kitsch zum Glück für immer los.

Zum Abschied drückte mir Frau Altmann sowohl lange die Hand als auch ihre Hochachtung aus. Sie sei sehr beeindruckt, dass ich den kranken Herrn Kempner die letzte schwere Zeit seines Lebens begleitet, gepflegt und betreut habe. »So etwas gibt es selbst bei nahen Verwandten nur noch selten«, meinte sie. »Ich gönne Ihnen die unverhoffte Erbschaft von ganzem Herzen und wünsche Ihnen für die Zukunft alles erdenklich Gute.«

Wahrscheinlich verband sie ihre überschwenglichen Worte mit der Hoffnung auf weiteren Nippes.

Für heute hatte ich genug getan, entschied ich. Die Beerdigung, die peinliche Attacke der Qualle und der Besuch der neugierigen Nachbarin hatten mich aller Kraft beraubt. Eine Siesta war fällig, und zwar nicht auf dem Sofa vor laufendem Fernseher, sondern bei zugezogenen Gardinen im Schlafzimmer. Doch ich kam auch dann nicht zur Ruhe, bildete mir immer wieder ein, Schritte auf der Treppe zu hören oder Gespenster durch das Zimmer schweben zu sehen. Es war mir durchaus klar, dass ich Feinde hatte: nicht nur die Qualle, sondern auch Cord, der sich meinetwegen nicht mehr hertraute. Eventuell waren es auch die Toten, die sich bitter beschwerten. Bernadette hatte schließlich ihre Nichte als Erbin vorgesehen, Wolfram hatte sich Judith – und bestimmt nicht Cord – als Todesengel gewünscht. Beide machten mich für das Scheitern ihrer Pläne verantwortlich und wollten sich postum an mir rächen.

Manchmal sieht man weiße Mäuse, versuchte ich mich zu

beruhigen; Wolfram hatte mir versichert, dass er den Tod für das endgültige Aus halte, und eigentlich war ich stets derselben Meinung gewesen. Um mich abzulenken und da ich doch nicht schlafen konnte, nahm ich einen der vielen Gedichtbände zur Hand. Einen Spruch hatte Wolfram angestrichen:

> *Und all das Geld und all das Gut*
> *gewährt zwar viele Sachen;*
> *Gesundheit, Schlaf und guten Mut*
> *kann's aber doch nicht machen.*

Lange dachte ich über die weisen Worte von Matthias Claudius nach. Wie gern hätte ich jetzt mit Wolfram auf dem Sofa gesessen und über den Sinn des Lebens diskutiert, doch irgendwann bin ich dann wohl doch eingenickt.

Jählings und unsanft wurde ich durch ein grässliches Schnauben aus dem Tiefschlaf gerissen, fuhr hoch und blökte los wie ein angestochenes Kalb. Dies hier war schlimmer als ein Alptraum, denn direkt über mich beugte sich Dracula und fletschte seine Reißzähne.

Zum Glück zog Judith sofort die Maske herunter und krümmte sich vor Lachen. Doch als mein hysterisches Gewinsel nicht aufhören wollte, bat sie mit schlechtem Gewissen um Entschuldigung.

»Ich wollte dich wirklich nicht erschrecken, nach all der Tristesse hat mich der Teufel geritten. Ich habe einfach mal alle wölfischen Verkleidungen durchprobiert. Findest du nicht auch, dass ich mich als Vampir besonders gut mache?«

»Du kannst mich mal«, sagte ich und musste lachen, genauso stoßweise und schrill, wie ich zuvor geschluchzt hatte.

Später saßen wir friedlich in der Küche, aßen Tomatensalat und schmierten uns Leberwurstbrote, denn zum Kochen hatten wir beide keine Lust. Judith holte eine Flasche Wein aus dem Keller, zum Glück reichte Wolframs Vorrat noch für mehrere Monate. Wir sprachen ausgiebig über den Vorfall auf dem Friedhof und die neuen Informationen über die Qualle. Schließlich fiel mir noch das Problem mit der Erbschaftssteuer ein.

»Daran habe ich auch schon gedacht«, meinte Judith. »Um die Steuer zu bezahlen, müssen wir schlimmstenfalls das Haus verkaufen – aber vielleicht hat Wolfram ja noch einen Haufen Kohle gebunkert. Du solltest morgen auf jeden Fall seinen Papierkram durchforsten, ich habe keine Zeit.«

»Die Steuer ist das eine Problem«, meinte ich. »Das zweite ist die Giftqualle, die das Testament anfechten wird.«

»Soll sie ruhig versuchen«, sagte Judith. »Es gibt keine bessere Fälscherin als dich.«

»Nicht ich bin die Krimi-Expertin, sondern du«, sagte ich. »Du müsstest eigentlich wissen, dass ein Profi selbst die vorzüglichste Fälschung entlarven kann.«

»Erst muss der Profi überhaupt mal angefordert werden«, entgegnete Judith. »Die Qualle wird es sich dreimal überlegen, ob sie klagen soll. Nach allem, was Frau Altmann erzählt hat, wird sie selbst kein Unschuldslämmchen sein. Wie hieß noch mal ihr seltsames Projekt?«

»Memento Maori«, sagte ich.

Judith stand etwas träge auf, holte ihren Laptop und gab das Stichwort ein. Doch Google befahl unbeirrt und gnadenlos: *Suchen Sie stattdessen nach Memento Mori!* Auch ihre erweiterte Recherche blieb erfolglos.

»Ich schaue jetzt mal bei CharityWatch nach«, meinte sie und las mir vor, dass in Deutschland Milliarden für wohltätige Zwecke gespendet würden, aber dass sich leider auch viele kriminelle Hilfsorganisationen unter dem Deckmantel der Gemeinnützigkeit ganz persönlich bereicherten.

»Ja, wenn es ein SOS-Kinderdorf in Neuseeland wäre«, überlegte ich, »dann hätte ich weniger Bedenken. Aber ein Internat oder auch nur einen Verein scheint es unter diesem Namen gar nicht zu geben. Mit Sicherheit hat die gute Sabrina Rössling ihre Tante nach Strich und Faden übers Ohr gehauen.«

»Wir müssen die Qualle überlisten, bevor es zu spät ist. Angriff ist immer noch die beste Verteidigung«, behauptete Judith, die sprachliche Gemeinplätze liebte.

»Vielleicht ein Erpresserbrief? Eine anonyme Anzeige?« Bei meinen kriminellen Vorschlägen hatte ich plötzlich das Gefühl, dass wir – zwei gutbürgerliche Bibliothekarinnen – zu einem perfekten Gangstergespann mutiert waren. Ich hielt das einerseits für absolut verwerflich, da ich doch mein Leben lang eine gesetzestreue und hochmoralische Frau gewesen war, fand aber andererseits Gefallen an der neuen, atemberaubenden Entwicklung, die viel spannender war als ein *Tatort* im Fernsehen.

Judith war offenbar noch nie so bieder gewesen wie ich. Fast schämte ich mich ein wenig für meine ständigen Skrupel und meine spießige Sichtweise von Gut und Böse. Schon immer hatte ich Judith gerne zur Freundin gehabt, weil ich ihre Kühnheit und Entschlossenheit bewunderte.

Judith riss mich aus meinen Gedanken: »Wer A sagt, muss auch B sagen.«

»Wenn du schon so gern Vampir spielst«, schlug ich vor, »dann könntest du doch der Qualle mal einen ordentlichen Schrecken einjagen. Du müsstest ihr mitten in der Nacht als Untote erscheinen, mit Wolframs Stimme sprechen und ihr ordentlich die Leviten lesen…«

»Tolle Idee!«, rief sie begeistert. »Karla, du wirst immer kreativer!«

16

Mimikry

Es war so mühsam und stumpfsinnig! Judith hatte es gut, schon früh hatte sie sich aus dem Haus geschlichen, und nun konnte sie in Ruhe ihrer Arbeit nachgehen, fand womöglich sogar Zeit für einen Krimi. Ich dagegen quälte mich durch Wolframs Akten, verfasste Anschreiben an Versicherungen und verteilte in der Anlage die Sterbeurkunden. Als ich mir zu allem Übel noch beim Zukleben eines Umschlags in die Lippe schnitt, sank meine Laune auf den Tiefpunkt.

Es herrschte keineswegs die erhoffte Systematik in den Ordnern, aber wenigstens ein alphabetisches Grundprinzip. Nicht einmal die Bankauszüge waren leicht zu entschlüsseln, doch nach eingehender Lektüre war ich mir sicher, dass Bernadette bis zu ihrem Tod ein prallgefülltes eigenes Konto bei der Volksbank hatte, wovon gelegentlich größere Summen an ihre Nichte überwiesen wurden. Hier waren auch regelmäßige Einnahmen zu verzeichnen, rund 1200 Euro monatlich unter dem geheimnisvollen Stichwort *Lützelsachsener* sowie eine Sofortrente von 700 Euro, die Bernadette in fortgeschrittenem Alter erkauft hatte. Andererseits erfolgten auch die regelmäßigen Abbuchungen für Strom, Versicherungen, Telefon, Gas und dergleichen über die Volksbank. Nach Bernadettes Tod erlosch die Rente, und das Konto lief auf Wolframs Namen weiter, nur hatte er mir hierfür dummerweise keine Vollmacht erteilt.

Da mich niemand hören konnte, fluchte ich ausgiebig und unanständig. Für den Grabstein und die Grabpflege hatte ich zwar genug Reserven, da ich auf Judiths Rat hin das Sparkassenkonto aufgelöst hatte, doch woher das nötige Geld für den Umzug, einen Gärtner, Renovierungen, eventuell sogar Umbauten nehmen, von der drohenden Steuer ganz zu schweigen? Judith hatte in Erfahrung gebracht, dass Notare, Standesämter, Banken und Versicherungen gesetzlich verpflichtet waren, jede Erbschaft umgehend an das Finanzamt zu melden.

Endgültig überfordert von all diesen Komplikationen, ließ ich alles stehen und liegen und ging erst einmal die Briefe einwerfen und einkaufen. Zur Feier des Tages und der Tatsache, dass der Sarg gestern ungeöffnet unter die Erde gekommen war, wollte ich für Judith und mich etwas Feines kochen.

Lange trödelte ich bei Edeka herum, bis ich mich für Rinderlende im Blätterteigmantel mit geschmolzenen Tomaten und frischem Blattsalat entschied und alle nötigen Zutaten in meinem Einkaufswagen verstaute.

Judith kam früher als geplant und nicht allein nach Hause. Cord folgte ihr bis in die Küche, den Blick zu Boden gesenkt wie ein Kind, das etwas ausgefressen hat. Doch so, wie es aussah, führte er schon wieder etwas im Schilde: Er trug einen Tarnanzug.

»Wir haben das Kriegsbeil begraben«, erklärte Judith. »Cord tut es wahnsinnig leid, dass er so spontan zugelangt hat, das wird nicht wieder vorkommen. – Es riecht ausgesprochen lecker, hast du zufällig ein bisschen mehr gekocht?«

Was sollte ich machen, ich hatte nicht den Mumm, den zerknirschten Cord vor die Tür zu setzen. Ich stotterte nur: »Sind Sie jetzt beim Militär?«

Judith lachte lauthals los. »Der? Cord hat sich uns zuliebe zu einer Feldübung bereit erklärt. Er will sich mal umsehen, wo und wie die Qualle wohnt, was sie für Gewohnheiten hat und so weiter ... Soll ich den Tisch auf der Terrasse decken?«

»Dann sieht uns womöglich Frau Altmann, wer weiß, wie sie das wieder interpretiert.«

Judith nickte, nahm drei Teller aus dem Regal und schickte Cord zum Weinholen in den Keller.

»Rot oder weiß?«, fragte er nur.

Kaum war er außer Sicht, schimpfte ich los: »Wie kannst du nur! Du hattest mir versprochen, den Kerl nie wieder reinzulassen! Und jetzt schleppst du ihn höchstpersönlich ins Haus!«

»Unterschätz das nicht, Karla, ein Mann kann in unserem Fall sehr nützlich sein. Wer soll denn bitte schön sonst die Qualle observieren? Uns beide kennt sie ja schon ...«

»Der Odenwald ist kein Dschungelcamp! In dieser idiotischen Verkleidung fällt er in einem Kaff doch auf wie ein bunter Hund! Wenn er nicht ganz so blöde wäre, hätte er sich für Jeans und Sneakers entschieden.«

»Hat was«, gab Judith zu. »Aber ein bisschen Spaß muss sein.«

Seufzend öffnete ich den heißen Backofen. Was waren die

zwei doch für Kindsköpfe. Hier ging es schließlich um Sein oder Nichtsein.

»*To be or not to be, that is the question*«, murmelte ich und tranchierte die Rinderlende in großzügige Portionen.

Judith und Cord wechselten einen Blick. »Karla ist hoch gebildet«, sagte Judith spöttisch. »Wenn sie etwas Englisches zitiert, ist es entweder von Shakespeare oder den Beatles.«

»*Let it be!*«, sagte Cord.

Und ich gab zurück: »Und wenn Judith etwas Lateinisches zitiert, dann stammt es mit Sicherheit aus *Asterix*.« Und an Cord gewandt: »Wenn Sie die Qualle beschatten, sollten Sie sich vor ihrem Golden Retriever in Acht nehmen. Der hört auf den Namen *Bellablock*. Ein Hund hört und riecht sofort, wenn jemand durch die Büsche schleicht!«

»Alles klar«, sagte Cord grinsend. »Ich werde die Bella mit einem halben Pfund Lyoner bestechen.«

»Cord ist auf dem Land groß geworden«, kommentierte Judith. »Hündisch war seine erste Fremdsprache. Deswegen hat er auch so treuherzige Dackelaugen und braucht gaaanz viel Schappi!«

Beide konnten sich vor Lachen gar nicht mehr einkriegen. Judith spießte das letzte Stück Fleisch auf, pellte es aus seiner Ummantelung und legte es Cord auf den Teller, den mit Saft durchtränkten, leicht glitschigen Blätterteig verleibte sie sich in Windeseile selber ein. Und ich leerte mehr als einmal mein Glas, um endlich wieder durchschlafen zu können.

Am nächsten Tag wachte ich mit Kopfschmerzen und der vagen Erinnerung auf, dass ich mit Cord Brüderschaft getrunken hatte. Verschlafen blinzelte ich auf die Uhr, es war bereits zehn, und die Morgensonne strahlte mir direkt ins Gesicht. Ich döste noch ein paar Minuten vor mich hin, dann wurde mir klar, dass das brummende Geräusch von draußen kam und zum Glück nicht aus meinem dröhnenden Schädel. Ich verließ das Bett und guckte zum Fenster hinaus. Im Garten mühte sich Cord mit einer knatternden, langstieligen Säge ab, neben ihm stand Frau Altmann. Er trug zwar die Knobelbecher der gestrigen Montur, aber sonst nur schäbige Boxershorts und eine violette Baseball-Kappe, die Frau Nachbarin steckte in einem scheußlichen zitronengelben Frottékleid.

Der Kerl hat bestimmt wieder hier übernachtet, war mein erster Gedanke, der zweite allerdings, dass ich es ihm vielleicht sogar angeboten hatte. Cord setzte gerade das Folterinstrument ab, schaltete den Motor aus und wischte sich über die Stirn.

»Sie müssen doch einsehen, dass es mit meiner Heckenschere besser geht als mit Bernadettes vorsintflutlichen Geräten«, sagte Frau Altmann. »Sind Sie ein gelernter Gärtner?«

»Nein«, sagte Cord.

»Was nehmen Sie für die Stunde? Bei mir müsste auch so einiges gemacht werden...«

»Vielleicht kann ich Ihnen gelegentlich einmal aushelfen«, meinte Cord nur und stellte die Höllenmaschine wieder an.

Frau Altmann musste jetzt laut dagegen anschreien. »Eigentlich darf man im Sommer gar keine Hecken schneiden, weil manche Vögel zum zweiten Mal brüten könnten! Doch dies hier ist eindeutig ein Notfall.«

»Ich pass schon auf«, brüllte Cord zurück.

Wollte er nicht heute den Privatdetektiv spielen?, überlegte ich. Gähnend beschloss ich, erst einmal ins Bad zu gehen und mir dann einen Kaffee zu genehmigen, allerdings nicht auf der Terrasse.

Als ich mir gerade das Frühstück zubereitete, hörte der Lärm abrupt auf, und Cord stand plötzlich vor mir.

»Morgen!«, sagte er und: »Durst!«, griff sich ein Senfglas, füllte es mit Leitungswasser und stürzte es hinunter.

»Hat Ihnen Judith aufgetragen, den Garten auf den Kopf zu stellen?«, fragte ich verdrossen, denn es handelte sich schließlich immer noch um mein Grundstück, demnächst jedenfalls.

»Hat sie sich nicht mit dir abgesprochen? Die Hecke ist viel zu hoch, sie knickt teilweise schon ein unter der eigenen Last. Ich soll dir außerdem das Gras schneiden und die Bäume stutzen...«

Er duzt mich unverdrossen, dachte ich, also sollte ich es lieber auch so halten und nicht die Arrogante spielen.

»Wolltest du nicht heute nach Wald-Michelbach?«, fragte ich etwas befangen. Das Du kam mir nur schwer über die Lippen.

»Ihr habt mir doch noch gar nicht die Adresse gegeben. Außerdem brauche ich dein Auto dafür, falls du es mir leihen willst. Aber jetzt mache ich erst mal im Garten weiter, nach dem Abendessen fahre ich in den Odenwald.«

Der Herr wollte offenbar heute schon wieder mit uns dinieren. Immerhin lieferte mir das erneut einen Vorwand, den Papierkram aufzuschieben und erst einmal einkaufen zu gehen. Aber etwas bereitete mir doch noch Sorgen: »Hast du Frau Altmann erzählt, dass du mit Judith befreundet bist?«

»Kein Wort. Die Alte denkt, dass ich schwarzarbeite, und wollte mich am liebsten gleich anheuern. Will aber nicht.«

Ich betrachtete die Schweißperlen auf seinem muskulösen Brustkorb. Der Typ ist stark, dachte ich, es wäre kein Problem für ihn, mir mal ganz nebenbei den Hals umzudrehen. In so einem Fall wird ja empfohlen, mit dem potentiellen Täter zu fraternisieren, ihn unter keinen Umständen zu provozieren oder gar zu demütigen.

Schicksalsergeben machte ich mich geradewegs auf den Weg zum Supermarkt. Es war lange her, dass ich für einen hungrigen Mann gekocht hatte, denn Wolfram konnte man nicht rechnen, der aß nur noch wie ein Vögelchen. Cord braucht viel Schappi, hatte Judith gesagt, die ihrerseits auch keine Kostverächterin war. Aber jeden Tag Rinderlende, das ging zu weit. Ich kaufte ein Kilo gemischtes Hackfleisch, ein Netz mit fest kochenden und eines mit mehligen Kartoffeln, verschiedene Gemüse und ein großes Bauernbrot.

Drei Meter vor der Kasse tauchte plötzlich Frau Altmann auf, schob ihren Einkaufswagen direkt hinter meinen und tat ebenso überrascht wie hocherfreut. »Darf ich wieder mit Ihnen nach Hause fahren?«, fragte sie. »Es ist zwar nicht weit, aber wenn man eine schwere Tasche tragen muss...«

Sie hat keinen Wagen, dachte ich, wahrscheinlich auch keinen Führerschein. Das wird noch was werden! Von jetzt an will sie bestimmt immer von mir chauffiert werden.

»Welch reizenden jungen Mann Sie da aufgegabelt haben«,

plapperte sie. »Man sieht gleich, dass er einen grünen Daumen hat. Haben Sie ihn durch ein Inserat gefunden?«

»Meine Kollegin kennt ihn schon lange«, sagte ich.

»Was haben Sie als Stundenlohn ausgehandelt? Hat er noch Kapazitäten frei? Werden Sie ihn auch in der Lützelsachsener Straße einsetzen?«

»Da müssen Sie ihn am besten selber fragen«, wich ich aus und überlegte, worauf Frau Altmann mit der bewussten Straße in unserem südlichen Stadtteil anspielen konnte. Hatte es etwas mit den regelmäßigen Überweisungen zu tun?

»Wer wohnt eigentlich dort?«, fragte ich.

»Weiß ich auch nicht, die Mieter haben ja immer mal gewechselt. Zuletzt soll es ein Arzt gewesen sein, aber ich glaube, der hat inzwischen selbst gebaut.«

Man kann auch mal Glück haben! Ohne stundenlang in fremden Ordnern stöbern zu müssen, hatte ich ganz en passant erfahren, dass Bernadette ein weiteres, gut vermietetes Haus besaß. In der Lützelsachsener Straße standen zumeist noble Villen oder gepflegte Einfamilienhäuser mit Gärten; die Nähe zum Schlosspark machte dieses Viertel zu einem bevorzugten Wohngebiet der gehobenen Gesellschaft. Demnächst hatte ich womöglich die Qual der Wahl, welches der beiden Häuser ich verkaufen und in welchem ich wohnen wollte. Allerdings musste ich mich nun doch dringend mit Bernadettes Papierkram befassen, um Näheres über meine Zweitvilla herauszukriegen. Nach kurzem Nachdenken beschloss ich, Judith lieber nichts davon zu erzählen. Man musste sie ja nicht unbedingt an allen geerbten Immobilien beteiligen.

Abends saßen wir auf der Terrasse, und Cord zeigte stolz auf den Scheiterhaufen, den er in der Mitte des Gartens aufgetürmt hatte. Von wegen grüner Daumen, dachte ich, vorher sah es tausendmal besser aus. Die dichte Ligusterhecke hatte wie die Mauern eines mittelalterlichen Klosters Zuflucht vor der feindlichen Außenwelt gewährt und mein Grundstück vor den Blicken der Nachbarn abgeschirmt, jetzt war der pflanzliche Schutzwall drastisch geschrumpft, und ich fühlte mich wie auf dem Präsentierteller.

»Und wie werden wir den ganzen Grünschnitt wieder los?«, fragte ich, aber Cord wusste Rat.

Wenn es sich richtig lohne, fahre er alles zur Kompostieranlage, brauche aber dafür meinen Wagen und einen Anhänger.

»Keine Angst, Karla«, sagte Judith, »das kriegen wir in einer Woche gebacken! So nach und nach kommen die Bäume und am Schluss die Wiese dran. Wenn wir damit fertig sind, kann man neu bepflanzen. Überleg dir schon mal, welche Blumen du am liebsten magst und ob wir auch Tomaten und Kräuter anbauen sollten...«

»Und wenn unsere schönen Pläne in die Hose gehen?«, fragte ich. »Wenn die Qualle nach einem langwierigen Prozess alles einheimst oder wenn ich das Haus verkaufen muss, dann ist die ganze Plackerei umsonst gewesen.«

»Im Gegenteil, ein gepflegtes Haus macht bei einem eventuellen Verkauf einen viel besseren Eindruck.«

Cord nickte beifällig und erhob sich. Leider werde es erst gegen zehn richtig dunkel, sagte er, und bei seiner ersten Erkundungsfahrt dürfe es nicht taghell sein. Er werde in Wald-Michelbach erst einmal in der Nähe des Observierungsobjekts parken und ein wenig um das Haus beziehungsweise die Wohnung herumlaufen, sich schließlich in die Büsche schlagen und durch die Fenster ins Innere spähen. Wenn er alles ausspioniert habe und mit den Örtlichkeiten vertraut sei, könne er die Qualle auch bei Tag beschatten.

Ich verzog mich in meine Gemächer.

17

Sherlock Holmes

Nach dem Kahlschlag der vormals so üppigen Hecke war mir der Garten etwas verleidet. Frustriert beschloss ich, mich heute bloß mit leichter Hausarbeit zu beschäftigen. Seit Wolfram tot war, hatte ich mich nicht mehr in sein Sterbezimmer getraut. An jenem Morgen wollte ich dort endlich lüften, aufräumen und das Bett abziehen. Vielleicht war es sinnvoll, diesen Raum wieder in ein Esszimmer zu verwandeln. Als ich vorsichtig die Tür aufmachte, erschrak ich über alle Maßen, denn die Fenster standen bereits weit offen. Fassungslos starrte ich auf das unerwartete Chaos am Boden. Cords Tarnanzug, Socken und Stiefel lagen verstreut herum, über eine Sporttasche mit schmutziger Wäsche wäre ich fast gefallen. Cord hatte im Bett seines Opfers übernachtet und war erst früh am Morgen verduftet. Schlimmes ahnend sah ich auf die Straße hinaus, auch mein Wagen war verschwunden. Noch im Nachhinein fröstelte ich vor Angst, weil ich mich in dieser Nacht nicht eingeschlossen hatte, Cord hätte mich im Schlaf abmurksen können. Ich musste ein ernstes Wörtchen mit Judith reden.

Wenn man an den Teufel denkt, dann ruft er an – Judith meinte, ich solle mich nicht wundern, dass mein Auto nicht vor der Tür stehe, sie habe es heute Morgen ausleihen müssen, um pünktlich zur Arbeit zu kommen.

»Mir war gestern Nacht gerade noch rechtzeitig eingefallen, dass die Qualle doch deinen Wagen und das Nummernschild kennen müsste, denn es ist ja schließlich das ehemalige Auto ihres Onkels. Also haben wir getauscht, Cord ist mit meiner Kutsche nach Wald-Michelbach gefahren, ich habe deine genommen. Alles klar?«

Ich schluckte ein bisschen. Eigentlich fand ich es nicht in Ordnung, dass man über meinen Kopf hinweg Beschlüsse fasste. Doch gestern hatte ich mich früh mit ein paar Büchern in mein Schlafzimmer verzogen.

»Dann werde ich allerdings nichts zu essen einkaufen, und ihr könnt sehen, wie ihr satt werdet«, sagte ich grantig.

»Ausnahmsweise könntest du ja mal laufen! Aber gut, ich bringe alles mit und werde heute kochen«, versprach Judith. »Es ist sowieso nicht gerecht, wenn du dir die ganze Hausarbeit für drei Personen aufhalst. Also, bis später!«

Zur Siestazeit legte ich mich mit Blick auf die verstümmelte Hecke in den Liegestuhl und dachte über Judiths Worte nach. Die längste Zeit meines Lebens hatte ich nur für mich selbst gesorgt. Wenn ich nicht aufpasste, erwarteten diese zwei Königskinder, dass ich die Haushälterin für sie spielte. So hatten wir nicht gewettet! Eine schöne alte Villa und ein Garten mussten gepflegt werden, das sah ich ein, aber sollte ich den Vorteil des schöner Wohnens mit einem Sklavendasein bezahlen? Cord hatte in meinem Haus überhaupt nichts verloren. Wenn der Mohr seine Schuldigkeit getan hatte, sollte er gehen! Und zwar schnell.

Bald wurde es mir zu heiß in der Sonne, ich ging ins Haus zurück und beschäftigte mich doch wieder mit dem grässlichen Papierkram. Wolfram und Bernadette hatten jeden Schnipsel aufgehoben. Uralte und längst bezahlte Rechnungen, ebenso Garantiescheine und Gebrauchsanweisungen für nicht mehr vorhandene Elektrogeräte. Ich kam mir vor wie eine Aktenvernichtungsmaschine, während ich nach und nach einen ganzen Waschkorb mit Papierschnitzeln füllte.

Judith hatte an einigen Tagen um 18 Uhr Feierabend, so auch heute. Ich war gespannt, was sie kochen würde, und wurde prompt enttäuscht, denn sie hatte zwei fix und fertig gegrillte Hähnchen besorgt und belegte nun ein Backblech mit gefrorenen Fritten. Einzig den Gurkensalat bereitete sie eigenhändig zu, leider mit viel zu viel Olivenöl. Als Cord anrückte, setzten wir uns sofort an den Tisch.

»Lass hören, was es Neues von der Qualle gibt«, sagte Judith und häufte sich den Teller voll. »Wir warten schon sehnsüchtig beim Leibgericht auf den Lagebericht.«

»Eure Madame war heute Vormittag ungefähr eine Stunde lang bei einem Rechtsanwalt in Darmstadt«, sagte der mampfende Cord. »Sie konnte mich manchmal abhängen, aber an den Ampeln habe ich sie immer wieder eingeholt.«

Judith schnellte hoch. »Scheiße!«, rief sie. »Sie hat bestimmt gemerkt, dass sie von einem Deppen verfolgt wurde! Aber erst mal schön der Reihe nach, Karla und ich wollen jedes Detail wissen.«

Er schien sich über ihre harten Worte nicht weiter zu grämen und schob gelassen ein abgenagtes Hühnerbein an den Tellerrand. »Keine Angst, ich war nie mit der Stoßstange dran. Außerdem hat sie nur selten in den Rückspiegel geschaut, die nimmt so einen wie mich überhaupt nicht wahr. –

Der Hund ist übrigens sehr anhänglich. Der stromerte draußen herum und hat sich sofort mit mir angefreundet. Eigentlich könnten wir uns auch einen anschaffen, so ein großer Garten ist doch ideal. Also, gestern Abend habe ich mich erst mal umgesehen, wo sie wohnt: etwas außerhalb, in einem umgebauten Gehöft. Alles vom Feinsten mit Schwimmbad und Seerosenteich. Und jetzt kommt der Hammer: In der ehemaligen Scheune stehen vier Autos und zwei Motorräder!«

»Irgendwelche alten Klapperkisten?«, fragte ich.

»Von wegen!«, protestierte Cord. »Fast neue Wagen mit Nummernschildern, auch ein richtig teurer Schlitten ist dabei und ein Pickup. Und die zwei Yamaha-GP-Rennmaschinen sind auch nicht von schlechten Eltern. Ein teures Hobby, kann man wohl sagen.«

»Lebt sie allein?«, fragte Judith.

»Noch bevor die Qualle fortfuhr, kam ein Mann aus dem Haus und brauste mit dem Porsche davon. Der kam mir ein bisschen wie ein Schauspieler vor, braungebrannt, offenes Hemd, schneeweiße Zähne, blond und ziemlich jung...«

»Kein Neid!«, bemerkte Judith.

»Ich konnte ja nicht gut beide beschatten«, sagte Cord. »Der Typ sah aber nicht so aus, als ob er malochen ginge.«

»Generation Y«, sagte Judith nur. Und auf meinen fragenden Blick erläuterte sie: »Man nennt sie auch die Kuschelkohorte. Bestimmt ein reiches Muttersöhnchen, das Golf spielt und nur gelegentlich arbeitet, wenn's ihm Spaß bringt. Doch vielleicht ist das ein Vorurteil, ich sollte mir den hübschen Jungen erst mal ansehen.«

»Ich könnte ihm mal im Dunkeln begegnen«, bot Cord eilig an.

»Untersteh dich«, sagte Judith.

»Mich beschäftigt der Besuch beim Rechtsanwalt weit mehr«, unterbrach ich ihr Geplänkel. »Sicher lässt sie sich beraten, wie sie Wolframs Testament anfechten kann.« Gleichzeitig schwante mir, dass es riskant gewesen war, Cord in unsere Pläne einzuweihen.

»Und bestimmt ist es ein Winkeladvokat, der mit allen Wassern gewaschen ist«, sagte Judith und zog die Stirn kraus.

»Morgen kann ich mal versuchen, ins Haus zu kommen«, erklärte Cord. »Mit einem Akkubohrer kriegt man in null Komma nichts die Zargen der Balkontür auf. Direkte Nachbarn gibt es nicht, der Hund kennt mich mittlerweile und ist absolut friedlich...«

»Auf keinen Fall sollst du ein krummes Ding drehen«, sagte Judith ärgerlich. »Es darf um Gottes willen nicht auffallen, dass jemand eingestiegen ist. Von wegen Akkubohrer!«

»Ein gekipptes Fenster wäre ideal«, meinte Cord. »Aber nach was soll ich eigentlich suchen?«

Judith und ich sahen uns etwas ratlos an. Klar, wir wollten Beweise, dass die Qualle nie und nimmer eine karitative Seele war, sondern ihre Verwandten für eigennützige Zwecke geschröpft hatte. Aber wie sollte solch ein tumber Sherlock Holmes in fremdem Papierkram belastende Belege finden? Schon ich tat mich schwer mit Wolframs Akten und brauchte Stunden über Stunden, um sie zu sichten.

Judith antwortete etwas vage: »Du musst ein Gespür dafür entwickeln, was normal und was verdächtig ist. Die Nobelkarossen in der Scheune deuten auf einen aufwendigen Lebensstil hin, der Pool und der blonde Schönling auch.

Dafür, dass sich die Qualle wirklich für soziale Projekte engagiert, gibt es bis jetzt nicht den geringsten Anhaltspunkt.«

»Ich fahre heute Abend noch mal rüber«, sagte Cord. »Und werde bei der Gelegenheit auch gleich ein paar Boskoops ernten. Ganz in der Nähe habe ich eine Obstplantage entdeckt.«

»Spinnst du? Die sind jetzt noch gar nicht reif!«, meinte Judith. »Kann man eigentlich durch die Fenster reinschauen? Oder sogar das Pärchen belauschen?«

»Im ersten Stock steht offenbar ein Computer. Gestern war dort so ein schwaches Licht, und davor die Silhouette einer Frau.«

»Gut beobachtet«, lobte Judith. »An den Rechner müsste man rankommen. Die Qualle hat sicherlich alles abgespeichert.«

»Ich kenne mich mit diesen Dingern nicht besonders gut aus«, sagte Cord. »Da müsste mir schon Karla helfen.«

»Ich doch nicht«, protestierte ich erschrocken. Allein die Vorstellung, gemeinsam mit Cord wie ein Fassadenkletterer einzusteigen, um einen PC zu bedienen, verursachte mir Herzrasen.

»Alles muss man selber machen«, seufzte Judith. »Im Gegensatz zu euch beiden bin ich berufstätig.«

»Nicht mehr lange«, meinte Cord. »Wenn du erst reich bist, kannst du den ganzen Tag reiten, segeln und Tennis spielen.«

Jaja, wie im Märchen, dachte ich. Da hackt sich die eine Tochter sogar die große Zehe ab, damit ihr Fuß in den goldenen Pantoffel passt. Und nur weil Aschenputtels Stiefmutter behauptet: *Wenn du erst Königin bist, brauchst du nie mehr zu Fuß zu gehen...* Was führten meine Mitbewohner wohl noch alles im Schilde? Wollten sie mir mein Erbe am Ende auch mit roher Gewalt abjagen? Allmählich bekam ich es mit der Angst zu tun.

Als hätte Judith meine Gedanken gelesen, setzte sie eine betont heitere Miene auf und legte den Arm um mich.
»Mach dir nicht gleich so einen Kopf, Karla. Es ist ein richtig warmer Sommerabend, und wir hocken hier herum und wälzen Probleme! Man lebt nur einmal und sollte das Hier und Jetzt genießen! Während Cord in den Odenwald fährt, könnten wir zwei doch gemütlich zum Marktplatz schlendern und uns einen Eisbecher oder Prosecco gönnen!«

Das war eine gute Idee. Der historische Marktplatz unseres Städtchens passt sich der natürlichen Geländeform an und ist von der Laurentius-Kirche bis hinunter zur Löwen-Apotheke etwas abschüssig. An schönen Tagen sind die Tische der Cafés und Restaurants fast alle besetzt, am Wochenende ist oft kein Platz mehr zu bekommen. Touristen und Besucher aus der näheren Umgebung fallen hier ein, aber auch die Einheimischen lassen sich gerne unter japanischen Schnurbäumen und großen Schirmen nieder und genießen den Blick auf Fachwerkhäuser und andere Gäste. Hier erfasst jeden ein schwereloses Urlaubsgefühl, beinahe wie in der Toskana.

Judiths Vorschlag war genial. Von unserem neuen Domizil waren es nur wenige Minuten zu Fuß bis zur Altstadt. In den Wirtschaften, die Wein ausschenkten, war leider alles besetzt, aber beim italienischen Eislokal hatten wir Glück. Meine bösen Vorahnungen waren schnell vergessen, ich fühlte mich von einem Augenblick zum anderen lockerer und fröhlicher und beschloss, von nun an öfter hierherzukommen, ob mit oder ohne Begleitung.

Ehe ich mich versah, war ich wieder allein, denn Judith sprang plötzlich auf, winkte heftig in die Ferne und sagte, sie habe einen ehemaligen Klassenkameraden gesichtet. Und schon war sie auf und davon, um ihn zu begrüßen.

Ich löffelte meinen Schwarzwald-Becher aus, schließlich auch Judiths schmelzendes Mango-Eis und beobachtete die vielen jungen Leute, die sich auf engstem Raum zusammendrängten, aßen, tranken, lachten und unentwegt laut redeten. Kinderwagen und Rollstühle versperrten die engen Passagen zwischen den Stühlen, sogar winzige Knirpse waren wie in südlichen Ländern noch mit von der Partie und huschten wie quirlige Fledermäuse herum. Zwei Weißhaarige am Nachbartisch tranken Schorle und schimpften über die heutige Jugend. Mehrmals hörte ich den Alten räsonieren: »Frieher hot's des net gewwe!«, und seine Frau erwiderte jedes Mal: »Maanste?«

In diesem Moment schlängelte sich ein Pärchen auf der Suche nach einer Sitzgelegenheit durch die Reihen, beide trugen einen Motorradhelm unterm Arm. Noch bevor sie mich entdecken konnte, hatte ich die Qualle erkannt. Ich duckte mich weg, bis die beiden an mir vorbeigelaufen waren. Dann spähte ich hinter ihnen her. Der Mann war blond, schlank und groß, aber ich konnte seine angebliche Schönheit leider nur noch von hinten begutachten. Da sie partout keinen Platz fanden, ließen sie sich mehr schlecht als recht auf den

Stufen des Brunnens nieder, vorläufig immer noch mit dem Rücken zu mir.

Wann kam Judith endlich wieder zurück? Ich saß wie auf heißen Kohlen. Und wenn die Qualle mir erneut in aller Öffentlichkeit eine Szene machte? Zu guter Letzt vibrierte mein Handy, und Judith fragte, ob ich nicht zu ihnen an den Tisch kommen wolle.

»Bin schon auf dem Heimweg!«, brüllte ich, nicht nur wegen des schlechten Empfangs, sondern auch, weil ich mich ganz schön von ihr verschaukelt fühlte. »Übrigens ist die Qualle aufgetaucht. Wenn du ihren Adonis sehen willst, solltest du deinen Verehrer mal kurz im Stich lassen und dich am Brunnen umsehen, sie warten dort auf einen freien Platz ...«

»Perfekt«, sagte Judith. »Dann werde ich jetzt Cord anrufen. Er soll wissen, dass die Luft rein ist!«

18

Der Mörder ist immer der Gärtner

Nach einem kurzen, aber einsamen Heimweg lag ich endlich im Bett, noch etwas aufgekratzt und trotzdem müde. Erst gegen zwei Uhr schlief ich ein, weil ich mich fragte, was Judith in all der Zeit wohl trieb. Immerhin war Cord schon länger wieder zurück, was mich diesmal beinahe beruhigte. So konnte er wenigstens keinen Unfug treiben. Ein grässliches Nachtgespenst weckte mich gegen fünf, ein Traum, der mich so ähnlich schon kurz nach Wolframs Tod gequält hatte. Meistens waren meine Träume verworren, doch seit ich in diesem Haus schlief, waren meine Ängste leicht zu deuten. Mir träumte, der Leitwolf sei tot, und ich hätte die Rolle der Alpha-Wölfin übernommen und fette Beute gemacht. Doch noch bevor ich mich daran satt essen konnte, wurde ich von jüngeren Mitgliedern des Rudels halb totgehetzt. Ich lief und lief – aber wie es mit Alpträumen so ist, bevor es zum Äußersten kommt, wird man wach und ist am nächsten Tag schlecht gelaunt.

So war es auch an jenem Donnerstag, als ich übernächtigt und verdrossen einen starken Kaffee trank und durchs Küchenfenster einen Mann im Garten erspähte. Hörte der Alp denn niemals auf? Was musste mich dieser Kerl ständig zu Tode erschrecken? An der Hecke gab es nicht mehr viel zu schneiden, bestimmt hatte er jetzt vor, die Bäume zu massakrieren. Ich beobachtete, wie er eine große Klappleiter aus dem Schuppen schleifte, zum Kirschbaum schleppte, in voller Höhe ausfuhr und anlegte. Bei uns an der sonnigen Bergstraße, von den Römern bereits *Via Montana* getauft, blühen die Bäume und reift das Obst früher als im übrigen Deutschland. Amseln und Stare hatten die Früchte längst abgeerntet, nur noch ein paar schimmelige Hutzeln hingen an den Zweigen.

Gemächlich kappte er die toten Äste, nahm ein verwittertes Vogelhäuschen ab und ruhte nicht, bis er die Höhe des Scheiterhaufens verdoppelt hatte. Eine kranke Kiefer war das nächste Opfer. Misstrauisch beobachtete ich, wie sich Cord beim Absägen der dicken Äste etappenweise von unten nach oben vorarbeitete und schließlich beim fast nackten Stamm in umgekehrter Reihenfolge verfuhr. Er ruhte nicht, bis er selbst von Kopf bis Fuß mit Sägespänen bedeckt war sowie große Teile der Terrasse. Um zehn Uhr, als auch der letzte Anwohner wach sein musste, vollendete er sein mörderisches Werk. Der große Baum lag in kleinen Stücken am Boden.

Zufrieden mit sich und der Welt kam Cord in die Küche gestapft und meinte nur: »Freie Sicht aufs Mittelmeer!«

Es war tatsächlich ein Wunder geschehen. Das Näh- und Bastelzimmer war hell und freundlich geworden, die Sonne schien herein, und man blickte weit ins hügelige Land hinaus bis zu Weinheims Wahrzeichen, den beiden Burgen. Ich bekam plötzlich große Lust, diesen schönen, großen Raum auszumisten und zu meiner privaten Bibliothek umzugestalten. Bis auf die Glasvitrine, die ich als Bücherschrank nutzen konnte, würde ich Bernadettes gesamten Krempel auf den Speicher schaffen.

Knarrende Stiefel rissen mich aus meinen Gedanken, Cord war mir gefolgt. »Und?«, meinte er nur.

»Großes Kompliment«, beeilte ich mich, ihn zu loben. »Für dieses Resultat wische ich sogar gern das Sägemehl wieder auf. – Aber sag, was ist mit der Qualle?«

»Judith hat mir zwar gesteckt, dass die Qualle mit ihrem Typ am Marktplatz abhing, aber ich bin trotzdem nicht eingebrochen, weil ihr es mir ja verboten habt. Doch immerhin habe ich ihr einen kleinen Denkzettel verpasst.«

»Denkzettel? Inwiefern?«, fragte ich mit einer leichten Gänsehaut an den Oberarmen.

»Wahrscheinlich hat es sowieso nicht geklappt«, sagte er. »Warten wir mal ab!«

»Was sollen wir abwarten?« Ich wurde hellhörig.

»Wenn ich etwas hasse, dann sind es Angeberautos«, meinte Cord. Und mit diesen sibyllinischen Worten ging er wieder hinaus und knöpfte sich als Nächstes eine dürre Fichte vor.

Nun, falls er ihnen den Porsche zerkratzt hatte, wollte ich lieber gar nichts davon wissen. Lieber fuhr ich in den Supermarkt, um die Bestie zu besänftigen. Was sollte man einem körperlich hart arbeitenden Mann vorsetzen? Am besten wieder viel Fleisch.

Das Abendessen verlief wortkarg, Cord war hungrig und erschöpft, Judith müde. Man sah ihr an, dass sie zu wenig geschlafen und zu viel getrunken hatte. Wir gingen alle drei früh zu Bett. Der Schock traf mich erst am nächsten Tag.

Eigentlich lese ich nie die ganze Zeitung. Natürlich die

erste und letzte Seite, die wichtigsten innen- und außenpolitischen Nachrichten, Wetter und Feuilleton. Anzeigen, Sport und Wirtschaft spare ich aus. Ebenso den Lokalteil, denn ich muss nicht unbedingt wissen, wer wo Goldene Hochzeit feiert, welcher Gesangverein einen Preis erhält oder wo eine Tagung nordbadischer Taubenzüchter stattfindet. Einzig Wald-Michelbach, dessen Name mich förmlich anspringt, übt seit kurzem eine magische Anziehung auf mich aus. Anfangs überflog ich die wenigen Zeilen nur mit halber Aufmerksamkeit, dann überfiel mich eine böse Ahnung.

Wald-Michelbach
In der Nacht zum Donnerstag ereignete sich nach Angaben der Polizei ein schwerer Unfall nahe der Kreidacher Höhe. In einer abschüssigen scharfen Rechtskurve, die zu einem Bauernhof abzweigt, gerieten zwei Motorradfahrer durch eine Öllache ins Schleudern und kollidierten beim Sturz mit großer Wucht. Den Polizeibeamten bot sich ein Bild des Grauens. Beide Personen wurden schwer verletzt, ihre Motorräder erlitten Totalschaden. Ein Rettungshubschrauber brachte die Verletzten nach Ludwigshafen, das Öl wurde durch die Feuerwehr entsorgt.
Es stellt sich die Frage, ob der sadistische Unbekannte, der in Bayern und Baden-Württemberg schmieriges Altöl in grüne Weinflaschen füllt und sie in kurvigen Strecken, die bei Bikern beliebt sind, auf die Fahrbahn wirft, auch hier wieder zugeschlagen hat. Dagegen spricht, dass man in diesem Fall keine Glassplitter fand. Die örtliche Polizeidienststelle in Wald-Michelbach bittet die Bevölkerung um sachdienliche Hinweise; eventuell haben Zeugen einen

Wagen beobachtet, der zu nächtlicher Stunde im Umkreis der Kreidacher Höhe anhielt, dessen Fahrer ausstieg oder sich sonst wie auffällig verhielt.

Hoffentlich hatte Cords »Denkzettel« nichts mit diesem schrecklichen Unfall zu tun! Auch heute tobte er sich wieder seit dem frühen Morgen im Garten aus, stutzte Gebüsch und jätete Unkraut. Ich lief auf die Terrasse und winkte ihn herein: »Kaffee?«

»Ja, schwarz!«

Ich schob ihm eine Tasse über den Tisch und legte ihm kommentarlos die Zeitung daneben.

Er sah mich fragend an, las und schüttelte sofort den Kopf. »Das kann aber nicht die Qualle sein, die war doch mit dem gelben Porsche unterwegs!«

»War sie eben nicht. Ich habe sie mit eigenen Augen gesehen, sie und ihren Lover mitsamt den Motorradhelmen!«

Cord wurde kleinlaut. »Das konnte ich nicht wissen, davon hat mir Judith kein Wort gesagt. Ich wollte eigentlich nur, dass der Porsche einen Kratzer kriegt, denn der gelbe Wagen stand nicht im Stall...«

»...und die Feuerstühle bestimmt auch nicht! Trotzdem ist es nicht gesagt, dass sie es sind, die nun schwerverletzt im Krankenhaus liegen, Namen wurden nicht genannt. Wenn du das aber warst mit dem Öl und man dich erwischt, wirst du so oder so wegen Mordversuchs angeklagt.«

Vor Schreck wurde er ganz blass. »Es war doch bloß das Motorenöl aus der Garage. Ich wollte der Qualle nur eine kleine Lektion erteilen! Sie eine Weile außer Gefecht setzen, damit wir in Ruhe die Formalitäten abwickeln können.« Er schluckte ein paarmal, dann behauptete er dreist, aber mit treuherzigem Augenaufschlag: »Außerdem habe ich es einzig und allein für euch getan!«

»Der arme Wolfram musste also aus reiner Gefälligkeit daran glauben, und nun auch die Qualle! Bist du noch ganz richtig im Kopf?«

»Ihr beide habt euch schon bei dem Alten nicht getraut, dafür braucht es einen Dummen wie mich, der euch die Kastanien aus dem Feuer holt. Die Judith hatte doch die ganze Zeit Panik, dass wir von der Qualle ausgebootet würden. Wenn nicht alles nur blinder Alarm war, dann ist nun hoffentlich Ruhe im Karton.«

Ich seufzte tief auf. Die Ungewissheit war unerträglich.

»Hör jetzt auf mit der Gartenarbeit«, befahl ich. »Fahr hin, und vergewissere dich, ob jemand zu Hause ist und ob die Motorräder heil in der Scheune stehen. Ich habe noch ein altes Theaterglas, das kannst du meinetwegen mitnehmen.«

»Jetzt wird mir Judith wieder die Hölle heißmachen«, sagte Cord fast verzagt.

»Wenn es sich um unbekannte Leute handelt, die im Krankenhaus liegen, dann braucht sie es meinethalben nicht zu erfahren«, sagte ich.

Er verkroch sich in mein Auto. »*Junge, komm bald wieder*«, brummte ich, und mir fiel mit Schrecken ein, dass ich Bernadettes Lieblingslied auf den Lippen hatte.

Einkaufen mochte ich nicht, ohne Auto. Für Wolframs und Bernadettes Papierkram fehlte mir die nötige Konzentration, blieb nur der Garten und die vage Hoffnung auf ein rein zufälliges Gespräch mit Frau Altmann. Vielleicht wurde ja schon irgendetwas gemunkelt. Aber ich hatte ausnahmsweise kein Glück, sie rief mir zwar einen Gruß zu und lobte Cords Arbeit, hielt sich aber ansonsten von der schütteren Hecke fern. Offenbar ahnte sie noch nichts. Als sie gerade ins Haus zurückgehen wollte, fragte ich scheinheilig, ob man Löwenzahn als Unkraut betrachten sollte. Sie blieb nicht stehen, sondern brüllte nur von weitem: »Und o-ob!«, und war verschwunden.

Zur Siestazeit legte ich mich zwar aufs Sofa, schaute aber dauernd auf die Uhr. Irgendwann hörte ich direkt vor der Haustür ein aufgeregtes Bellen. Cord schloss auf, hinter ihm schoss der Golden Retriever hinein und flitzte zielstrebig in die Küche.

»Bellablock braucht Wasser«, meinte Cord nur.

Ich bekam sekundenlang kein Wort heraus, dann schrie ich ihn an: »Nun sag schon – was ist passiert?«

Er berichtete mit leiser Stimme und gesenkten Hauptes, dass weder die beiden Motorräder noch der Porsche in der Scheune gestanden hätten, und auch von den Bewohnern sei weit und breit nichts zu sehen oder zu hören gewesen.

»Und woher hast du den Kläffer? Das fehlt mir gerade noch, ein Hund im Haus! Den bringst du sofort zurück!«

Cord sah mich mit seinem berühmten Dackelblick an, Bellablock tat es ihm nach. Ich ließ mich aber nicht erweichen.

»Und was soll ich Frau Altmann sagen, wenn sie den Köter wiedererkennt?«

Cord zuckte ratlos mit den Schultern. Aber dann kam ihm die Erleuchtung. »Wir sagen, der Hund sei uns zugelaufen...«

Das würde uns Frau Altmann niemals abnehmen. Doch

momentan hatte ich ganz andere Sorgen. Cord ließ sich die Würmer einzeln aus der Nase ziehen.

Immer wenn er in Wald-Michelbach als unser Agent tätig war, hatte er das Auto auf einem Wanderparkplatz am Ortsrand stehen lassen und sich dem bewussten Anwesen auf Schleichwegen genähert. Durch ein Fensterchen konnte er unbemerkt in die Scheune hineinspähen. Das Haus schien leer und verlassen zu sein, auch vom Hund keine Spur. Schließlich hatte er aus weiter Ferne das vertraute Jaulen gehört. Er lief in jene Richtung und fand sich vor dem Nachbarhof wieder, wo der Porsche seltsamerweise direkt vor der Einfahrt stand.

Den Hund konnte er zwar nicht ausmachen, hörte ihn jetzt aber aus unmittelbarer Nähe leise winseln. Noch während Cord an dem gelben Wagen vergeblich nach Spuren suchte, fuhr ein Traktor vor. Der Landwirt stieg ab und erzählte ungefragt und stolz, dieses tolle Auto habe er sich gestern mal ausleihen dürfen. Man kam ins Gespräch, und Cord erfuhr, dass ein Polizist da gewesen sei. Er habe die traurige Nachricht überbracht, dass die Nachbarn lebensgefährlich verletzt im Krankenhaus lägen. Daraufhin hatte der Bauer sofort an den Hund gedacht und ihn erst einmal zu sich geholt. Demnächst wollte er ihn aber ins Tierasyl bringen, da seine Frau nur Katzen duldete.

»Die arme Bella, die doch sonst frei herumlaufen durfte, lag an einer Kette und litt. Sie hat mich freudig begrüßt! Da habe ich es nicht übers Herz gebracht, sie ihrem Schicksal zu überlassen. Ich habe behauptet, ich würde den Hundetransport gern übernehmen. Als ich die Bella losmachte, sprang sie sofort freiwillig in meinen Wagen...«

»Es ist immer noch mein Auto«, unterbrach ich ihn scharf.

»War nicht so gemeint«, sagte Cord. »Und ein paar Dosen Futter habe ich auch gleich mitgebracht. – Ich geh dann mal duschen!«

Am liebsten hätte ich vor Überforderung laut losgeheult, doch gleichzeitig keimte eine leise Hoffnung in mir auf: Immerhin konnte mir jetzt so schnell niemand mehr nach der Erbschaft trachten.

19

Fremde Kinder

Ein paar schöne Sommertage lang genoss ich den Garten in vollen Zügen. Cord ruhte nicht, bis er die halbtote Eibe und fast alle düsteren Nadelbäume gefällt sowie die Wiese gemäht hatte. Nur eine hohe, weitgehend gesunde Tanne ließ er stehen, damit das Eichhörnchen nicht heimatlos würde. Schließlich lieh er sich einen Anhänger, mit dem er den gesamten Grünschnitt zur Kompostieranlage brachte. Auch ich hatte etwas beigetragen und die Bank im hinteren Bereich eigenhändig gescheuert, abgebeizt, gestrichen und direkt daneben ein Blumenbeet angelegt. Beim Besuch von Wolframs Grab entdeckte ich in der Friedhofsgärtnerei noch ein paar übriggebliebene Tomatenpflanzen und stellte sie in Töpfen auf die Terrasse. Die Früchte zeigten schon einen roten Schimmer, und ich freute mich, nach vielen Jahren holländischer Treibhausprodukte wieder einmal sonnengereifte Tomaten essen zu können. Auch das Wetter blieb freundlich, Judith bekam Sommersprossen, ich einen aparten hellbraunen Teint, während Cord so wettergegerbt wie ein Seemann aussah. Um des lieben Friedens willen duldete ich sogar den Hund. Für alle Fälle wurde Bellablock umgetauft und lebte fortan inkognito bei uns. Wir riefen sie jetzt Debbie, und das intelligente Tier hörte sogar darauf.

Wir vertrugen uns ziemlich gut, aßen vorwiegend draußen und freuten uns am Resultat unserer gemeinsamen Bemühungen. Die Vertreibung aus dem Paradies drohte zwar nach wie vor, doch das über uns schwebende Damoklesschwert ignorierten wir einfach.

Natürlich dachte ich ständig an meine Kontrahentin und hätte nur zu gern gewusst, wie es ihr ging. Inzwischen hatte auch Frau Altmann, die ja Gott und die Welt kannte, durch irgendwelche Quellen erfahren, dass der schwere Unfall aus der Zeitung niemand anderem als der Qualle zugestoßen war, und mir diese Neuigkeit brühwarm erzählt. Ich tat so, als hätte ich keine Ahnung, und heuchelte Bestürzung. Schließlich hielt es unsere neugierige Nachbarin nicht länger aus. Sie rief in der Unfallklinik an, und da sie genau wusste, dass nur die nächsten Angehörigen eine Auskunft erhalten durften, gab die vermeintlich so biedere Frau Altmann sich schlauerweise als Polizistin aus, die sich nach der Vernehmungsfähigkeit der Verletzten erkundigen wollte. Sabrina Rössling, erfuhr sie, sei wenige Tage nach der Einlieferung verstorben und liege mittlerweile in der Pathologie, ihr Freund sei vergleichsweise glimpflich davongekommen. Man muss es Frau Altmann lassen, dass sie sofort bei uns auftauchte, um mir die schreckliche Nachricht mit leuchtenden Augen und laufender Nase mitzuteilen.

»Ach, es ist doch gar zu traurig!«, sagte sie, putzte sich mit der einen Hand die Nase und tätschelte mit der anderen den Hund. »Seltsam, dass Tiere derselben Rasse sich wie ein Ei dem anderen gleichen! Diese Retriever sind anscheinend sehr in Mode, wo mag wohl der von Sabrina geblieben sein? Eurer stammt aus dem Tierheim? Das liebe Hündchen fühlt sich pudelwohl bei euch, das spürt man gleich. –

Mein Gott, die arme Sabrina, ich könnte mich müde weinen!«

Auch meine Gefühle waren zwiespältig, mich plagte das schlechte Gewissen. Insgeheim hatte ich mir ja gewünscht, dass sich die Qualle nie mehr in meine Erbschaftsansprüche einmischen konnte. Doch man hatte mir bereits als Kind eingeimpft, dass sich niemand über den Tod eines Menschen freuen durfte. Auch konnte man in diesem Fall nicht wie bei Wolfram von »Erlösung« sprechen. Cord hatte uns das alles eingebrockt.

An jenem Abend brachte ich kein Fleisch auf den Tisch, sondern zur Strafe ein vegetarisches, fades und ungesalzenes Gericht, das auch mir überhaupt nicht schmeckte. Judith und Cord verständigten sich nach einigen lustlosen Anstandshappen durch Blicke, standen auf und mussten angeblich mit dem Hund Gassi gehen. Natürlich wurde ich nicht zum Mitkommen aufgefordert; es war mir klar, dass sie sich bei McDonald's vollstopfen wollten.

Der nächste Schreck folgte nur wenige Tage später. Schon früh am Tag, es war kurz vor halb acht, hörte ich helle Stimmen von draußen. Ich lief im Nachthemd ans Fenster und sah verwundert zwei kleine Gestalten im Garten, die direkt neben der Bank auf der Erde saßen und spielten. In direkter Nachbarschaft wohnten keine Kinder, aber ich erinnerte mich dunkel, dass die Sommerferien begonnen hatten. Hier in Baden-Württemberg waren wir in diesem Jahr wieder mal besonders spät an der Reihe. Die Kleinen verbrachten wohl ein paar Urlaubstage bei ihren Großeltern und waren ausgebüxt. Ich schüttelte missbilligend den Kopf und erwartete, dass jeden Moment ein aufgeregter Opa um die Ecke kam und die Knirpse wieder einsammelte.

Doch als ich nach einer halben Stunde, frisch geduscht und angezogen, meinen Kaffee auf der Terrasse trinken wollte, waren die Kinder immer noch da. Diesmal schienen sie gemeinsam mit dem Hund im Dreck zu wühlen. Mein Gott, genau an dieser Stelle war doch das Grab der winzigen Bianca! Ich beeilte mich, schleunigst einzugreifen.

Der Junge und das Mädchen waren offensichtlich Zwillinge. Sie trugen beide grüne Cargohosen und rotgeringelte T-Shirts und versuchten mit Plastikschaufeln den harten Boden aufzukratzen. Offenbar hatten sie vor, den glatten Stein mit der Inschrift aus dem Erdreich herauszuhebeln. Und der Hund scharrte mit ihnen so begeistert um die Wette, dass meine blühende, erst kürzlich erstandene Echinacea purpurea dem kleinen Jungen um die Ohren flog.

»Was macht ihr denn hier für einen Unsinn!«, fuhr ich sie an. »Geht sofort wieder nach Hause, sicher werdet ihr schon vermisst!«

Die Kinder sahen zu mir auf. »Der Papa hat es erlaubt«, sagte das Mädchen und deutete mit der Schippe in die hinterste Gartenecke, wo ich Cord entdeckte. Er pflanzte gerade einen Rosenstrauch.

»Das ist nicht euer Papa«, sagte ich und stutzte im gleichen Moment.

Dann marschierte ich schnurstracks auf unseren emsigen Gärtner los und stellte ihn zur Rede.

Er stotterte ein wenig herum. Natalie, die Mutter der Kleinen, müsse um acht Uhr morgens mit ihrer Arbeit als Kassiererin beginnen. Die Zwillinge würden seit einem Jahr die

Schule besuchen, hätten jetzt Ferien, und man könne sie nicht den ganzen Tag sich selbst überlassen. Es würde doch keinen stören, wenn sie bei dem schönen Wetter im Garten spielten.

»Bist *du* etwa ihr Vater?«, fragte ich ganz entsetzt.

Cord nickte, fast ein wenig stolz. »Ich war mal vor Jahren mit Natalie zusammen, nur eine kurze Affäre. Doch Vater bleibt man ein Leben lang... Die beiden sind sehr brav und werden dir nicht auf die Nerven fallen. Nachher gehe ich mit ihnen ins Freibad. Höchste Zeit, dass sie schwimmen lernen.«

»Deine braven Lieblinge zerstören gerade meine frischgepflanzten Blumen und buddeln dabei ein Babygrab aus«, schnaubte ich und trat gegen einen Karton mit Düngemittel. Die weißen Körner flogen in alle Himmelsrichtungen. Cord ließ sich jedoch nicht aus der Ruhe bringen, stampfte die Erde um den Rosenstock fest und holte eine Gießkanne.

Verdrossen und empört ging ich in die Küche zurück. Allmählich reichte es mir. Es war an der Zeit, mir endlich einmal mein zweites Haus von außen anzusehen.

Als ich eben ins Auto steigen wollte, kam Cord unter heftigem Winken angerannt und fragte atemlos, ob ich nicht zufällig am Schwimmbad vorbeikäme. Seufzend wartete ich, bis alle Mann an Bord waren, und chauffierte sie mitsamt ihren Badesachen zum gewünschten Ziel, obwohl es natürlich eine ganz andere Route war.

Schließlich fuhr ich in die Lützelsachsener Straße, hielt an und suchte mein zweites Erbstück. Nicht von schlechten Eltern, war mein erster Eindruck, diese Villa war moderner als das Haus in der Biberstraße, hier wirkte der Garten sehr gepflegt, die Fassade war frisch getüncht. Eindeutig ein Objekt, das eine hohe Miete rechtfertigte. Ob ich einfach mal klingeln sollte? Ich entschied mich dagegen, das hatte Zeit, bis ich endlich den Erbschein in Händen hielt. Auf dem Rückweg stieg ich am Schlosspark aus und drehte eine Runde durch die Anlage, die im Stil eines englischen Gartens angelegt war. Nachdenklich betrachtete ich die großen Rhododendronbüsche und überlegte, ob sie einem buddelnden Hund standhalten würden. Dann fuhr ich noch schnell beim Supermarkt vorbei, wo ich zum Glück nicht auf Frau Altmann traf. Bestimmt hatte sie hinter der Hecke gelauert und die beiden ABC-Schützen in meinem Garten schon längst erspäht.

Bei meiner Rückkehr war ich mit dem Hund allein, der nicht ins Schwimmbad mitgedurft hatte. Er begrüßte mich mit überschwenglicher Freude. Ich gab ihm Futter und schmierte mir selbst ein Butterbrot. Cord hatte es wieder mal fertiggebracht, mich zu manipulieren: Erst sollte ich den Hund, nun auch die Zwillinge ertragen. Ob die Kinder jetzt jeden Tag kamen, bis ihre Mutter am Nachmittag mit ihrer Schicht fertig war? Doch bestimmt würde Natalie so bald wie möglich selbst Urlaub nehmen und mit den Gören verreisen, tröstete ich mich.

Ich hatte ja nichts gegen freilebende Tiere wie Vögel und Eichhörnchen, aber nie im Leben hatte ich mir ein Haustier zulegen wollen. Nicht weniger lästig waren mir fremde Kinder. Ich konnte nicht viel mit ihnen anfangen und fand sie überhaupt nicht süß. Wie anders hatte ich mir mein Rentnerdasein ausgemalt! Gemächliche Spaziergänge und lesen nach Herzenslust. Doch bislang war ich kaum je dazu gekommen. Mein Wunsch, ein beschauliches, wenn auch nicht völlig vereinsamtes Leben zu führen, sollte wohl so schnell nicht in Erfüllung gehen.

Judith schien sich auch zu ärgern, als wir uns am Abend mit einem Glas Wein auf die Terrasse setzten. Ich hatte ihr von den fremden Kindern im Garten erzählt und dass Cord wohl noch in der Badeanstalt sei.

»Das Waldschwimmbad schließt um acht Uhr«, meinte Judith. »Wahrscheinlich traut er sich nicht nach Hause, hat den Bus genommen und ist mit seiner Brut bei Natalie geblieben. Das ist eine absolut blöde Kuh, du solltest sie mal sehen! Dürr wie ein Stecken, ewig jammernd, immer überfordert! Zum Kindermachen braucht es bekanntlich zwei, aber sie war wohl völlig unschuldig an der Entstehung dieser kleinen Ratten. Bei allem muss sie übertreiben, ein Kind hätte ja genügt, aber nein – es muss gleich ein Doppelpack sein.«

Ein wenig musste ich darüber schmunzeln, wie sehr sich Judith ereiferte. Cord hatte bei ihr als Lover offenbar noch nicht wirklich ausgedient.

»Sollten wir ihn nicht einfach rausschmeißen?«, fragte ich boshaft. »Er könnte doch mit dem Hund zu seinen Sprösslingen ziehen, dann haben die wieder eine heile Familie und wir unsere Ruhe.«

»In Natalies Bruchbude?«, fragte Judith. »Da ist er bestimmt nicht scharf drauf. Sein eigenes Zimmer hat man ihm nämlich gekündigt, weil er ständig mit der Miete im Verzug war. Auf deinen Rauswurf wird er wohl kaum reagieren. Er macht immer nur, was er will, auch wenn er dabei auf die Schnauze fällt. Außerdem kann er uns erpressen, er weiß genau, was es mit dem Testament auf sich hat.«

»Schon, aber er hat doch selbst Dreck am Stecken! Mord ist viel schlimmer als Fälscherei.«

Wir starrten beide eine Weile ins Leere und grübelten. Dann wechselte ich das unangenehme Thema.

»Wo wohnt sie eigentlich, diese Natalie?«, fragte ich.

»In einem hessischen Kaff in einem dunklen Loch mit zwei Kämmerchen. Sie verdient nicht viel, und Cord zahlt fast nie für seine Kinder, weil er kaum je einer geregelten Arbeit nachgeht. Ich bin ziemlich baff, dass er sich hier im Garten von seiner Schokoladenseite zeigt und schuftet wie ein Ochse.«

Bellablock, die bis dahin mucksmäuschenstill unter dem Tisch geschlafen hatte, sprang auf und legte ihren Kopf teilnahmsvoll auf meine Knie.

»Diese Bella ist schon ein rührendes Tier«, sagte ich. »Vielleicht kann ich etwas gutmachen, wenn ich den Hund anständig behandle.«

»Bildest du dir etwa ein, Miss Sabrina blickt von oben herab und spendet dir Beifall?«, fragte Judith. »Ich dachte, du glaubst nicht an ein Leben nach dem Tod. Aber stell dir mal vor, der Wolf sitzt mit seiner Alten und der Qualle auf Wolke sieben, und plötzlich beginnen sie sich zu fetzen…«

Wir lachten beide bei dieser Vorstellung, aber als in einem der Nachbargärten ein sanfter Abendwind in diesem Moment ein chinesisches Glöckchen zum Bimmeln brachte, war mir doch ein wenig unheimlich zumute.

Judith beendete schließlich das Schweigen.

»Wie schnell kann etwas passieren, und man ist auf einmal nicht mehr da. Ich denke oft an den Tod, denn auch in jungen Jahren kann man durch einen Unfall oder an einer schweren Krankheit sterben. Mein Cousin war erst acht, als er im Eis einbrach und ertrank. In deinem Alter ist es natürlich noch aktueller, ich nehme an, von deinen Freunden und Bekannten sind längst nicht mehr alle am Leben...«

»Aus meiner Klasse sind es erst zwei«, bemerkte ich kühl.

»Aber klar, der Abschied rückt näher, man denkt wehmütig an die Vergangenheit und voller Sorgen an die Zukunft. Ich weiß genau, dass es mich jederzeit erwischen kann.«

»Sieh mal, Karla, ich will dir ja nicht zu nahe treten, aber gerade deswegen ist es an der Zeit, dass du an dein eigenes Testament denkst. Wir wollen ja hoffen, dass du noch lange am Leben bleibst, aber sollte dir tatsächlich etwas zustoßen, dann erbt dein Bruder alles und ich gar nichts.«

Ich antwortete nichts und hing düsteren Gedanken nach. Judiths Argumente waren zwar nachvollziehbar, doch ich wollte ungern mein eigenes Todesurteil unterschreiben. Wie würde Cord handeln, wenn er von einem solchen Testament erführe? Feuer legen, Öl auf die Kellertreppe gießen oder mir an die Gurgel gehen? Hatte er genug Phantasie, um sich eine todsichere Methode auszudenken? Abgesehen davon war mir nicht klar, ob ich Judith hundertprozentig vertrauen konnte. Was, wenn sie nach wie vor mit Cord unter einer Decke steckte?

20

Der Erbschein

Manchmal muss man zugeben, dass man sich geirrt hat. Die beiden Kinder, die sich nun täglich in meinem sommerlichen Garten tummelten, waren eigentlich gar nicht so störend, wie ich vermutet hatte. Ja, ich ertappte mich dabei, dass ich in einen träumerischen, fast meditativen Zustand versank, wenn ich ihnen von der Terrasse aus zusah. Wie beim Beobachten eines jungen Vogels, der bettelnd seinen Eltern nachhüpft, oder eines Eichhörnchens, das durch die Äste turnt, ist der Anblick spielender Kinder ein reines Glück. Ihr Eifer und ihre natürliche Unschuld können selbst einem abgebrühten Erwachsenen ein Stückchen Paradies vorgaukeln.

Die Zwillinge bauten Ameisenhäuser aus Erde und Steinen, legten einen primitiven Garten an, suchten Tannenzapfen, Gänseblümchen und Schneckenhäuser zur Verzierung und schufen sich eine eigene Welt. Industrielle Spielsachen schienen sie nicht zu entbehren, es genügte ihnen, wenn sie Rinde, Zweige, rostigen Draht, ein Seil, alte Blumentöpfe oder eine Gießkanne fanden. Der Hund lag meistens in ihrer Nähe und ließ sie nicht aus den Augen; sobald gebuddelt oder mit Wasser gematscht wurde, schaltete er sich hocherfreut ein.

Cord hatte seinen Kindern anscheinend eingeschärft, mich nicht zu belästigen, und das taten sie auch nicht. Hin und wieder, wenn sie eine Spur lauter geworden waren, warfen sie mir aus sicherer Entfernung einen forschenden Blick zu und sprachen eine Weile nur im Flüsterton miteinander. Irgendwann hatte ich es satt, als alte Hexe im Hintergrund zu lauern, und rief die beiden herbei. Ob sie Lust auf ein Eis hätten? Sie reagierten ebenso überrascht wie begeistert, rannten aber erst einmal davon, um ihren Vater um Erlaubnis zu fragen. Cord war nicht aufzufinden, also setzten sie sich zu mir, baumelten mit den Beinen, schleckten Eis und wurden langsam zutraulicher. Sie hießen Lilli und Paul, waren sieben Jahre alt und kamen nach den großen Ferien in die zweite Klasse.

»Freut ihr euch auf die Schule?«, fragte ich, weil ich mich mit passendem Gesprächsstoff nicht auskannte.

Die beiden bejahten. »Am liebsten mögen wir die große Pause«, sagte Paul. »Und Vorlesen«, ergänzte Lilli und nach einer Weile: »Wie heißt du eigentlich?«

»Ihr könnt mich Frau Pinter oder auch Karla nennen«, sagte ich zögernd, denn ich glaubte nicht, dass man noch wie in meiner Kindheit fremde Leute mit *Onkel* und *Tante* ansprach.

Später fand ich in Wolframs – oder eher Bernadettes – Sammlung eine ganze Reihe klassischer Kinderbücher. Von da an las ich den Zwillingen unermüdlich vor. Erstaunlicherweise wurde meine neuentdeckte Fähigkeit, mit kleinen Menschen zu kommunizieren, zu einem Höhepunkt in meinem Alltag. Hatte ich bisher nur abends eine warme Mahlzeit gekocht, so tat ich es jetzt auch mittags, wobei die jungen Gäste und auch Cord mit einer Portion Spaghetti, etwas Parmesan und einem Klecks Ketchup bereits glücklich zu machen waren. Judith erfuhr nichts von unserer heimlichen Verbrüderung; wenn sie nach Hause kam, waren die Zwillinge bereits bei ihrer Mutter. Cord holte seine Kinder mit meinem Wagen ab und brachte sie am Nachmittag zurück, am Wochenende war Pause. Die bewusste Natalie tauchte nie bei uns auf; für einen gemeinsamen Urlaub von Mutter und Kindern fehlte es offenbar an Geld. Die Kleinen erzählten, dass alle ihre Freunde und Klassenkameraden verreist seien. »Aber wir haben es besser, weil wir in eurem Garten spielen dürfen«, sagte Lilli, und ich war gerührt.

Beinahe war ich ein wenig traurig, als die Ferien zu Ende waren. Man kann sich schnell an nette Kinder gewöhnen, fast bedauerte ich, erst so spät im Leben auf den Geschmack gekommen zu sein. Auch die sonnigen Tage waren plötzlich vorbei, es regnete in Strömen, der Herbst begann mit heftigen Stürmen, und ich konnte nicht mehr auf meinem geliebten Terrassenplatz frühstücken. Cord schlief zwar weiterhin in Wolframs Bett, aber tagsüber blieb er meistens unsichtbar – wahrscheinlich hielt er sich in Judiths Wohnung auf. Das einzige Zusammentreffen von uns drei Hausbewohnern fand beim gemeinsamen Abendessen statt, und manchmal fühlte ich mich etwas einsam. Bellablock leistete mir zwar oft Gesellschaft, aber vorlesen konnte ich der Hündin nicht.

Glücklicherweise kam nach wochenlangen grauen Tagen plötzlich wieder Schwung in mein Leben. Am 11. November hatte ich mir noch den Laternenumzug der hiesigen Grundschüler angeschaut und dabei wehmütig an Lilli und Paul gedacht. Meine trübe Stimmung war jedoch am nächsten Tag wie fortgeblasen, als ich ein amtliches Einschreiben mit fliegenden Fingern aufriss. Fast konnte ich es nicht glauben, dass ich tatsächlich Wolframs Alleinerbin geworden war, ganz ohne behördliche Schikanen, ohne irgendein Wenn und Aber. Zwar waren noch einige bürokratische Hürden zu überwinden, doch dann konnte ich endlich die alte Wohnung aufgeben und mich in der Biberstraße als absolute Monarchin fühlen.

Als ich die wunderbare Nachricht – die mich früher als erwartet erreicht hatte – halbwegs verdaut hatte, war mein erster Impuls, Judith anzurufen. Ich hatte den Hörer schon in der Hand und die drei ersten Zahlen der Bibliothek bereits gewählt, da überlegte ich es mir anders. Bis jetzt hatte ich kein eigenes Testament verfasst, weil ich ja noch nichts zu vererben hatte, aber nun würde Judith Druck machen. Vielleicht war es klüger, möglichst lange zu schweigen; irgendwann, wenn der Umzug und die Renovierungen fällig wurden, konnte ich immer noch darauf zu sprechen kommen. Andererseits würde sie es mir wohl sehr verübeln, wenn ich mit dieser Nachricht hinter dem Berg hielt, und außerdem konnte ich die sensationelle Neuigkeit sowieso nicht lange für mich behalten. Von meinem zweiten geerbten Haus brauchte sie jedenfalls nichts zu erfahren. Ich würde es verkaufen und mit dem Erlös die Steuer und die Renovierungen bezahlen.

»Eins nach dem anderen«, murmelte ich, kaufte zur Feier des Tages einen großen Strauß Chrysanthemen, duftende Bienenwachskerzen, Champagner, Kaviar, Buchweizenmehl, Rehrücken, Preiselbeeren sowie Petits Fours. Für den heutigen Abend konnte ich gut ein Stückchen Wolfspelz zu Markte tragen.

»Wie kommen wir zu der Ehre?«, fragte Judith, und auch Cord sah mich mit staunenden Augen an, während wir bei Kerzenschein mit den zierlichen Kristallgläsern anstießen, die aus Bernadettes Mitgift stammen mussten.

»Ab heute gehört das Haus mir«, sagte ich, trank einen großen Schluck und sah meine Mitbewohner erwartungsvoll an. Judith kreischte auf vor Begeisterung, Cord lächelte verträumt und häufte sich Kaviar auf die Blinis, die es als Vorspeise gab.

»Kaum zu glauben! Zeigst du mir die gute Nachricht?«, fragte Judith. »Ist doch spannend, was du sonst noch alles abstaubst...«

»Ein andermal«, vertröstete ich sie. »Es muss sowieso erst noch einiges geregelt werden. Aber wir können endlich unsere Wohnungen kündigen und schon mal die Renovierung und Aufteilung planen.«

»Ich bin mit meinem Zimmer völlig zufrieden«, meinte Cord, als sei seine permanente Anwesenheit auch künftig eine Selbstverständlichkeit. »Und ich mit den Mansarden«, sagte Judith. »Du kannst dich also in der Beletage nach Belieben ausbreiten.«

»Vielen Dank für eure Großzügigkeit«, sagte ich. »Dann steht also die Küche im Parterre weiterhin allen zur Verfügung, Wolframs Wohnzimmer wird zum allgemeinen Treffpunkt, und vermieten kann ich gar nichts.«

Über meine Worte schien Cord nachzudenken, er zog die Stirn in senkrechte Falten. »Miete könnte ich im Augenblick nicht zahlen, aber dafür werde ich die gesamte Knochenarbeit übernehmen – tapezieren, streichen, lackieren, Holzdielen abziehen, elektrische Leitungen verlegen und so was alles...«

»Du scheinst ja ein Allround-Handwerker zu sein«, bemerkte ich etwas skeptisch, aber Judith verteidigte ihren Schützling.

»Er kann wirklich fast alles«, sagte sie. »Cord hat sogar bei einem Freund die defekte Gasleitung repariert.«

Wollte man mich am Ende auf diese Art umbringen?! Unsachgemäße Manipulationen an der Heizung haben ja schon häufig zu Katastrophen geführt. Doch eine Explosion, die das gesamte Haus zerstören würde, konnten sie sich nicht leisten.

»Es gibt ein paar Sachen, die sollte man lieber einem Fachmann überlassen«, sagte ich und schluckte. »Dafür gebe ich gern etwas mehr Geld aus. Von mir aus kannst du aber morgen schon damit anfangen, die scheußlichen Tapeten in meinen Zimmern abzureißen. Der Teppichboden ist ebenfalls ziemlich versifft.«

»Zu Befehl«, sagte Cord. »Man müsste einen großen Container für all den Müll bestellen!«

Auch die zweite Flasche war schnell geleert, es folgte noch eine dritte. Als ich endlich im Bett lag, durchströmte mich ein überwältigendes Glücksgefühl. Nicht nur, weil ich jetzt reich war – o je widi widi widi widi widi widi bum –, sondern auch, weil ich mich als Meisterfälscherin bewiesen hatte. Kein tüchtiger Beamter des Nachlassgerichts hatte auch nur den leisesten Verdacht an der Echtheit meines Werkes geäußert. Schade nur, dass mein Talent wohl nie wieder zum Zug kommen würde.

Am nächsten Tag brummte mir der Schädel. Seit ich mit Judith zusammenwohnte, war das bereits mehrmals vorgekommen. Als ich mich zwecks Regenerierung in der Badewanne entspannte, kam mir eine Idee: Um meine Freundin nicht zu brüskieren, würde ich zwar ein Testament verfassen und bei einem Notar hinterlegen, aber nicht ohne eine entscheidende Klausel: Sollte ich nämlich eines nicht natürlichen Todes sterben – wobei schon beim geringsten Verdacht eine kriminalistische Untersuchung angeordnet werden müsste –, würde die gesamte Erbschaft einer sozialen Einrichtung zufallen. Eine solche Formulierung war sicherlich die beste Lebensversicherung.

Ein paar Stunden später kaufte ich wieder großzügig für das abendliche Essen ein; zwar musste es nicht immer Kaviar sein, aber ich brauchte auch nicht mehr jeden Cent zweimal umzudrehen. Mit vollem Einkaufswagen näherte ich mich schließlich meinem Auto und kramte nach dem Schlüssel, den ich immer in die Hosentasche steckte. Dort war er aber nicht, ebenso wenig in meinem geräumigen Korb. Ich überprüfte die gesamten Besorgungen und wurde zusehends nervöser. Schließlich ging ich in den Supermarkt zurück und fragte, ob jemand einen Schlüsselbund gefunden und abgegeben habe. Auch hier hatte ich keinen Erfolg, und schon fürchtete ich, mit meinem schweren Einkauf im Nieselregen nach Hause laufen und den Ersatzschlüssel holen zu müssen.

Ich hatte Glück im Unglück. Eine Frau aus der Nachbarschaft hatte mein Missgeschick beobachtet und bot mir an, mich ein Stück mitzunehmen.

Erst als die nette Frau mich in der Biberstraße absetzte, realisierte ich, dass ja auch der Hausschlüssel fehlte. Kurz vor meiner Abfahrt war Cord mit Bella zu einem seiner langen Spaziergänge aufgebrochen, also konnte ich ihn auch nicht herausklingeln. Fluchend stellte ich den Einkaufskorb vor dem Eingang ab und lief durch den Garten zur Rückseite des Hauses, in der Hoffnung, dort eine unverschlossene Tür zu finden.

Natürlich stand die Terrassentür nicht offen, aber das Licht brannte im Wohnzimmer, wo eine Gestalt an Wolframs Sekretär saß. War mir mein Schlüssel entwendet worden, und der Dieb hatte keine Sekunde gezögert, hier einzubrechen? Woher aber wusste er meine Adresse? Ich überlegte noch fieberhaft, als Bellablock anschlug, und der Einbrecher sich umdrehte. Es war Cord mit einem kleinen Schraubenzieher in der Hand.

Einen Moment lang war ich beruhigt, dass wenigstens kein Fremder ins Haus eingedrungen war. Dann packte mich erneut die Panik. Was hatte Cord an Wolframs Sekretär zu suchen?

»Was machst du da?«, fuhr ich ihn noch auf der Schwelle an, ohne mich mit Erklärungen aufzuhalten, wo mein Wagen geblieben war und warum ich plötzlich vor der Terrassentür stand.

Verlegen stammelte Cord: »Judith hat...« Dann schwieg er einige Sekunden und fragte schließlich, wieso ich keinen Schlüssel hätte.

Ich schüttelte nur stumm den Kopf, dann nahm ich Cord sofort wieder ins Kreuzverhör.

»Judith hat gesagt, ich soll mal schauen, wo der Erbschein ist«, stotterte Cord und wurde rot wie ein junges Mädchen.

Tatsächlich hatte ich das amtliche Schreiben hier eingeschlossen und nicht oben in meinem Schlafzimmer. Wahrscheinlich hatte Cord dort bereits herumgeschnüffelt.

Ich war empört. »Das ist ein schwerer Vertrauensbruch!«, schnauzte ich ihn an. »Unter diesen Umständen möchte ich nicht länger mit euch unter einem Dach wohnen!«

Mit gesenktem Haupt verließ Cord den Raum und verbarrikadierte sich erst einmal in seinem Zimmer, Bella folgte ihm. Ob er jetzt auf der Stelle seinen Kram zusammenpackte? Irgendwie tat mir mein Ausbruch nun doch etwas leid, denn langsam wurde ich eher zornig auf Judith. Immerhin hatte Cord die bewusste Schublade nicht aufbekommen. Den zugehörigen Schlüssel hatte ich im Gegensatz zu allen anderen in meinem Nähkästchen aufbewahrt. War Judith wirklich eine Verräterin? Um mich abzureagieren, zog ich mir eilig den Mantel wieder an, um als Erstes zum Supermarkt zu laufen und mit dem Zweitschlüssel das Auto zu holen.

Mein Wagen stand noch brav auf dem Parkplatz und war zu meiner Verwunderung überhaupt nicht abgeschlossen. Als ich einstieg, fand ich den verlorenen Schlüsselbund auf dem Beifahrersitz. »Mensch, Karla, du wirst alt!«, murmelte ich, war aber trotzdem erleichtert.

Beim Abendessen stellte ich Judith zur Rede. Cord war ausgeflogen, allerdings ohne Sack und Pack. Bestimmt würde er sich in der Dunkelheit wieder hier einschleichen.

»Da muss er etwas falsch verstanden haben«, sagte Judith, ohne mit der Wimper zu zucken. »Ich habe nur mal erwähnt, ich wüsste gern, was im Erbschein drinsteht!«

»Ich besitze noch gar keinen Erbschein«, sagte ich verärgert. »Bisher habe ich nur einen Brief vom Nachlassgericht erhalten, den kannst du gern mal sehen.«

Als ich ihr das Anschreiben überreichte, konnte Judith sich mit eigenen Augen überzeugen, dass man mich zwar für die rechtmäßige Erbin hielt, aber noch keine Details über das zu erwartende Vermögen angegeben waren. Es wurde mir nur der Termin für ein persönliches Vorsprechen mitgeteilt.

»Na ja, nächste Woche wissen wir mehr«, kommentierte sie. »Im Übrigen war es ein Fehler, dass du Cord rausgeschmissen hast, denn er wird sich rächen. Schließlich weiß er mehr über unsere Erbschaft, als uns lieb sein kann. Und überhaupt – wer außer ihm sollte in Zukunft das Grobe übernehmen? Zieh nicht gleich so ein Gesicht, vielleicht lässt sich alles wieder einrenken, lass mich nur machen. – Ohne ihn wären wir nie so weit gekommen wie jetzt, wo wir fast am Ziel unserer Wünsche sind!«

Warum sagt sie immer *wir*?, dachte ich, schließlich ist nicht sie die Erbin, sondern ich.

Judith lächelte mich fröhlich an und wechselte das Thema: »Eigentlich wollte ich mir heute noch einen Blockbuster anschauen, kommst du mit ins Kino?«

»Was läuft denn gerade?«

»Na ja, Fantasy ist wohl nicht deine große Leidenschaft...«

Sie wusste natürlich, dass ich diesen übernatürlichen Humbug immer weniger mochte. Judiths Vorliebe für Krimis konnte ich irgendwie noch billigen, intelligente Science-Fiction war vertretbar, Klassiker wie Bram Stoker oder Orwell hatte ich in meiner Jugend selbst gern gelesen, aber seit

Harry Potter ging mir der infantile und klischeehafte Kult um gehörnte lila Jungfrauen, geflügelte Ritter, sprechende Drachen oder ähnlichen Schwachsinn total auf den Geist. Ich erteilte Judith also eine harsche Abfuhr, und sie verließ mich grinsend.

21

Judas

Zu Beginn des Winters stellte ich fest, dass ich Wolfram auf kuriose Weise zu ähneln begann. Seit ich den Erbschein erhalten hatte und über den gesamten Besitz des Verstorbenen verfügte, hatte mich Judith wiederholt auf die Notwendigkeit eines eigenen Testaments hingewiesen. Ich muss gestehen, dass ich fast täglich an einer wasserdichten Formulierung feilte und genau wie Wolfram schon mehrere Entwürfe angefertigt hatte, die ich alle wieder verwarf. Schließlich war ich keine Juristin, wollte aber trotzdem eine perfekte Fassung hinkriegen, einen Text, an dem es nichts zu deuten gab. Meine noch ungültigen Rohfassungen verschloss ich sorgfältig, wie ich mir einbildete.

Die Renovierung meiner Wohnung machte gute Fortschritte, ich war froh, dass Cord geblieben war und sich als tüchtiger Handwerker erwies. Dabei kam uns zugute, dass er im Keller eine altmodische, aber funktionierende Werkstatt vorfand. Für die Installation einer neuen Gasheizung hatte ich allerdings einen Fachmann beauftragt. Inzwischen residierte ich im ersten Stock fast wie eine feine Dame; nicht nur eine blassblaue Seidentapete im Schlafzimmer, auch safrangelb gewischte Wände im Wohnzimmer waren mein ganzer Stolz. Die alten Eichenholz-Dielen hatte Cord abgeschliffen und geölt, ich wollte keinen neuen Teppichboden.

Zwar fehlte noch so manches, ich experimentierte und stellte Möbel immer wieder um, war aber alles in allem hoch zufrieden, Cord übrigens auch. Im Parterre hatten wir noch gar nichts unternommen, die dortige Küche war schließlich noch in Ordnung, damit gab ich mich erst einmal zufrieden.

Wie du mir, so ich dir, dachte ich eines schönen Tages. Judith hatte Cord damals überredet, nach meinem Erbschein zu suchen. Im Gegensatz zu den Mansarden konnte man bei mir nur einzelne Zimmer abschließen, meine Wohnung insgesamt jedoch nicht. Wenn ich nicht zu Hause war, spazierten die beiden womöglich nach Lust und Laune in meinen Räumen herum. Ich dagegen war nie mehr in der Dachwohnung gewesen, weil Judith sich nicht ein einziges Mal herabgelassen hatte, mich in ihr Reich einzuladen. Um sie kniefällig darum zu bitten, war ich zu stolz. Da meine Hausgenossen gerade für einige Zeit abwesend waren, wollte ich jetzt endlich einmal das Obergeschoss inspizieren. Judith war bei der Arbeit, Cord mit dem Hund unterwegs.

Die Wohnungstür war zwar erwartungsgemäß verschlossen, aber ich besaß ja einen Zweitschlüssel. Alles sah völlig anders aus, als ich es bei meinem ersten Besuch vorgefunden hatte. Die Kindermöbel waren offenbar auf dem Dachboden gelandet, die Wände hatte Cord frisch getüncht und einige von Judiths Möbeln klammheimlich herbeigeschafft. Im Schlafzimmer stand ein neues Doppelbett mit einem seltsamen Gesundheitskissen, das angeblich bei Verspannungen half. Es war erstaunlich, dass ich von diesen Veränderungen – abgesehen von gelegentlichem Gepolter auf der Treppe – rein gar nichts mitgekriegt hatte. Hinter meinem Rücken hatte meine Freundin sich längst häuslich eingerichtet.

Hier erinnerte nichts mehr an Bernadettes unerfüllten Kinderwunsch. Mir fiel ein, dass Lilli und Paul kürzlich zu Besuch gewesen waren und zum ersten Mal bei ihrem Vater übernachtet hatten. Es war das einzige Wochenende, an dem Judith aushäusig blieb, angeblich um in Frankfurt den 30. Geburtstag eines ehemaligen Klassenkameraden zu feiern. Da es für Spiele im Garten zu kalt und zu nass war, las ich den Zwillingen stundenlang vor. Beide saßen neben mir auf dem Sofa und hörten aufmerksam zu. Lilli hielt eine Puppe auf dem Schoß, Paul ein Plüschtier. Natürlich waren es Spielsachen aus Bernadettes liebevoll eingerichtetem Kinderzimmer. Lillis Puppe steckte in einem violetten Vampirkostüm mit aufgenähten Flügeln; die viel zu großen, schneeweißen Eckzähne waren an beiden Mundwinkeln mit Ölfarbe aufgemalt, ebenso die pechschwarzen dreieckigen Augenbrauen. Der ursprünglich so harmlose Teddy war zum Teufel mutiert, Bernadette hatte ihm Hörner sowie einen langen Schweif aus Filz angeheftet und ein feuerrotes Mephisto-Cape umgehängt. Den Kindern schienen diese Monster zu gefallen, sie nannten ihre Lieblinge *Satansbärle* und *Blutbarbie*.

»Hat uns der Papa geschenkt«, beantworteten sie meine Frage.

»Wir haben noch mehr«, sagte Paul, »aber die meisten Sachen sind eher für Babys.«

Offenbar hatte Cord, der unsichtbar durch das Haus geistern konnte, seinen Kindern nach und nach das gesamte Spielzeug gegeben.

Ein schlechtes Gewissen hatte ich nicht, während ich mich in Judiths Zimmern umsah. Das Bad mit seinen kitschigen rosa Fliesen hatte sich nicht weiter verändert. In einem noch recht kahlen Raum, der als Küche vorgesehen war, standen ein Ikea-Regal und ein Kühlschrank, auf einem Tisch eine Kochplatte und ein elektrischer Wasserkessel. Judiths Schreibtisch befand sich im Wohnzimmer unter einem schrägen Dachfenster, der Rechner war zu meiner Verwunderung nicht ausgeschaltet. Ich hütete mich aber, dieses Ungeheuer auch nur anzurühren, obwohl ich es bestimmt geschafft hätte, ihre Mails zu lesen.

Etwas unschlüssig zog ich die oberste Schreibtischschublade ein Stück weit auf. Ein größeres Blatt ragte hervor, das ich als einen laienhaften Grundriss dieses Hauses mit handschriftlichen Eintragungen identifizierte. Interessant, dachte ich, wie hat sich meine liebe Judith denn einen Umbau vorgestellt?

Im Erdgeschoss wollte sie offensichtlich eine Wand herausnehmen und aus zwei Räumen einen einzigen Saal als Lese- und Internetcafé einrichten. Könnte man sogar machen, dachte ich, das hatten wir früher auch einmal in Erwägung gezogen. Cord sollte sein Zimmer anscheinend behalten und für die Kunden in der angrenzenden Küche Kaffee zubereiten. Ich nickte beifällig, aber mein Wohlwollen schwand, als ich mir auf der Rückseite des Papiers einen Aufriss der eigenen Wohnung ansah. Auch im ersten Stock sollte aus zwei Räumen ein einziger werden, mit dünnem Bleistift hatte sie hingekritzelt: *Tagungen, Vereine oder Seniorenclub.* Wie bitte? Wo sollte ich, die Besitzerin dieser Villa, denn unterkommen? Sollte ich am Ende in ein Altersheim verfrachtet werden und mein schönes Haus einem kriminellen Paar überlassen?

Nun begann ich doch, aufgeregt Judiths Papiere zu durchsuchen. Als Erstes fand ich die Kopie eines Maklerbriefes, bei dem es um den geplanten Verkauf meines zweiten Hauses in der Lützelsachsener Straße ging. Diesen Besitz hatte ich bisher vor Judith verheimlicht, doch anscheinend wusste sie genau Bescheid. Es hätte mir ja eigentlich auffallen müssen, dass sie nie mehr die Erbschaftssteuer oder die benötigten finanziellen Mittel angesprochen hatte. Doch das war noch nicht alles: Unter vielen belanglosen Briefen, alten Terminkalendern und Rechnungen entdeckte ich eine weitere Kopie – es war einer meiner Testamentsentwürfe!

Sorgfältig legte ich alle Indizien wieder an ihren Platz zurück. Judith sollte keinen Verdacht schöpfen. Mit zitternden Händen schloss ich ab, verließ den Ort des Verrats und kochte mir erst einmal einen Kräutertee. Ich brauchte einen klaren Kopf. Der gezeichnete Plan konnte auch alt sein. Und mit meinem Testamentsentwurf konnte sie nicht allzu viel anfangen, denn er enthielt bereits die bewusste Klausel. Niemals würde Judith eine so geniale Fälscherin wie ich, die man durchaus mit meinen männlichen Kollegen Konrad Kujau, Lothar Malskat oder Wolfgang Beltracchi vergleichen konnte. Judiths damalige Versuche, Wolframs Schrift nachzuahmen, waren mehr als kläglich ausgefallen. An meiner schwungvollen Schreibweise würde sie mit Sicherheit erst recht scheitern.

Viel schlimmer war allerdings, dass sie anscheinend systematisch meine Post kontrollierte und über meine finanziellen Transaktionen bestens im Bilde war. Zweifellos wäre mir diese Erbschaft ohne ihre Unterstützung niemals zugefallen, aber sie und auch Cord gingen ja nicht leer aus. Sie zahlten weder Miete noch Stromrechnung, weder Abfallgebühren noch den Schornsteinfeger und wurden Tag für Tag von mir bekocht, ohne dass sie einen Cent dafür ausgeben mussten. Judith konnte ihr Gehalt verjubeln, gerade erst gestern kam sie mit sündhaft teuren Highheels nach Hause. Cord hatte ein Dach über dem Kopf, ein Auto zur Verfügung, eine warme Mahlzeit am Tag und Arbeit, die ihm ganz offensichtlich Spaß machte. Wenn er Material einkaufte, überließ ich ihm einen ansehnlichen Betrag, ohne jemals nachzurechnen. War das nicht mehr als genug? Doch auch wenn ich das Spionieren meiner Mitbewohner unverschämt fand, konnte ich die beiden nicht einfach vor die Tür setzen. Sie wussten zu viel. Wir saßen uns nicht nur auf der Pelle, sondern auch im selben Boot.

Doch es gab auch die angenehme Seite einer Wohngemeinschaft, das gemeinsame Essen. An vielen Abenden war es vergnügt und heiter zugegangen, ich hatte jahrelang nicht mehr so viel gelacht, ganz zu schweigen davon, dass man meine Kochkünste regelmäßig lobte und ich mich zum ersten Mal im Leben als unentbehrliche Familienmutter und Ernährerin fühlen konnte. In meinem Alter konnte ich jederzeit blind, taub oder gehbehindert werden. Es war ein enormer Vorteil, wenn man dann nicht ganz auf sich gestellt war. Nicht zuletzt hatte ich mich an den anhänglichen Hund gewöhnt, der zwar Cord als Herrn ansah, aber auch mir treu ergeben war.

Hin und her gerissen, wie ich war, stiegen mir Tränen in die Augen. Immerhin war Judith jahrelang meine Freundin gewesen, ohne sie wäre mein Berufsleben ziemlich langweilig ausgefallen. Mit ihr konnte ich herumalbern, auf sie hatte ich mich immer verlassen. Sollte es wirklich wahr sein, dass sie mir nach dem Leben trachtete, dass sie nur scharf auf meinen Besitz war, dass ich mich völlig in ihr getäuscht hatte? Wenn ich den Zug um ihren Mund bislang für lausbübisch gehalten hatte, so musste ich mein Urteil offenbar revidieren: Aus Judith war Judas geworden, und Cord war ihr Henkersknecht. Mir fiel ein alter Schlager ein: *Oh, ich will betteln, ich will stehlen, damit du glücklich bist!* Das Lied war falsch, *ich will morden,* müsste es heißen.

Mein Herz verlangte nach Zuneigung und Lebensfreude, mein Kopf warnte mich vor allzu großer Blauäugigkeit. Es mochte ja wunderbar sein, in einem schönen Haus mit Garten zu wohnen, doch nun wurde der Besitz zur Gefahr.

Stürmisches Klingeln riss mich aus meinen Gedanken. Bella sauste herein, Cord tauchte mit rotem Kopf hinter ihr auf und wirkte völlig von der Rolle: »Brauchst du den Wagen? Ich muss sofort losfahren, es ist dringend…«

»Ist was passiert?«, fragte ich.

»Natalie…«, stotterte er.

Schließlich berichtete er hastig, dass die Mutter seiner Kinder während ihrer Arbeit im Supermarkt zusammengebrochen sei. Natalies Wohnungsnachbarin habe ihn gerade benachrichtigt, dass sie Lilli und Paul frierend und weinend vor der Haustür angetroffen und beide zu sich genommen habe. Daraufhin habe sie beim Supermarkt angerufen und erfahren, dass Natalie ins Krankenhaus gebracht worden sei. Und schon brauste Cord davon.

Judith und ich aßen bereits zu Abend, als der Hund die Ankunft seines Herrn ankündigte. Cord kam herein, die Zwillinge an der Hand.

»Kommt gar nicht in Frage«, fuhr Judith ihn an. »Wir haben ausgemacht, dass die Brut nicht hier –«

»Ich musste doch Karlas Wagen zurückbringen«, sagte Cord. »Was blieb mir anderes übrig, ich kann die Kinder doch nicht alleinlassen...«

»Das ist dein Problem!«, sagte Judith scharf.

Mir taten die Kleinen leid. »Kommt, setzt euch erst mal hin«, sagte ich zu Paul und Lilli. »Wollt ihr Kakao oder lieber Apfelschorle? Ich mache euch ein paar Bratkartoffeln.«

Während ich am Herd stand, wechselten Judith und Cord böse Blicke und verließen abrupt die Küche. Ich hörte sie in der Diele laut miteinander streiten.

»Was hat die Mama eigentlich?«, fragte Lilli.

»Ich weiß es nicht«, sagte ich. »Aber sicher kommt sie bald wieder nach Hause. Bis dahin dürft ihr ruhig hierbleiben.«

»Morgen müssen wir aber in die Schule«, sagte Paul. »Wir haben heute nicht mal unsere Hausaufgaben gemacht.«

»Die böse Frau will nicht, dass wir hier sind«, sagte Lilli. »Aber das darf sie gar nicht verbieten, dieses Haus gehört doch auch dem Papa, nicht wahr?«

Ich schluckte. Plötzlich wurde es still im Flur, und ich hörte Judith die Treppe hinaufstürmen. Cord kam wieder herein, setzte sich zwischen seine Brut und tätschelte beiden beruhigend den Rücken; er machte dabei ein ziemlich verzweifeltes Gesicht. Nach dem Essen brachte er die Kinder in sein Zimmer und steckte eine CD-ROM in Wolframs Computer, den er sich unter den Nagel gerissen hatte.

»Die Sendung mit der Maus«, erklärte er, als er wieder in der Küche saß.

»Was ist mit Natalie?«, fragte ich.

»Sie war schon immer viel zu dünn«, sagte er. »Es heißt Anoichweißnichtwas...«

»Anorexia nervosa«, sagte ich.

»Am liebsten würde ich Paul und Lilli zu mir nehmen«, klagte Cord. »Aber ich bin ja ein Versager.«

»Nein, bist du nicht. An dir ist ein Gärtner, ein Hausmeister, ein Elektriker und ein Anstreicher verlorengegangen«, sagte ich. Dann sah ich, dass er weinte, schon den heulenden Wolf hatte ich kaum ertragen können. Schnell ein anderes Thema, dachte ich.

»Schaffst du es, im ersten Stock eine Trennwand so einzubauen, dass man meine Wohnung abschließen kann?«, fragte ich, und Cord überlegte eine Weile.

»Das geht bestimmt, die Villa wurde ja als Dreifamilienhaus geplant. Wird aber nicht ganz billig«, meinte er und ging dann zurück zu seinen Kindern.

22

Der Feuerlöscher

Am nächsten Morgen waren Paul und Lilli krank, eine fiebrige Erkältung, nichts Besonderes, aber doch ein triftiger Grund, nicht zur Schule zu müssen.

»Das wird Judith nicht recht sein«, vermutete ich. Anscheinend hatte Cord noch keine Minute daran gedacht, die Kinder in Natalies winzige Wohnung zurückzubringen und auch selbst dortzubleiben.

»Auf keinen Fall, das halte ich nicht aus, da kriege ich Platzangst«, sagte er. »Aber ich muss Natalie unbedingt Nachthemden und Waschzeug bringen. Außerdem will ich wissen, ob man sie länger als zwei Tage im Krankenhaus behalten muss.«

Er überließ mir die Patienten, versprach, auf der Heimfahrt ein fiebersenkendes Mittel zu besorgen, und startete zum Mannheimer Klinikum. Zum Glück hatte Judith das Haus verlassen, ohne von unserem Krankenlager etwas zu ahnen.

Neugierig befragte ich die Zwillinge, ob ihre Mutter zu Hause bleibe, wenn sie krank wurden.

»Früher kam dann die Oma, aber jetzt dürfen wir gar nicht krank werden, sonst verliert die Mama ihren Job«, sagte Lilli.

»Die Oma kann man nicht mehr holen, denn die ist gaga«, sagte Paul, und beide kicherten.

»Euer Papa hat doch sicherlich auch eine Mutter und einen Vater, wo wohnen denn die anderen Großeltern?«

Sie kannten nur die Gaga-Oma, saßen in Decken gehüllt auf dem Sofa, bohrten das Thermometer in Blutbarbies und Satansbärles Hintern, tranken heißen Kakao und schienen zu genießen, dass sie nicht in die Schule mussten. Als das Fieber am Nachmittag anstieg, schlüpften sie wieder freiwillig in Bernadettes großes schweres Lotterbett und ließen sich mit einer CD aus Wolframs Sammlung mit fröhlichen Gospels und schwermütigen Spirituals einlullen.

Etwas später kam auch Cord zurück. Natalie werde künstlich ernährt, berichtete er. Wenn sich ihr Zustand stabilisiert habe, müsse man sie aber in das Zentralinstitut für Seelische Gesundheit überweisen. Niemand könne sagen, für wie lange. Er machte einen deprimierten Eindruck. Überdies hatte ihm eine Krankenschwester Vorwürfe gemacht, weil die Patientin in einem derart reduzierten Zustand noch gearbeitet habe, es sei ein Wunder, dass sie nicht schon viel früher zusammengeklappt sei. Cord grinste unwillkürlich, während er die Schwester zitierte: »Der arme Fraa kamer ja e Vadderunser durch die Backe blase!«

Der fürsorgliche Papa hatte Medikamente, Spielzeug, Schulsachen und Kleidung für seine Kinder mitgebracht. Nachdem sie verarztet waren und sich wieder vor den Computer gelümmelt hatten, befragte ich Cord nach seinen eigenen Eltern. Es war eine tragische Geschichte: Von klein auf hatte ihn sein Stiefvater geschlagen, mehrmals sogar missbraucht und ständig gedemütigt. Als Cord in jungen Jahren mit dem Gesetz in Konflikt kam, hatte er ihn verstoßen.

Seine Mutter lebte mittlerweile auf Mallorca und wollte nichts mehr mit ihrer schweren Vergangenheit zu tun haben, so dass sie kaum mehr Kontakt hatte zu ihrem Sohn. Was für ein Elend!, dachte ich, aber wie erfreulich, dass die Zwillinge trotzdem ganz gut geraten sind.

»Warum hat Judith eigentlich solche Aggressionen gegen Natalie und deine Kinder?«, fragte ich.

»Eifersucht. Ich soll ihr mit Haut und Haaren gehören«, sagte Cord. »Aber bei den Kindern lasse ich mir nicht reinreden...«

»Eifersucht? Ich dachte, mit Natalie ist es schon lange aus, und Judith und du seid auch kein Liebespaar mehr«, wandte ich ein.

»Irgendwie nicht und irgendwie doch«, murmelte er kryptisch.

Bevor ich nachhaken konnte, schlug der Hund an, dann klingelte es auch schon, und Cord ging öffnen.

Ich hörte Frau Altmann neugierig fragen, ob die Kinder wieder zu Besuch seien. Gestern habe sie das süße Zwillingspärchen im Garten bemerkt. Im vergangenen Sommer habe sie so viele Kirschen geerntet und eingefroren, dass sie gar nicht mehr wisse, wohin damit. Ob wir die Kinder nicht mit Vanille-Eis und heißer Kirschsoße überraschen möchten? Der gutmütige Cord führte die geschwätzige Frau Nachbarin herein.

Frau Altmann hatte eine neue silberne Haarfarbe. Lange blieb ihr Blick an Bernadettes Sammeltassen hängen. Für ihr Leben gern hätte sie uns wohl über alle Details unserer Hausgemeinschaft ausgehorcht. Ungefragt ließ sie sich am Esstisch nieder, streichelte den Hund und meinte, wir sollten sie nicht länger an der Nase herumführen, sie habe längst begriffen, dass es niemand anderes sei als Bellablock, der Retriever von Sabrina.

Dann stellte sie zwei Tupperdosen mit eingefrorenen Kirschen auf die Anrichte und strahlte, als sie von der Erkrankung der Zwillinge erfuhr. Da habe sie doch regelrecht eine Eingebung gehabt, Kirschen seien eine gute Krankendiät. Sie selbst warte schon lange auf eigene Enkelkinder, ihre Söhne seien Spätzünder. Cord und ich blieben schweigsam, bis sie endlich wieder ging.

An der Haustür hörte ich Frau Altmann noch sagen: »Junger Mann, ich könnte Ihre Hilfe gut brauchen, nächste Woche ist Sperrmüll, und ein schwerer Ohrensessel müsste auf die Straße getragen werden. Es soll nicht zu Ihrem Schaden sein!«

Cords Antwort war zu leise, als dass ich sie hätte verstehen können, doch ich konnte sie mir denken.

Er kam etwas unwillig wieder herein.

»Jetzt könntest du dich ärgern, bist aber nicht dazu verpflichtet«, zitierte ich einen Lieblingsspruch meines Bruders. »Du lässt aber auch wirklich alles mit dir machen! Gerade wollte ich dich fragen, wieso du dich von Judith derartig vereinnahmen lässt...«

Cord schwieg, überlegte, ging schließlich in sein Zimmer, und ich hörte ihn in seinen Siebensachen kramen. Er kam mit einem zerknitterten, nur noch schlecht lesbaren Zeitungsausschnitt zurück, den er mir wortlos überreichte. Ich las:

...ihm wurde mit einem großen Feuerlöscher der Kopf zertrümmert. Hermann G. starb an zentraler Lähmung durch

ein Schädeltrauma. Als man ihn anderntags in seiner Garage fand, lag er auf dem Rücken in einer Lache aus Blut und ätzendem Schaum. Noch im Tod hielt er ein scharfes Steakmesser umklammert...

Verständnislos schaute ich ihn an.

»Dieser Hermann G. war mein Stiefvater und hat auch meine Mutter immer wieder misshandelt«, sagte Cord. »Judith hat mir ein wasserdichtes Alibi verschafft. Vielleicht hätte ich besser alles gestehen sollen, denn es handelte sich um Notwehr. Deswegen bin ich Judith seit vielen Jahren ausgeliefert.«

»Aber was nützte das beste Alibi, wenn es Fingerabdrücke, DNA-Spuren oder andere Indizien gab?«, wandte ich ein.

»Damals war man noch nicht so weit, diese Methoden wurden noch nicht serienweise angewandt.«

Mir wurde immer mulmiger zumute. Offenbar waren meine Hausgenossen nicht nur Kleinkriminelle, sondern Verbrecher. Mein Instinkt hatte leider überhaupt nicht funktioniert, denn ich hatte mir Judith zur Freundin erkoren. Und Cord war mir in der letzten Zeit immer sympathischer geworden.

Mitten in meine Gedanken hinein murmelte Cord: »Ich weiß überhaupt nicht, warum ich dir das alles erzähle, bis jetzt hatte ich noch nie so viel Vertrauen zu einem anderen Menschen. Aber du bist gut zu meinen Kindern und auch zu Bellablock, das hatte ich nicht erwartet.«

Offenbar hatte ich ein Talent zur Beichtmutter! Bereits Wolfram hatte mir seine geheimsten Sünden gestanden. Schon verrückt, wie das Schicksal der beiden Männer sich ähnelte.

Beide zappelten sie im Netz der Spinne. Und ich selbst? Erging es mir denn so viel anders? Zog Judith nicht auch in unserer Freundschaft die Fäden, ohne dass ich mir dessen so recht bewusst gewesen war? Fragte sich nur, wie ich mich befreien konnte, bevor mich die Spinne gefressen hatte.

Als habe er meine Gedanken gelesen, verschwand Cord in seinem Zimmer und kam bald darauf mit einem kleinen Gegenstand in der Faust zurück.

»Was machen die Kinder?«, fragte ich.

»Die schauen wieder eine Sendung mit der Maus. Bella leistet ihnen Gesellschaft. – Ich wollte dich bitten, dieses Fläschchen so zu verstecken, dass es Judith auf keinen Fall finden kann.«

»Warum? Was ist da drin? Arsen? Strychnin?«

»So etwas Ähnliches. Judith hatte mir vor einiger Zeit aufgetragen, K.o.-Tropfen zu besorgen. Ich will nicht, dass sie in Reichweite der Kinder sind.«

»Wofür waren die Tropfen denn gedacht?«, fragte ich mit einer bangen Ahnung.

»Weiß ich nicht, aber sicher nicht für einen guten Zweck«, brummte Cord. »Am Ende kommt Judith noch auf die Idee, ein paar Spritzer in den Kinder-Kakao zu tun.«

»Um Gottes willen!«

Die Kinder seien ihr von Anfang an ein Dorn im Auge gewesen.

Ich schüttelte fassungslos den Kopf und meinte, am besten wäre es, das Teufelselixier in den Ausguss zu kippen.

»Dafür sind K.o.-Tropfen zu teuer«, sagte Cord. »Man weiß ja nie, wofür sie mal gut sind. Notfalls kann ich sie auch wieder verkaufen.«

»Judith wird es doch auffallen, wenn das Zeug nicht mehr an seinem Platz steht...«

»So dumm, wie ihr denkt, bin ich nicht«, sagte Cord. »Ist doch klar, dass ich die Tropfen ausgetauscht habe. Die rote Originalpulle steht immer noch an Ort und Stelle, allerdings ist nur Wasser drin.«

Nachdenklich betrachtete ich ihn. Es war so oder so keine schlechte Idee, die Tropfen zu beschlagnahmen. Wer weiß, vielleicht musste ich womöglich meinen fleißigen Hausgenossen eines Tages ruhigstellen – konnte ja sein, er bekam einen Koller wie damals bei seinem Stiefvater. Schließlich war ich hier die Köchin und damit Herrin über Gewürze und Zutaten, ein paar Tropfen in Kaffee oder Suppe konnten Wunder wirken.

Ich drehte die Verschlusskappe des Fläschchens auf und roch an der klaren Flüssigkeit, leckte sogar ein wenig am Rand. Falls es sich wirklich um eine gefährliche Substanz handelte, dann konnte man das weder sehen noch riechen, ja nicht einmal schmecken. Ich musste mir ein geheimes Versteck ausdenken, auf das niemand kommen konnte. Nach kurzem Überlegen verbarg ich die kleine Flasche im Bücherschrank hinter Gottfried Kellers *Der Grüne Heinrich*; Judith würde diesen wunderbaren Roman niemals zur Hand nehmen, und Cord erst recht nicht.

Leider war in meiner Villa schon so viel geschehen, dass es nichts schadete, wenn man stets mit dem Schlimmsten rechnete und allzeit gewappnet war. Als ich wieder am Küchentisch saß, fragte ich etwas takt- und zusammenhanglos: »Haben wir eigentlich einen Feuerlöscher im Haus?«

Cord zuckte zusammen, warf mir einen weidwunden Blick

zu und sagte, er müsse jetzt nach seinen Kindern schauen. Später, als ich im Keller Wäsche aus dem Trockner nahm, suchte und fand ich einen knallroten Gegenstand, der die Form einer dicken, überlangen Thermoskanne hatte. Ziemlich alt und wahrscheinlich längst nicht mehr funktionsfähig, dachte ich, aber für einen kräftigen Schlag wohl immer noch tauglich. Doch bestimmt, beruhigte ich mich, war dieses Exemplar noch nie benutzt worden.

Noch bevor ich Judith zum Essen erwartete, servierte ich den Kindern *Arme Ritter* mit heißen Kirschen und einem Klecks Eis. Sie waren hocherfreut und dankbar. Lilli sagte: »Hier bei euch ist es wie im Paradies. Und du kochst tolles Essen.«

»Bestimmt kann es eure Mama noch viel besser«, meinte ich. »Was ist denn euer Lieblingsgericht?«

»Wir machen uns die *Margherita* immer selbst«, sagte Paul. »Du musst den Backofen anheizen, dann schiebst du die kalte Pizza rein, wartest zehn Minuten und holst sie wieder raus. Dabei habe ich mir schon mal die Finger verbrannt.«

»Weil er die Handschuhe nicht angezogen hat!«, sagte Lilli.

»Dafür hat Lilli mal die Topflappen auf der heißen Herdplatte liegen lassen, und da fing es an zu brennen, alles war voller Qualm...«

»...und zum Glück kam gerade der Papa und hat gelöscht«, ergänzte Lilli.

Die Topflappen in unserer Küche hatte Bernadette aus hell- und dunkelgrüner Baumwolle in diagonal versetzten

Streifen gehäkelt. Die mit Mäusezähnchen verzierten Ränder wiesen ein paar verkohlte Stellen auf, und ich stopfte sie kurz entschlossen in den Mülleimer. Schließlich besaß ich Küchenhandschuhe aus nicht brennbarem Material, es war an der Zeit, Bernadettes Aussteuer nach und nach zu entsorgen.

Als Judith heimkam, lagen die Kinder im Bett und waren somit erst einmal aus dem Verkehr gezogen. Das sollte allerdings nicht lange so bleiben, denn als wir gerade mein vorzügliches Szegediner Gulasch aßen, kam Lilli im rosa Schlafanzug hereingetappt.

»Durst!«, sagte das Kind, bemerkte Judith und schmiegte sich ängstlich an seinen Vater.

»Raus hier!«, sagte Judith scharf, während ich aufstand und ein Glas mit Apfelschorle einschenkte. Lilli trank in einem Zug aus und verschwand sofort.

»Die Kinder sind leider krank geworden«, sagte ich. »Du solltest etwas freundlicher zu ihnen sein!«

Sie hat sich verändert, dachte ich, während ich ihren feindseligen Blick auffing. Judith hatte heute ihre dicken Zöpfe zu einer Krone um den Kopf gesteckt, so dass sie Julia Timoschenko gespenstisch ähnelte. Dazu trug sie auffälligen Modeschmuck – eine glitzernde Kette mit unterschiedlichen Farbsteinen aus Bernadettes Kollektion.

»Wir haben abgemacht, dass die Bälger hier nichts verloren haben«, sagte sie. »Karla, du enttäuschst mich sehr. Du solltest mir nicht dauernd in den Rücken fallen und etwas konsequenter bleiben. Den Hund hast du anfangs auch nicht haben wollen, dann bist du weich geworden. Wohin soll das noch führen!«

»Wir haben gar nichts abgemacht!«, polterte ich. »Cords Kinder können doch nichts dafür, dass ihre Mutter in der Klinik liegt!«

»Ich bezweifle sehr, dass es seine Kinder sind. Diese Natalie hat es doch mit jedem getrieben. Cord war so was von einfältig, dass er noch nicht mal einen Vaterschaftstest verlangt hat!«

Cord sprang auf, sagte, er müsse sich das nicht anhören, und lief hinaus. Ich war fast ebenso verletzt wie er. »Paul sieht seinem Papa so ähnlich, dass ein Gentest überflüssig ist«, sagte ich. »Ganz abgesehen davon, würde ich in einer solchen Situation auch völlig fremde Kinder aufnehmen!«

»Also wieder mal unsere barmherzige Santa Karla«, sagte Judith, »die den todkranken Wolfram gepflegt hat, den heimatlosen Hund aufnimmt und verwaiste Gören an ihren Busen drückt! Aber unsere Heilige hat ein etwas ausgefallenes Hobby: Urkunden fälschen und dafür ordentlich Kohle einstreichen! Im Übrigen warte ich immer noch darauf, dass du ein eigenes Testament aufsetzt, so wie wir das besprochen haben.«

»Hab ich längst getan, muss es nur noch zum Notar bringen«, sagte ich. Im gleichen Augenblick dämmerte mir, dass ich einen Fehler begangen hatte.

»Kann ich es mal lesen?«, fragte Judith.

»Sicher«, sagte ich zögernd. »Aber vorher will ich noch ein wenig daran feilen.«

23

Hab den Sandmann umgebracht

Eigentlich ging es den Kindern schnell wieder besser, und man hätte sie inzwischen mit gutem Gewissen in die Schule schicken können. Aber Cord hatte keine große Lust, sie in der dunklen Jahreszeit schon so früh aus dem Bett zu scheuchen. Von Weinheim aus war es ein vergleichsweise weiter Weg, und er hätte die Zwillinge schon nach wenigen Stunden wieder abholen müssen. Er verschob es von Tag zu Tag und behauptete, für die Rekonvaleszenten sei es besser, noch ein wenig zu relaxen. An einem kalten und nassen Wintermorgen blieb auch ich länger liegen und döste wohlig vor mich hin. Plötzlich bekam ich unerwarteten Besuch: Paul, Lilli und Bella huschten zur Tür herein und ebenso flink zu mir ins Bett.

Seit unendlich vielen Jahren hatte ich mein Lager nicht mehr mit einem anderen Menschen geteilt. Völlig überrumpelt fand ich schnell Gefallen an den quicklebendigen Wärmflaschen, wobei Bellablock auch nicht lange fackelte und sich zu meinen Füßen ausstreckte. Es wurde ziemlich eng, klebrig, heiß und urgemütlich.

»Der Papa schnarcht so laut«, sagte Lilli. »Und vielleicht möchtest du uns ja wahnsinnig gern spannende Sachen erzählen...«

»Die andern in unserer Klasse lernen gerade das Einmaleins«, sagte Paul. »Wir wollen keine Dummis sein, weil wir gefehlt haben! Eigentlich bin ich von den Buben der Beste in der Klasse, aber leider sind die Jungs alle schlechter als die Mädchen.«

Wir blieben lange im Bett, dachten uns abwechselnd Schauergeschichten aus und hatten sogar Spaß beim Rechnen. Schließlich brachte ich ihnen noch das Nonsens-Gedicht bei: *Dunkel war's, der Mond schien helle...*, das ich in ihrem Alter lustig gefunden hatte. Erst um elf Uhr stellten wir fest, dass Bellablock dringend in den Garten musste, ich nach Kaffee lechzte und die Zwillinge endlich frühstücken sollten. Frau Altmann hatte mir von ihrer Sehnsucht nach Enkelkindern erzählt, mir kamen sie unverhofft durch ein gütiges Schicksal ins Haus; eigentlich wollte ich sie ungern wieder herausrücken.

»Jetzt liegt auch noch der Papa auf der Nase«, klagte Paul nach einem Ausflug ins Erdgeschoss.

»Und unsere Mama liegt in der Klinik«, sagte Lilli. »Zum Glück haben wir die Karla!«

»Echt besser als die Gaga-Oma«, sagte Paul.

Ich brachte dem kranken Cord eine Hühnerbrühe und ließ die Kinder ein paar Rechenaufgaben lösen sowie eine Bildergeschichte malen. Zur Belohnung las ich ihnen vor, kochte Spaghetti zum Mittagessen, ging mit Bella einmal um den Block und fand diesen grauen Tag ganz behaglich. Doch meine märchenhafte Idylle sollte am Abend ein Ende haben.

Mehrmals hatte ich Judith gebeten, ein paar Kinderbücher für Lilli und Paul mitzubringen. Inzwischen bewältigten die beiden schon kurze Texte für das erste Lesealter, aber ich las ihnen immer noch gern vor, und unser Vorrat war inzwischen erschöpft. Wir brauchten Bücher zum Vorlesen und Selberlesen.

Die Zwillinge putzten sich bereits die Zähne, als Judith schlechtgelaunt und spät nach Hause kam und mir das Sachbuch *Freiheit zum Leben. Dietrich Bonhoeffer für Jugendliche* auf den Tisch knallte, das für unsere Zwecke völlig ungeeignet war.

»Bist du noch ganz dicht?«, fuhr ich sie an. »Das taugt für Abiturienten und nicht für Grundschüler, oder würdest du in der Lesenacht so etwas Ambitioniertes vorlesen? Das Buch wurde wohl gerade zurückgegeben und war das erstbeste, das dir in die Hände fiel!«

»Dann komm doch selbst und reiß dir *Grimms Märchen* oder anderen Schwachsinn unter den Nagel! Im Übrigen sollten deine Lieblinge spätestens am Wochenende hier verschwinden, sonst gibt es ganz großen Ärger.«

»Du kannst mir nicht befehlen, wen ich in meinem Haus beherberge«, konterte ich. »Wenn es dir nicht passt, kannst du dir eine andere Bleibe suchen!«

Judith verdrehte nur wortlos die Augen und verzog sich in ihr eigenes Reich.

Natürlich erzählte ich dem angeschlagenen, aber aus dem Bett gekrochenen Cord brühwarm von unserem Disput. Er bot an, am nächsten Morgen in der hiesigen Stadtbücherei Lesestoff für seine Sprösslinge zu besorgen.

»Morgen bin ich bestimmt wieder fit, bei mir geht das immer schnell. In Judiths Bibliothek will ich mich lieber nicht blicken lassen«, meinte er. »Seit die Kinder hier wohnen, ist

Krieg. Am Ende macht sie mir noch in aller Öffentlichkeit Vorwürfe. Du wirst es nicht glauben, aber Judith hat allen Ernstes verlangt, dass Paul und Lilli in ein Heim kommen. Sie hat sogar gedroht, das Jugendamt einzuschalten!«

»Wieso denn das? Die beiden haben es doch gut bei uns und fühlen sich wohl! Sie haben noch kein einziges Mal nach ihrer Mutter verlangt.«

»Judith droht, sie werde mich anzeigen, ihr werde schon etwas einfallen – Verwahrlosung, Kindesmissbrauch oder etwas in dieser Richtung. Eine bodenlose Gemeinheit«, seufzte er.

Auch ich war empört. Zwar hörte man in den letzten Jahren immer häufiger von unauffälligen Biedermännern, die sich an ihren Kindern vergriffen, aber die Kehrseite gab es auch: Mütter, die ihre Exmänner aus Rache beschuldigten und den Vater ihrer Kinder am liebsten hinter Gittern sahen.

Ich hatte nicht damit gerechnet, dass Judith noch einmal herunterkommen würde. Sie suchte im Kühlschrank nach Schinken, machte sich schließlich den Rest Hühnerbrühe warm und tat so, als sei rein gar nichts gewesen. Sie war bereits im Bademantel und schickte den fiebrigen Cord in den Keller, Wein holen.

»Es war stressig heute«, klagte sie. »Zwei Kolleginnen sind krank. Alle scheinen ein bisschen erkältet zu sein und es großkotzig als *Grippe* auszugeben. Jetzt brauche ich einen guten Tropfen für mein Immunsystem!«

Gehorsam präsentierte Cord gleich mehrere Weinflaschen zur Auswahl. Judith kippte Glas um Glas hinunter, ich leistete ihr mit einem kleinen Schluck Gesellschaft. Cord hingegen rührte keinen Tropfen an, saß stumm in einer Ecke und beobachtete uns mit angespannter Miene. Hin und wieder ließ er seine Finger knacken.

Er zuckte richtig zusammen, als Judith uns zum Singen aufforderte. »Ein Schlaflied«, schlug sie vor. »Um unsere unschuldigen Lämmchen in sanfte Träume zu wiegen...«

Ich schüttelte ärgerlich den Kopf, aber es nützte nichts. Sie trank wieder gierig und in vollen Zügen und begann dann ebenso laut wie falsch zu grölen: »Guten Abend, gute Nacht, hab den Sandmann umgebracht. Hab die Knochen ihm gebrochen und die Augen ausgestochen!«

»Halt's Maul!«, knurrte Cord.

Doch sie schmetterte weiter: »Morgen früh, wenn ich will, kommt der Sandmann auf den Grill!«

»Sei still, sonst schmeißt dich Cord auf den Grill! Die Kinder schlafen doch schon!«, protestierte ich, aber sie ließ nicht locker und stimmte ein zweites, ebenso geschmackloses Lied an.

»Negeraufstand ist in Kuba, Schüsse peitschen durch die Nacht...«

Paul und Lilli schliefen wie immer im Raum neben der Küche, wo in Bernadettes Zeiten gegessen wurde. Cord hatte eine zusätzliche Matratze neben dem großen Bett auf den Perser gelegt. Sie hausten dort zu dritt oder eher zu viert, denn Bella hatte dicke Freundschaft mit den Kindern geschlossen, und ich ahnte, dass sie nachts nicht auf dem Teppich blieb.

Meistens lagen die Zwillinge gegen neun Uhr im Kingsize-Bett und schliefen bald ein. Wenn wir im angrenzenden

Wohnzimmer den Fernseher laufen ließen oder auch mal in der Küche blieben und uns in Zimmerlautstärke unterhielten, schien es sie nie zu stören. Es ist wohl so, dass Kinder bei vertrautem Stimmenklang eine angenehme Geborgenheit empfinden. Doch der schrille Gesang der beschickerten Judith vermochte selbst Tote aufzuwecken. Es dauerte nicht lange, da standen zwei Hemdenmätzchen vor uns und rieben sich die Augen.

»Wir haben alles gehört«, sagte Paul stolz. »*In den Straßen fließt der Eiter, der Verkehr geht nicht mehr weiter!*«

Judith drohte ihm mit dem Finger und ergänzte: »*An den Ecken sieht man Knaben, die sich an dem Eiter laben!* Das waren genau solche verlausten Findelkinder wie ihr.«

»Durst!«, hauchte Lilli kleinlaut.

»Dann will ich euch ausnahmsweise ein Glas Eiter spendieren. Damit ihr endlich durchschlafen könnt«, sagte Judith und ging zur Anrichte, wo eine Flasche mit Apfelsaft stand. Sie kehrte uns den Rücken zu, aber ich sah, wie sie in die Tasche ihres Morgenrocks langte. Geistesgegenwärtig gab ich Cord ein Zeichen.

Er begriff sofort, richtete sich auf und nahm eine Position ein, von wo aus er Judith auf die Finger schauen konnte.

»Geht wieder schlafen«, sagte er zu seinen Kindern. »Ich bringe euch den Saft ans Bett.« Dann nahm er die Gläser in Empfang und verließ mitsamt seinen Kleinen die Küche, ich lief aufgeregt hinterher. Draußen legte Cord den Finger an die Lippen, ging zuerst ins Bad, goss den Saft in den Ausguss und füllte die Becher mit Leitungswasser. Die Kinder waren nicht verwöhnt und auch mit Gänsewein zufrieden.

Was sollte das bedeuten? Ratlos blickte ich Cord an, aber

erst, als die Kinder wieder im Bett und wir im Flur waren, flüsterte er mir zu: »Sie hatte das verfluchte Zeug in ihrer Tasche, oder besser gesagt: das richtige rote Fläschchen mit dem falschem Inhalt. Judith hat beide Becher mit je einem Tropfen angereichert. Obwohl es nur Wasser war, habe ich alles weggekippt, denn vielleicht waren ja noch Spuren darin enthalten!«

Ich war sprachlos vor Wut auf meine perfide, ehemalige Freundin. Schließlich hatte sie angenommen, dass es sich um die narkotisierenden Tropfen und nicht um Wasser handelte – ihr war wirklich nicht länger über den Weg zu trauen.

Es war an der Zeit, Judith eine Lektion zu erteilen, die sich gewaschen hatte. Sollte sie doch selber Ruhe geben, statt ihren Frust an den Kindern auszulassen. Ich sauste in Windeseile die Treppe hinauf, zog das glasklare Ersatzfläschchen mit dem echten Teufelselixier hinter dem *Grünen Heinrich* hervor, steckte es in die Hosentasche und flitzte wieder in die Küche hinunter. Judith starrte mich mit leicht glasigen Augen an.

»Muss nur mal schnell Pipi, dann trinken wir einen Absacker zusammen«, schlug sie vor und torkelte davon.

Mein Glas war noch halbvoll, doch ich hatte es satt, ihr beim Saufen Gesellschaft zu leisten. Zornig kippte ich es in den Ausguss. Ihres war zwar leer, aber eine angebrochene Flasche stand noch auf dem Tisch. Du wirst einen Kater kriegen, wie du ihn noch nie erlebt hast, dachte ich zornig und drehte bereits am Schraubverschluss des winzigen, aber unheilvollen Fläschchens. Da sie jeden Moment zurück sein konnte, kippte ich kurzentschlossen den gesamten Inhalt in die Weinflasche und setzte mich wieder auf meinen Platz.

Judith war rasch wieder da und wollte zuerst mein Glas nachfüllen.

»Lass mal, ich bin müde«, sagte ich und stand auf. »Ich möchte jetzt ins Bett.«

»Spielverderberin!«, knurrte Judith. »Dann hau ich mich am besten auch aufs Ohr.« Und damit klemmte sie sich die Flasche unter den Arm und wankte vor mir die Treppe hinauf, bis ganz nach oben. Ich lauschte noch eine Weile, unschlüssig, ob ich sie nicht doch noch warnen sollte. Aber mein Groll siegte – sollte diese Schlampe ruhig krank werden und leiden! Vielleicht würde sie sich dann das nächste Mal besser benehmen. Wo doch alle in der Bücherei die Grippe hatten, würde es nicht auffallen, wenn auch sie ein paar Tage ausfiel. Mit schlechtem Gewissen schlief ich ein. Aber im Traum wurde ich von allen Nachtgespenstern heimgesucht, die sich seit Bernadettes unseligem Tod in meiner Villa angesammelt hatten.

»Am Montag müsst ihr aber wieder in die Schule«, sagte ich beim Frühstück. »Was macht eigentlich euer Papa, schläft er noch?«

»Hast du vergessen, dass er krank ist?«, fragte Lilli vorwurfsvoll. »Wir dürfen ihn nicht wecken. Aber er hat uns versprochen, mit uns nach Mannheim zu fahren, damit wir die Mama im Krankenhaus besuchen.«

Paul ging ans Fenster. »Es hat geschneit!«, rief er. Und gleich darauf etwas ängstlich: »Das Auto von der Frau ist da draußen! Hat die heute frei?«

»Weiß ich nicht, vielleicht habt ihr sie ja ebenfalls angesteckt«, sagte ich und schmierte aus Versehen Nutella auf mein eigenes Brot.

»Hoffentlich wird die Karla nicht krank«, sagte Paul zu seiner Schwester. »Dann müssen wir zwei den Laden schmeißen!«

»Dürfen wir mit Bella in den Garten?«, fragte Lilli. »Sie kratzt schon dauernd an der Tür. Die will sicher in den Schnee...«

»Dann zieht euch die Gummistiefel an!«, befahl ich.

Seit sein Herrchen krank war, war der Hund nicht mehr mit ihm spazieren gewesen. Entweder lief Cord in der Ebene zwischen Weinheim und Hemsbach durch die Felder oder wanderte in den sanften Hängen der Bergstraße durch aufgegebene Schrebergärten, wo Bella gelegentlich einen Dachs, Fasan oder gar ein Reh aufstöberte. Zum Glück waren die beiden bis jetzt noch keinem Förster begegnet. Der Hund war inzwischen an diesen täglichen Auslauf gewöhnt.

Gerade als die Kinder die Tür zum Garten öffnen wollten, betrat Cord die Bühne, zwar etwas käsig und verschlafen, aber anscheinend nicht mehr fiebrig. Als ihn die Zwillinge an den Besuch im Krankenhaus erinnerten, blockte er ab.

»Morgen vielleicht, ich bin noch nicht ganz auf dem Posten. Ihr könnt die Mama ja mal anrufen...«

»Das tun wir doch jeden Tag«, sagte Paul. Und Lilli: »Papa, versprochen ist versprochen!«

Es half nichts, die winselnde Bellablock musste zu Hause bleiben, Cord fuhr mit meinem Wagen und seinen Kindern nach Mannheim.

Erst am Nachmittag begann ich mir Gedanken zu machen, ob Judith vielleicht ernsthaft erkrankt war. Von oben war weder die Wasserspülung noch sonst ein Laut zu hören, auch als ich die Treppe hinaufschlich und vor ihrer Wohnungstür lauschte. Eigentlich hatte ich ihr ja den Brummschädel gegönnt, aber allmählich wurde es mir unheimlich. Irgendwann hielt ich es nicht mehr aus, stieg zum zweiten Mal die Treppe hoch. Die Tür war nicht abgeschlossen. Es kam mir hier sehr still vor, durch den Schnee hörte man die Straßengeräusche nur gedämpft. Ich schaltete das Licht an und trat ins Schlafzimmer.

Judith lag mit offenem Mund und starrem Blick im Bett. Der Anblick war eindeutig. Die leere Weinflasche sowie den Bademantel hatte sie direkt neben dem Nachttisch zu Boden fallen lassen. Mir fuhr der Schreck so gewaltig in die Glieder, dass ich mich erst einmal festhalten musste. Meine zweite Reaktion war: Schnell weg hier! Mit letzter Kraft ergriff ich die verräterische Weinflasche, dann fiel ich fast die Treppen hinunter, stolperte in die Küche und sackte dort auf dem nächstbesten Stuhl zusammen. Zu allem Überfluss begann Bella zu heulen, so schaurig, wie es in Büchern nur Wölfe taten. Witterte sie den Tod? Erkannte sie mich als Mörderin? Oder war Judith vielleicht nur ohnmächtig geworden, und ich hatte – wie Wolfram – den Versuch einer Rettung unterlassen? Sollte ich noch einmal hinaufgehen? *Bleib, wo du bist, und rühr dich nicht*, schoss es mir durch den Kopf, gleich würde Cord ja zurückkommen. Er sollte die Bewusstlose oder Tote finden, ich wollte nichts mehr damit zu tun haben.

Es dauerte tatsächlich nicht allzu lange, da stürmten die

Kinder herein, fühlten wohl intuitiv, dass ich völlig durcheinander war, und umarmten mich tollpatschig.

»Ist was?«, fragte Cord.

»Vielleicht werde ich auch krank... – Wie geht es Natalie?«

Es gehe ihr besser, aber sie sei noch lange nicht über den Berg. Zum Glück müsse sie nicht mehr künstlich ernährt werden, so dass man sie demnächst in das Zentralinstitut für Seelische Gesundheit überweisen könne.

»Und Judith?«, fragte Lilli.

Ich zuckte mit den Achseln und setzte Wasser auf. »Kräutertee, Roibusch, Kaffee oder Kakao?«, fragte ich mechanisch, und jeder wollte etwas anderes.

Später fuhr ich sogar zum Supermarkt, entsorgte die leere Weinflasche im Container und kaufte kurz vor Ladenschluss fürs Abendessen ein, wobei ich allerdings beim Ausparken um ein Haar einen anderen Wagen gerammt hätte. Ich war viel zu erschöpft, um noch richtig zu kochen, also gab es bloß Salat und eine Fertigpizza, die meine kleinen Gäste ja sowieso bevorzugten. Danach wünschten wir uns gegenseitig einen schönen Abend und trennten uns. Ich blieb vor dem eingeschalteten Fernseher sitzen und versuchte vergeblich, mich abzulenken.

Irgendwann zu später Stunde klopfte Cord an meine Wohnzimmertür.

»Sorry«, sagte er. »Hast du mal nach Judith gesehen? Wenn sie nun wirklich krank geworden ist... Vielleicht sollten wir zusammen mal raufgehen!«

»Heute nicht mehr«, antwortete ich. »Morgen ist auch noch ein Tag.«

24

Happy End

Aus alter Gewohnheit war das Wochenende immer noch etwas Besonderes für mich, obwohl es für Rentner eigentlich keine große Rolle spielt, ob Wochen- oder Feiertag ist. Ich trank den ersten Kaffee nicht so früh wie üblich, erlaubte mir, in Gesellschaft der *Weinheimer Nachrichten* eine Stunde länger im Bett zu bleiben und den Tag geruhsam angehen zu lassen. An diesem Samstag wurde ich sehr früh wach, mir graute vor den nächsten Stunden. Doch nach meiner bewährten Methode versuchte ich trotzdem, erst mal Zeit zu schinden.

Nach einem äußerst späten Frühstück mit Cord und den Kindern war kein Aufschub mehr möglich. Paul und Lilli waren mit einem Computerspiel beschäftigt, Cord und ich gingen langsam die Mansardentreppe hinauf. Ich versuchte verzweifelt, mich ahnungslos zu stellen.

Auch Cord sah mit einem Blick, was Sache war. Dennoch tastete er nach Judiths Puls und schüttelte sie sogar ein wenig, als könne er sie dadurch wieder zum Leben erwecken.

Schwer atmend stand ich daneben.

»Ich glaube, da ist nichts mehr zu machen«, sagte Cord, ging ans Fenster, drehte mir den Rücken zu und blieb wie versteinert stehen. Offenbar kämpfte er mit heftigen Emotionen. Erst nach einigen Minuten hatte er sich gefangen und bombardierte mich mit Fragen: »Verstehst du das? Anscheinend kriege ich irgendwas nicht gebacken! Sie war selten krank, hatte nur hin und wieder einen Hexenschuss, aber davon stirbt man nicht. Was ist passiert? Ein Herzinfarkt? Wahrscheinlich ist sie schon eine ganze Weile tot. Wann haben wir sie eigentlich zuletzt gesehen?«

»Das war am Donnerstagabend, sie hatte ziemlich viel getrunken«, sagte ich mit dünner Stimme. »Als sie die Küche verließ, konnte sie sich kaum noch auf den Beinen halten.«

»So etwas kommt bei ihr vor, aber davon stirbt man nicht«, meinte Cord.

»Vielleicht hat sie sich das Leben genommen«, schlug ich kleinlaut vor, aber er schüttelte vehement den Kopf.

»Judith doch nicht! Aber es hilft alles nichts, wir müssen jetzt einen Arzt rufen…«

Ich nickte gottergeben und hob den Bademantel auf. Das rote Fläschchen fiel dabei heraus, Cord bückte sich danach, drehte es auf und versuchte, einen Tropfen in die Innenfläche seiner rechten Hand zu kippen.

»Sieh mal einer an!«, sagte er irritiert. »Es ist ganz leer, dabei war der Deckel fest zugeschraubt! Ob sie es verschüttet oder selbst ausgetrunken hat? Aber davon konnte sie auf keinen Fall sterben, es war ja nur Wasser drin. Den Kindern hatte sie nur einen winzigen Tropfen in den Saft gegeben, das habe ich genau beobachtet. Wo ist also der Löwenanteil geblieben?«

Auf einmal kam mir eine zündende Idee, die mich moralisch stark entlasten würde. »Ob sie die Tropfen gar nicht für Lilli und Paul eingesteckt hatte? Vielleicht wurden sie ja in mein Glas geschüttet, während wir die Kinder wieder ins Bett gebracht haben.«

Cord zog die Stirn in Falten, überlegte und meinte, das mache Sinn, aber man könne es leider nicht mehr beweisen. Grübelnd fuhr er sich mit der Hand durch die Haare und setzte sich dann an Judiths Schreibtisch. Sie habe ihm mal gesagt, dass sie einen ganz bestimmten Plan verfolge... Mehr verriet er nicht, sondern begann in ihren Schubladen zu kramen. Währenddessen saß ich stumm auf der Bettkante und starrte fassungslos auf die Tote. Nach längerem Suchen zog Cord einen herausgerissenen Zeitungsartikel hervor, las, schüttelte ungläubig den Kopf und überreichte ihn mir.

... die Gefährlichkeit der Vergewaltigungsdroge GHB wird unterschätzt. Im Jahr 2012 starben in Deutschland mehrere Menschen an einer Überdosis, meistens in Verbindung mit erhöhtem Alkoholkonsum. GHB lässt sich nur acht Stunden im Blut und zwölf im Urin nachweisen. Außerdem löscht die Droge die Erinnerung der letzten Stunden...

Wir warfen uns skeptische Blicke zu und dachten nach. Es hatte nichts Gutes zu bedeuten, dass sie sich die gefährlichen Tropfen besorgen ließ, über deren Wirkung sie bestens informiert war. Während Cord weiter in Judiths Papieren wühlte, kamen mir wieder meine diversen Testamentsentwürfe in den Sinn.

»Falls sie mich umbringen wollte, dann bestimmt nicht aus persönlichem Hass, sondern um mich zu beerben. Ich hatte bereits ein vorläufiges Testament aufgesetzt, aber natürlich noch nicht unterschrieben. Darin habe ich verfügt, dass beim leisesten Verdacht auf einen nicht natürlichen Tod das Erbe –«

Cord unterbrach mich, denn er war wieder fündig geworden. Triumphierend hielt er mir ein Papier unter die Nase. Es war nicht etwa eine Kopie, sondern das Original eines meiner zahlreichen Entwürfe, den ich probeweise mit Wolframs Füller geschrieben hatte. In der ersten Hälfte meines Testaments hatte ich Judith als Alleinerbin eingesetzt, dann war das Papier in der Mitte geschickt abgetrennt worden, so dass die wichtige Klausel entfiel. Judith hatte jedoch mit einem eigenhändigen Punkt den Satz beendet sowie ein zurückliegendes Datum und meine Unterschrift daruntergesetzt. Einen Punkt zu fälschen war nicht weiter schwer, für meine Unterschrift musste sie eifrig geübt haben, und ich war trotzdem mit dem Resultat recht unzufrieden. Ob sich das Nachlassgericht von einem halben DIN-A4-Bogen hätte überzeugen lassen, wagte ich ebenfalls zu bezweifeln. Die Idee war zwar clever, aber die Ausführung stümperhaft.

»Wo hast du die richtigen Tropfen aufbewahrt?«, fragte Cord, nachdem er seine grauen Zellen genügend strapaziert hatte; ich wurde dunkelrot und antwortete nicht.

»Hast du ihr etwa …?«, hakte er nach, und ich blieb weiter stumm.

Daraufhin schwiegen wir wieder beide; ich schaute verlegen zu Boden und kam mir vor wie eine Schülerin, die beim Mogeln ertappt wird.

Schließlich raffte sich Cord auf und rief beim ärztlichen Notdienst an, normale Praxen waren am Wochenende geschlossen.

»Der Arzt kommt in der nächsten Stunde. Du brauchst aber keine Angst zu haben, man kann im Labor wahrscheinlich nichts mehr nachweisen«, sagte er tröstend. »Vielleicht renkt sich doch noch alles wieder ein, jetzt, wo sie uns nicht mehr manipulieren kann. Judith hat sich nie selbst die Hände schmutzig gemacht – dich hat sie zum Fälschen angestiftet, von mir hat sie verlangt, dass ich Wolfram erdrossle und die Qualle ausschalte. Sie war meine große Liebe, aber auch mein Verderben.«

Es war mir klar, dass Cord die Folgen meiner Tat begriffen hatte, auch ohne dass es ausgesprochen wurde. Ich setzte zur Rechtfertigung an. »Ich hatte doch keine Ahnung, dass man von einem weißen Wässerchen sterben kann«, jammerte ich. »Judith wollte deinen Kindern schaden, dafür wollte ich sie bestrafen – allerdings nur mit einem schweren Kopf. Bin ich jetzt eine Mörderin?«

»Auf keinen Fall, da kenne ich mich aus!«, sagte Cord. »Es war nicht vorsätzlich, sondern ein Unglücksfall.«

Ich konnte jedoch nicht aufhören, mich anzuklagen. »Aber ich hatte gemeine Hintergedanken! Jetzt ist meine Freundin tot, nur durch meine Schuld! Das werde ich mir nie verzeihen!«

»Hör auf damit«, sagte Cord. »Beinahe wärest du selber tot.«

Allmählich fing ich mich wieder und war meinem Lebensretter dankbar. »Wenn du die Tropfen nicht klugerweise ausgewechselt hättest, wäre Judith demnächst Hausbesitzerin, und ihr könntet euch einen passenden Grabspruch für mich ausdenken.«

»Und ich hätte bestimmt auch bald ausgedient«, sagte

Cord. »Ich wüsste zu gern, wie sie mich und meine Kinder losgeworden wäre!«

Wie zu erwarten, ordnete der Arzt eine Obduktion an. Es dauerte eine ganze Weile, bis die Leiche freigegeben wurde, so dass ich Judiths Familie längst benachrichtigt hatte. Zur Verzweiflung, zu den Selbstvorwürfen und der Trauer ihrer Eltern kam noch hinzu, dass sie die Diagnose nur widerstrebend gelten ließen, da sie ihnen nicht plausibel und viel zu vage vorkam. Es war die Rede von Intoxikation durch Alkohol, unter Umständen auch durch Drogen. Demzufolge sei es schließlich zu Bewusstlosigkeit, Atemlähmung und Herzstillstand gekommen; ein Fremdverschulden sei unwahrscheinlich, könne jedoch nicht ganz ausgeschlossen werden. Als Nebenbefund wurde eine wohl länger zurückliegende Entfernung der Gebärmutter aufgeführt. Davon hatte Judith keiner Menschenseele je etwas verraten. Was mochte sie erlebt haben? Was mochte in ihr vorgegangen sein?

Cord kannte Judiths Eltern von früher her. Verständlicherweise hatte er mich gebeten, seine Anwesenheit mit keinem Wort zu erwähnen. Judiths Eltern hatten ihn nie akzeptiert, ihn als Kriminellen abgestempelt und für einen lüsternen Verführer ihrer damals noch minderjährigen Tochter gehalten. Cord wusste auch von Judiths Schwester zu berichten, mit der sie seit Jahren keinen Kontakt mehr hatte.

»Ihre ältere Schwester hat einen reichen Mann geheiratet und wohnt in einem luxuriösen Haus in Hamburg, Toplage direkt an der Alster. Judith hat mal gesagt, so eine Villa werde sie eines Tages auch besitzen, koste es, was es wolle«, erzählte Cord.

Plötzlich musste ich an unser gemeinsames Erlebnis im Fahrstuhl denken. Nie war ich bisher auf die Idee gekommen, dass es für starke Persönlichkeiten schwer ist, der Zeugin des eigenen Schwächeanfalls zu verzeihen. Außerdem begriff ich erst jetzt, dass Judith wahrscheinlich unter einer lebenslänglichen Konkurrenzsituation gelitten hatte. Cord erinnerte sich weiter, dass Judiths Schwester außer einer Haushälterin, einer Nanny und einem protzigen Geländewagen noch vier Kinder hatte. Vielleicht wollte Judith die Zwillinge deswegen in ein Heim stecken, weil sie durch ihre Anwesenheit ständig an ihre eigenen Defizite erinnert wurde. Aber das waren alles Theorien, und wir waren schließlich keine Psychologen. Immerhin hatte ich mal gelesen, dass ein Kind häufig zum *Troublemaker* wird, wenn es dem Vergleich mit erfolgreichen Geschwistern nichts entgegensetzen kann.

Unsere Hypothesen wurden bis zu einem gewissen Grad bestätigt, als ich Judiths Mutter persönlich kennenlernte. Nachdem sie ihre Ankunft angekündigt hatte, versuchten Cord und ich in einer fieberhaften Aktion alles in den Mansarden zu beseitigen, was auch nur im Geringsten verdächtig, anstößig oder für ihre Eltern kränkend sein konnte. Wir putzten und räumten, bezogen das Bett und beschlossen, dass Cord, Bella und die Kinder für einen Tag (eventuell auch länger) von der Bildfläche verschwinden sollten. Cords Schlafzimmer mit dem Bettenlager schloss ich ab.

Die Eltern hatten es abgelehnt, ihre tote Tochter in der Gerichtsmedizin aufzusuchen, sie wollten sie lebendig in Erinnerung behalten. Erst später kam ihre Mutter angereist, um den Leichentransport nach Norddeutschland zu begleiten, denn ich hatte meinen exzentrischen Wunsch, Judith neben Wolfram und Bernadette zu bestatten, aus Pietät nicht geäußert.

Judith hatte nie viel von ihrem Elternhaus erzählt, es sei langweilig und stockkonservativ gewesen. Ich erfuhr, dass der Umgang mit Judith in den letzten zehn Jahren immer komplizierter geworden sei, ihre Eltern hätten vor allem kein Wort über ihre großelterlichen Freuden äußern dürfen, weil Judith dann sofort aufgelegt hätte.

»Judith war unser Sorgenkind«, sagte die Mutter. »Ganz im Gegensatz zu ihr war unsere ältere Tochter gut in der Schule, spielte Cello, studierte BWL, heiratete den richtigen Mann und ist eine perfekte Mutter. Das war sicher nicht leicht für Judith. Schon als Teenager war sie rebellisch und hat uns in jener Zeit nichts als Ärger und Sorgen gemacht. Wir waren froh und dankbar, dass sie schließlich einen soliden Beruf ergriff und ein normales Leben führte. Aber sie hat es uns wohl nie verziehen, dass wir mit ihrer Schwester so viel mehr Glück…«

Sie brach in Schluchzen aus, ich holte eine Kleenex-Schachtel und einen Cognac. Am liebsten hätte ich mitgeweint, doch ich sollte nun aus meiner Sicht berichten, wie es zuletzt um Judith stand. Zur nachträglichen Ehrenrettung sprach ich von einer lustigen, kreativen Freundin, einer guten Kollegin und liebenswerten Mitbewohnerin und verschwieg Judiths geheime Ambitionen. Die wahre Ursache für ihren unerwarteten Tod durfte ich auf keinen Fall verraten, ich deutete also bloß an, dass Judith wahrscheinlich ein Alkoholproblem gehabt habe.

Eine Woche später fuhr ich mit der Bahn nach Hannover, um Judith die letzte Ehre zu erweisen. Es gab eine intime kleine Feier mit wenigen Trauergästen. Natürlich war auch die Schwester – mit Mann und den beiden ältesten Kindern – angereist. Sie war nicht etwa hübscher oder schlanker als Judith, nur wesentlich eleganter. Außerdem trat sie sehr selbstbewusst auf und kümmerte sich artig um ihre unglücklichen Eltern. Für mich war es ein schwerer Tag, und ich war froh, als ich wieder zu Hause war. Dabei realisierte ich widerwillig, dass ich meine schöne Villa nicht zuletzt auch Judith zu verdanken hatte; sie hatte mich auf Trab gebracht, mich zum Fälschen verleitet und dafür gesorgt, dass Wolfram unter die Erde kam. Doch die entscheidende Rolle hatte immer noch ich gespielt. Wenn ich die Einladung zum Gabelfrühstück abgelehnt hätte, wäre die Villa dem Heidelberger Hospiz zugefallen.

Inzwischen ist fast ein halbes Jahr vergangen, und es hat sich viel getan. Cord hat seine Kinder in der hiesigen Pestalozzi-Schule angemeldet, die nur einen Katzensprung von der Biberstraße entfernt ist. Paul und Lilli haben beide ein eigenes Zimmer in der Mansarde, wo sich auch Cord ein Schlafzimmer eingerichtet hat. Im Parterre haben wir Küche, Wohn- und Esszimmer als gemeinsamen Treffpunkt beibehalten, ich bin aber in meinen Räumen im ersten Stock unabhängig vom Gemeinschaftsleben und kann mich jederzeit zurückziehen.

Wir haben klare Regeln. Cord braucht zwar keine Miete zu bezahlen, ist aber für alle handwerklichen und technischen Tätigkeiten sowie den Garten zuständig. Er hat mir versprochen, nichts mehr anzustellen und sich lieber im Garten auszutoben. Inzwischen ist er auch als gelegentlicher Hausmeister bei Frau Altmann und zwei anderen alleinstehenden Frauen tätig und verdient eigenes Geld, das er bestimmt nicht versteuert.

Es ist merkwürdig, dass ich auf meine alten Tage eine Familie und einen Hund habe, meistens für vier Personen koche, die Hausaufgaben der Kinder kontrolliere und mich dabei pudelwohl fühle. Mit dem ererbten Vermögen darf ich zwar nicht mehr allzu großzügig umgehen, denn selbst der Erlös aus dem zweiten Haus schmilzt zusehends dahin; notfalls könnte man zwei Zimmer oder das gesamte Erdgeschoss vermieten.

Auch Cord hat sich verändert, es scheint so, als sei er von einer jahrelangen Last befreit. So fröhlich und gutgelaunt hatte ich ihn bisher noch nie erlebt, so hilfsbereit und lernbegierig. Zum ersten Mal im Leben – wie er zugibt – liest er, und zwar die von mir empfohlenen Bücher; er muss ja viel nachholen. Nach und nach habe ich erkannt, dass er keineswegs so unbedarft ist, wie mir Judith weismachen wollte.

Als wir eines Abends noch ein Glas Wein zusammen trinken, stelle ich fest: »Wir haben es doch gar nicht schlecht getroffen, findest du nicht? Mit Frau Altmann und allen Nachbarn verstehen wir uns ausgezeichnet, die Kinder haben Freunde gefunden, es wird Frühling, und die ersten Obstbäume blühen...«

»Aber was ist, wenn Natalie aus der Reha entlassen wird?«, fragt Cord.

»Die kriegen wir auch noch eingebaut«, sage ich übermütig.

»Wie denn?«, fragt er.

»Natalie soll bei uns putzen.«

Demnächst werden also fünf Personen in meiner Villa wohnen. Bei einem so großen Haushalt habe ich rund um die Uhr zu tun, von Einsamkeit und Langeweile kann keine Rede sein. Wenn nur diese schrecklichen Träume nicht wären! Immer wieder versammeln sich die Toten vor meinem Bett: Bernadette mit der winzigen Bianca auf dem Arm; Judith – als Vampir verkleidet –, die den armen Wolfram wie einen Hund an einem Stachelhalsband hinter sich herzerrt, und schließlich die glitschige Qualle. Ich halte mir dann die Augen zu und schreie: »Was wollt ihr von mir?« Sie können mir natürlich nicht mehr antworten, aber Cord kommt herein und sagt: »Nur die Ruhe, gleich ist alles vorbei, denn du bist die Nächste.«

Deswegen feile ich an einem neuen Testament, so oft ich Zeit dazu finde.

Ingrid Noll
im Diogenes Verlag

»Sie ist voller Lebensklugheit, Menschenkenntnis und verarbeiteter Erfahrung. Sie will eine gute Geschichte gut erzählen, und das kann sie.«
Georg Hensel/Frankfurter Allgemeine Zeitung

Der Hahn ist tot
Roman

Die Häupter meiner Lieben
Roman

Die Apothekerin
Roman

Der Schweinepascha
in 15 Bildern. Illustriert von der Autorin

Kalt ist der Abendhauch
Roman

Röslein rot
Roman

Selige Witwen
Roman

Rabenbrüder
Roman

Falsche Zungen
Gesammelte Geschichten
Ausgewählte Geschichten auch als Diogenes Hörbücher erschienen:
Falsche Zungen, gelesen von Cordula Trantow, sowie *Fisherman's Friend*, gelesen von Uta Hallant, Ursula Illert, Jochen Nix und Cordula Trantow

Ladylike
Roman
Auch als Diogenes Hörbuch erschienen, gelesen von Maria Becker

Kuckuckskind
Roman
Auch als Diogenes Hörbuch erschienen, gelesen von Franziska Pigulla

Ehrenwort
Roman
Auch als Diogenes Hörbuch erschienen, gelesen von Peter Fricke

Über Bord
Roman
Auch als Diogenes Hörbuch erschienen, gelesen von Uta Hallant

Hab und Gier
Roman
Auch als Diogenes Hörbuch erschienen, gelesen von Uta Hallant

Außerdem erschienen:

Die Rosemarie-Hirte-Romane
Der Hahn ist tot /
Die Apothekerin
Ungekürzt gelesen von Silvia Jost
2 MP3-CD, Gesamtspieldauer 15 Stunden

Weihnachten mit Ingrid Noll
Sechs Geschichten
Diogenes Hörbuch, 1 CD, gelesen von Uta Hallant

Barbara Vine
im Diogenes Verlag

Barbara Vine (i.e. Ruth Rendell) wurde 1930 in London geboren, wo sie auch heute lebt. Sie arbeitete als Reporterin und Redakteurin für verschiedene Magazine. Seit 1965 schreibt sie Romane und Stories, die verschiedentlich ausgezeichnet wurden.

»Barbara Vine, besser bekannt als Ruth Rendell, ist in der englischsprachigen Welt längst zum Synonym für anspruchsvollste Kriminalliteratur geworden.«
Österreichischer Rundfunk, Wien

»Wenn Ruth Rendell zu Barbara Vine wird, verwandelt sich die britische Thriller-Autorin in eine der besten psychologischen Schriftstellerinnen der Gegenwart.« *Süddeutsche Zeitung, München*

Die im Dunkeln sieht man doch

Es scheint die Sonne noch so schön

Das Haus der Stufen

König Salomons Teppich

Der schwarze Falter

Königliche Krankheit

Aus der Welt

Das Geburtstagsgeschenk

Alle Romane aus dem Englischen
von Renate Orth-Guttmann